Robert Brack, Jahrgang 1959, lebt in Hamburg-Altona und wurde mit dem »Marlowe« der Raymond-Chandler-Gesellschaft und mit dem »Deutschen Krimi-Preis« ausgezeichnet. In der Edition Nautilus erschienen seine Romane »Das Mädchen mit der Taschenlampe« (1992), »Das Gangsterbüro« (1994), »Nachtkommando« (1997) und die beiden Lenina-Rabe-Krimis »Lenina kämpft« (2003) und »Haie zu Fischstäbchen« (2005), außerdem in der Krimireihe Kaliber .64 »Kalte Abreise« (2006). Robert Brack im Internet: www.gangsterbuero.de.

Robert Brack

SCHNEEWITTCHENS SARG

Ein Fall für Lenina Rabe

Kriminalroman

Edition Nautilus

Edition Nautilus Verlag Lutz Schulenburg
Alte Holstenstraße 22 · D-21031 Hamburg
www.edition-nautilus.de

Umschlaggestaltung: Maja Bechert, Hamburg
www.majabechert.de
Autorenfoto Seite 2: Anja Lubitz

Originalveröffentlichung
Januar 2007 · Printed in Germany

1. Auflage

ISBN 978-3-89401-540-4

EINS

Der ganze Stadtteil war eine Baustelle. Überall stöberten Bagger im Untergrund herum. Es war nur eine Frage der Zeit, bis sie die erste Leiche ausgruben. Dass es ausgerechnet Schneewittchen war, die sie dann fanden, war erstaunlich, und für die Gegend, in der ich wohne und arbeite, nur eine von mehreren fatalen Entwicklungen.

Aber ich gebe schon wieder meiner schlechten Angewohnheit nach, das Letzte zuerst abzuhandeln. Ich will lieber der Reihenfolge nach berichten, sonst macht diese ganze verrückte Geschichte keinen Sinn.

Alles fing damit an, dass eine Fahne gehisst wurde – so könnte man beginnen. Oder auch: Es war einmal ein alter Peugeot, der seinen Geist aufgab – nein, das klingt alles sentimental. Gefühle, jedenfalls meine eigenen, spielen in diesem Zusammenhang keine wesentliche Rolle.

Bleiben wir also bei den Fakten: Es gab einen dumpfen Knall und der Motor ging aus. Ich schaffte es gerade noch, den Wagen von der Max-Brauer-Allee auf den Parkplatz vor dem Bahnhof Altona rollen zu lassen, bevor er stehen blieb.

Zwei Polizisten, die in ihren dunkelblauen Uniformen aussahen, als wollten sie im nicht weit entfernten Rathaus einen Staatsstreich inszenieren, schoben mich in eine Parkbucht und salutierten lachend, als ich ausstieg.

»Vielen Dank, Kollegen«, sagte ich.

»Sieh mal an«, sagte der Jüngere, »eine von uns.«

»Nicht ganz«, korrigierte ich.

Der Ältere musterte mich grinsend. »Welches Revier?«

»Ottensen.«

Die beiden sahen sich an. In der Gegend gab es keine Wache.

»Privat.«

»Ach«, sagte der Jüngere enttäuscht.

»Kommen Sie doch zu uns«, meinte sein Kollege mit einem Blick auf meinen leicht verbeulten und angerosteten Peugeot. »Dann können Sie sich einen besseren Wagen leisten.«
»Wohin, in die Abteilung für Hochstapler?«, wollte ich fragen. Aber im gleichen Moment begann eine Blaskapelle die dänische Nationalhymne zu spielen.
Die beiden Bullen drehten sich um und sagten gleichzeitig: »Scheiße, es geht schon los!«, fassten nach ihren Gummiknüppeln und rannten davon. Ich schaute ihnen nach. Im Laufen nahmen sie die Knüppel vom Gürtel und griffen nach den Handschellen, die an ihren Hintern hin und her wippten.
Ich schloss die Tür ab und gab dem Peugeot einen aufmunternden Klaps. Er würde schon wieder auf die Räder kommen. Zu den schrägen Klängen der Blaskapelle gesellten sich dünne Stimmen, die einen mir unverständlichen Text sangen. Vermutlich ging es um den Heldenmut der Dänen oder die Schönheit ihrer Heimat. An einem Fahnenmast, den ich bis dahin noch nie bemerkt hatte, wurde eine Flagge hochgezogen, weißes Kreuz auf rotem Grund. Die Hymne wurde beendet. Die Umstehenden riefen Bravo und wedelten mit kleinen Papierfähnchen. Es schien ihnen Spaß zu machen.
Ich nahm mir Zeit, meine Haare zu einem Pferdeschwanz zusammenzubinden und ging dann hinüber, um mir das Ereignis aus der Nähe anzusehen.
Jetzt bemerkte ich auch die Einsatzfahrzeuge der Bereitschaftspolizei. Die Transporter standen hintereinander am Rand des Busbahnhofs, vor ihnen Beamte mit Helmen, Schilden und Schlagstöcken. Die beiden Bullen, die mir so nett geholfen hatten, waren gerade dabei, zwei Männern, die hinter einem aufgebauten Rednerpult standen, die Arme auf den Rücken zu drehen.
»Nieder mit dem deutschen Terror! Altona skal være dansk!«, riefen die Fähnchenschwenker. Die Bereitschaftsbullen rückten näher.
Einer der Männer, den die beiden Bullen gerade in der Mangel hatten, schrie laut: »Ich protestiere! Ich bin der dänische Vizekonsul! Lassen Sie mich sofort los!«
Die freundlichen Bullen sahen sich ratlos an. Der zweite Mann in ihrem Gewahrsam wand sich wie ein Aal, schrie unverständ-

liches Zeug und begann hysterisch zu lachen. Der jüngere Bulle versetzte ihm einen Schlag mit dem Knüppel auf den Hinterkopf, und er brach zusammen.
Wieder ertönte der Slogan: »Altona skal være dansk!«
Der angebliche Vizekonsul rief mit sich überschlagender Stimme: »Das wird ein Nachspiel haben!«
Es waren schätzungsweise doppelt so viele Polizisten wie Demonstranten da. Als ich mich umdrehte, wurde mir klar, dass sie versuchten, die Demonstranten einzukreisen. Einer von ihnen packte meinen Arm.
Das hätte er nicht tun sollen. Bevor er »hoppla« sagen konnte, lag er vor mir auf dem Boden. Er hatte mir die perfekte Ryote-Tori-Angriffsstellung geliefert, und ich hatte sie ganz korrekt mit Shiho-Nage, dem Schwertwurf, beantwortet. Ich duckte mich unter einem erhobenen Knüppel durch und rannte Richtung Bahnhofshalle.
»Sieh dich nie um, wenn du vor jemandem wegrennst, sonst kriegen sie dich!«, hatte mein Vater mir schon in frühester Kindheit beigebracht. Er hatte viel Demo-Erfahrung gesammelt und war ein Meister im Weglaufen vor den Bullen gewesen. Also schaute ich mich nicht um, sondern nutzte die Situation zu einem Slalom-Sprint zwischen den Autos hindurch, die gerade auf die Verladerampe des Autoreisezugs zurollten.
Ich durchquerte die Bahnhofshalle und war so aufgedreht, dass ich einfach weiterrannte, durch die Fußgängerzone hindurch, über den Spritzenplatz, dann die teilweise aufgebaggerte Hauptstraße entlang, immer geradeaus, Richtung Büro. So kann man auch sein tägliches Jogging-Programm absolvieren.
Vor dem Zugang zu dem Fabrikgebäude, in dem ich einen Loft im vierten Stock bewohne, hatten sie eine tiefe Grube ausgehoben und die Bauzäune so aufgestellt, dass der Weg zwischen ihnen hindurch wie ein ausgeklügelter Irrgarten anmutete.
Vor der Tür angekommen, neben der normalerweise mein Peugeot geparkt ist, fiel mir ein, dass ich vergessen hatte, Geld in die Parkuhr am Bahnhof zu werfen. Nun ja, es war Gefahr im Verzug gewesen.
Ich suchte in meiner Jeanstasche nach dem Schlüssel und hörte hinter mir ein Räuspern.

»Hallo, Lenina!«
Ich wirbelte herum und stand vor einem dünnen Kerl in Jeans-Anzug und Cowboy-Stiefeln. Er hatte lange, sehr graue Haare, einen ebenso grauen Vollbart und sein Gesicht sah, abgesehen von der Nickelbrille, so ähnlich aus wie das von dem Typ, dessen Porträt mein Vater früher über das Sofa gehängt hatte. Karl Marx. Ich hatte es neulich im Regal hinter den Büchern wiedergefunden und den Wechselrahmen dann genutzt, um ein Bild von Jacqueline du Prés aufzuhängen.
Ich schaute ihn ratlos an.
»Du kennst mich nicht mehr«, stellte er fest.
»Anscheinend nicht«, gab ich zu.
Er hielt mir die Hand hin. Sie war faltig und sehr behaart. »Ich bin Paul. Du hast sogar mal Onkel zu mir gesagt.«
»Ach du Scheiße.«
Er lachte freudlos und schaute sich um. »Wo ist denn der Peugeot? Ich seh dich doch immer damit rumfahren.«
So ist das in diesem Viertel, in dem so viele Leute wie in einer Kleinstadt auf der Fläche eines Dorfes leben, man ist ständig unter Beobachtung.
»Motorschaden. Steht am Bahnhof.«
»Ich kann dir einen guten Mechaniker empfehlen.«
»Ich krieg das schon alleine hin.«
Er hob entschuldigend die Hände. »Ich will mich gar nicht in dein Leben drängen, Lenina. Aber –« Er zögerte.
»Ich hab jetzt keine Zeit«, sagte ich unwirsch und wandte mich ab.
»– ich hab einen Auftrag für dich.«
Ich drehte mich wieder um.
»Du bist doch noch Detektivin?«, fragte er.
»Um was geht's denn?«
Er trat von einem Fuß auf den anderen. »Können wir das nicht oben besprechen?«
»Um was geht's?«, wiederholte ich.
Die Augen hinter seiner Nickelbrille zwinkerten nervös.
»Ich möchte, dass du Schneewittchens Sarg findest.«
Ich starrte ihn an. Solche Witzbolde kamen gelegentlich vorbei. Machten, wie sie sich einbildeten, hochintelligente Scherze und wollten, dass man mitlachte.

Aber Paul lachte nicht. Er grinste nicht mal. Er sah eher so aus, als könnte er jeden Moment zu heulen anfangen.
»Du bist doch Detektivin?«, fragte er noch mal und es klang schüchtern.
»Kommen Sie bitte mit.« Ich drehte mich um, schloss die Tür auf und betrat das kahle Treppenhaus.

ZWEI

Ich eilte ihm voraus und bemerkte dabei, dass ich es vor allem deswegen tat, um ihm zu zeigen, dass ich viel jünger und besser im Training war als er. Aber als ich oben ankam, war ich ziemlich aus der Puste, ich war ja immerhin vom Bahnhof hergerannt. Er war dicht hinter mir geblieben und atmete langsam und gleichmäßig.
Ich schloss die Stahltür mit dem Schild »Lenina Rabe, Detektivin« auf und betrat das Büro. Der vordere Raum des Lofts, mein Büro, war glücklicherweise vorbildlich aufgeräumt. Sogar der Küchenbereich glänzte. Im Hinterzimmer, meinem privaten Reich, sah es anders aus, aber das lag nur daran, dass ich zur Zeit Besuch hatte. Annie war aus Berlin rübergekommen, um sich bei mir auszuweinen, weil ihre Karriere als Sängerin einen Knick bekommen hatte. Wir waren letzte Nacht in unserer alten Stammkneipe, dem »Espace«, gewesen und hatten einen nostalgischen Abend verbracht bis zu dem Moment, als so ein Typ, der aussah wie ein weichgespülter Til Schweiger, Annie gefragt hatte, ob sie nicht die Annie sei, die er neulich auf MTV und so weiter … Sie waren dann zusammen weggegangen und ich allein nach Hause.
Aber jetzt stand, nachdem die Tür hinter ihm laut ins Schloss gefallen war, dieser alte Knacker in meinem Büro und sah sich meine »Galerie der Inspiration« an. Das waren Bilder von schwierigen Übungen, die ich mir noch draufschaffen musste. Einfache Skizzen, die ich selbst angefertigt hatte.
»Machst du immer noch Aikido?«, fragte Paul.

»Ja.«
»Und bist immer noch der Ansicht, dass die Revolution nicht auf der Straße, sondern im Kopf stattfinden muss?«
»Gibt's irgendwas, das Sie nicht über mich wissen?«
Er lachte trocken. »Wohnst du immer noch allein hier?«
»Noch eine persönliche Frage und ich werfe Sie raus!«
Wieder dieses Lachen, das so gar nicht lustig klang. »Das würdest du glatt schaffen.«
»Klar. Und die Ermittlung können Sie dann auch vergessen.«
»Du kannst mich ruhig duzen. Mal abgesehen davon, dass wir uns schon ewig kennen, mag ich es nicht, gesiezt zu werden – außer von den Bullen«, setzte er hinzu.
Ich merkte, dass ich langsam von meinem Anti-Trip runterkommen musste. Es war völlig destruktiv, in meiner finanziellen Lage einen potenziellen Kunden zu verprellen. Außerdem vertrug es sich nicht mit meiner Lebensphilosophie. Auch der kleine Lehrmeister in meinem Ohr meldete sich jetzt zu Wort. »Koch ihm einen Yogi-Tee!«, verlangte er. Aber auf meinen Sensei war ich momentan schlecht zu sprechen, ich fand ihn zu vorlaut. Deshalb fragte ich den grauen Panther: »Wie wär's mit einem Kaffee?«
»Gern.« Er setzte sich auf den Stuhl vor meinen Schreibtisch. Ungefragt. Na ja, mein Vater hatte es auch immer abgelehnt, sich halbwegs zivilisierte Umgangsformen anzugewöhnen. Muss wohl ein Generationsproblem sein.
Ich füllte die besten Bohnen von Café Libertad in die Mühle und ließ sie aufheulen. Dann brühte ich einen absolut unmodernen Filterkaffee auf. Nicht aus Zickigkeit, sondern weil meine Espresso-Maschine nur noch vor sich hinspuckte. Den Kaffee hatte Nadine mir neulich mitgebracht. Sie konsumierte nur politisch korrekt.
Paul holte eine Packung filterlose Gauloises aus der Jackentasche und zündete sich eine an. Wieder ungefragt. Ich seufzte. Der Sensei in meinem Ohr riet mir zu Gelassenheit, obwohl er Rauchen nicht ausstehen konnte.
Schließlich stellte ich zwei Becher auf den Schreibtisch und setzte mich dahinter. Paul warf vier Stück Zucker in den Kaffee. Ich trank ihn schwarz.

Paul schwieg, dachte nach, trank Kaffee und blies mir den Rauch über den Schreibtisch entgegen. Der Mann war eine echte Prüfung.
Auch wenn es eine absolut lächerliche Frage war, musste sie nun gestellt werden: »Wer ist Schneewittchen?«, sagte ich.
»War«, sagte er.
»Na gut, wer war Schneewittchen?«
Er hatte sich aus einem Stück Alufolie von der Zigarettenpackung einen kleinen Aschenbecher geformt, da ich ihm keinen angeboten hatte. So was hatte ich gar nicht. Da hinein drückte er jetzt die Kippe und nahm sich gleich eine neue Zigarette.
»Das weiß ich auch nicht so genau«, sagte er und ließ sein Feuerzeug aufflammen.
So langsam kam ich mir verarscht vor. »Das Raucherabteil ist draußen«, sagte ich und deutete zur Tür.
»Ich will es aber wissen«, sagte Paul bedächtig. »Ich will endlich wissen, wer sie auf dem Gewissen hat.« Er hielt inne, paffte vor sich hin und nippte an seinem Kaffee.
»Wir haben einen Erklärungsnotstand«, stellte ich fest.
Er nickte nachdenklich und sah mich dann an. Die Augen hinter seiner Nickelbrille waren blassblau. Konnte sein, dass ich mich gerade daran erinnerte, dass mich diese Augen schon mal angesehen hatten. Vor tausend-oder-so Jahren.
»Weißt du noch, wo ich wohne?«, fragte er.
»Nee.«
Er hüstelte ironisch. »Na ja … Aber du kennst die Friedensallee.«
»Ja, ja.«
»Und die Borselstraße und die Daimlerstraße, diese Ecke, wo früher lauter Fabriken standen und wo sich jetzt die Yuppies breitgemacht haben.«
»Yuppies?«
»Sagt man das nicht mehr?«
»Eher nicht.«
»Na ja, du weißt schon. Trendkapitalisten, Kriegsgewinnler der Neoliberalisierung.«
»Ja, ja.«
»Wir wohnen da immer noch. Damals, Anfang der 70er Jahre,

als dieses Viertel hier total runtergekommen war, haben wir die Gebäude besetzt und ein Sozial-Projekt gestartet. Wir haben die Arbeiter, die Arbeitslosen und die Alten verteidigt, die bei einem drohenden Kahlschlag im Viertel obdachlos geworden wären. Wir haben uns um die Kinder und Jugendlichen gekümmert, die überhaupt keinen Anlaufpunkt hatten. Wir haben den Türken geholfen, sich in diesem Land zurechtzufinden. Wir haben Sozialarbeit geleistet, für die sich der Staat und die Gesellschaft zu schade waren. Wir haben das Viertel gerettet! Zusammen mit anderen Initiativen. Und dann kamen diese Yuppie-Scheißer und fingen an, uns zu enteignen. Und jetzt heißt Kommunikation und sozial nur noch, dass man in Trend-Bars geht, sich mit Alko-Pops bedröhnt, mit Techno betäubt und ...«

»Techno ist tot«, zitierte ich meine Freundin Nadine. Er war mir entschieden zu laut geworden. Außerdem verstreute er seine Asche auf meinem Schreibtisch.

»Na und? Du weißt, was ich meine!«

»Klar. Aber was hat das mit Schneewittchen zu tun?«

Er hob die Hand und deutete ins Nichts. »Also gut, ich will mich kurzfassen. Das ist ja auch so was heutzutage, dass keiner mehr fähig ist zuzuhören. Aber bitte. Dann kriegst du jetzt die Kurzfassung. Später können wir ja noch mal über die Details sprechen.«

Ihm stand der Schweiß auf der Stirn, obwohl es im Büro nicht sehr warm war. »Meinetwegen«, lenkte ich ein.

»Das waren alles Studenteninitiativen. Später, als alle langsam mit dem Studium fertig wurden – Soziologen, Psychologen, Mediziner, Sozialpädagogen waren dabei –, wurden aus den Inis professionell organisierte Sozial-Projekte. Schließlich müssen auch engagierte Menschen Geld verdienen. Es gab aber zwei Jahrzehnte lang ein gemeinsames Dach und einen festgelegten Rahmen, in dem das alles stattfand, ein Trägerverein für die verschiedenen nichtkommerziellen Projekte, die ja auch immer noch dazugehörten. Das wurde dann allerdings immer weniger und inzwischen kocht jeder sein eigenes Süppchen.«

»Und du, was hast du gemacht und was machst du da jetzt?«

»Ich wohne immer noch da, und der Verein, das bin praktisch nur noch ich.«

»Sonst nichts? Beruflich, meine ich.«
»Ich hab das mit dem Studium nicht so auf die Reihe gekriegt. Erst Psychologie, dann Soziologie, dann Politologie und Geschichte. Eine Zeitlang wollte ich Lehrer werden, na ja. Dann bin ich eine Weile Taxi gefahren und später auf Altenpfleger umgesattelt. Das mach ich jetzt, ambulante Pflege.«
»Und wie kriegen wir nun die Kurve zu Schneewittchen?«, fragte ich, während er sich eine weitere Gauloise anzündete.
Er starrte in seinen leeren Becher: »Kann ich noch einen Kaffee haben?«
Ich stand auf und schenkte uns nach.
»Der Verein ist irgendwann in finanzielle Schwierigkeiten geraten«, fuhr Paul fort, nachdem er wieder vier Zuckerstücke versenkt hatte. »Die Gebäude mussten saniert werden und ... na ja, manche wollten nicht zu tief in die eigene Tasche greifen. Aber ein Verein kann keine größeren Kredite aufnehmen. Und so wurden die Gebäude an uns nahestehende Personen verkauft. Eins blieb übrig, als Vereinssitz sozusagen. Es wurde jetzt wegen Baufälligkeit abgerissen. Das letzte Gebäude, das von dem ganzen Projekt übrig geblieben war.« Er schaute mich auffordernd an.
»Und?«
»Liest du keine Zeitung?«
»Ab und zu.«
»Es stand sogar in der *taz*.«
Die hatte Nadine schon länger nicht mehr bei mir liegen lassen.
»*Mopo* und *Bild* auf der ersten Seite, *Abendblatt* auch.«
»Ich konzentriere mich meistens auf ›Vermischtes‹ in der *Buddhist Review* aus Singapur«, sagte ich scherzhaft.
Er nahm es ernst. »Da wird es nicht gestanden haben.«
»Nein.«
»Sie haben eine Leiche gefunden, nachdem sie den Gebäudeteil abgerissen hatten und die Fundamente ausbuddelten. Die Leiche eines jungen Mädchens. Es war ja nicht mehr viel von ihr übrig. Aber die Autopsie hat ergeben, dass sie sechzehn oder siebzehn Jahre alt gewesen war, als sie starb. Und sie lag zwanzig Jahre in einem Grab unter dem Keller.«
»Schneewittchen.«

»Ja.«
»Wieso heißt sie so? Wer hat sie so genannt? Die Medien?«
»Nein, ich.«
»Warum.«
»Rot wie Blut, weiß wie Schnee, schwarz wie Ebenholz.«
Er hielt inne. Seine Gedanken drifteten ab. Ich ließ ihm ein bisschen Zeit und sagte dann: »Können wir bitte bei den Fakten bleiben?«
Er schrak zusammen. Seine Hände zitterten, als er zuerst den qualmenden Zigarettenstummel und dann den Kaffeebecher zum Mund führte.
»Es war ein Mädchen. Sie wohnte eine Zeitlang bei uns. Ich weiß nicht, wo sie herkam. Eines Tages war sie verschwunden. Ich dachte, sie sei vielleicht wieder zu ihren Eltern zurück oder sonst wohin.«
»Woran ist sie denn gestorben?«
Paul holte tief Luft. »Jemand hat ihr den Schädel eingeschlagen«, sagte er leise.
»Und was sollte dieser Spruch mit dem Sarg?«
»Bei der Leiche wurden Glassplitter gefunden.«
»Schneewittchens Glassarg.«
»Vielleicht.« Er zündete sich schon wieder eine Zigarette an.
»Und ich soll ermitteln?«
Er nickte. »Und alles herausfinden.«
»Ich kann das aber nicht umsonst machen«, sagte ich.
»Ich hab ein bisschen Geld gespart. Das ist es mir wert.«
»Na gut, aber ich werde in den Privatangelegenheiten der Leute, die dort wohnen, herumschnüffeln. In Ihren auch.«
»Ja, mach das ruhig.«
»Und die Bullen haben keine Ideen dazu?«
»Die sind doch sowieso überarbeitet. Und eine zwanzig Jahre alte Leiche, von der nur noch die Knochen übrig sind … Da prüfen die die Vermisstenlisten und es ist erledigt.«
»Wie hieß sie denn?«
»Vera.«
»Und weiter?«
»Sie hat uns nie ihren Nachnamen gesagt. Es hat auch keiner gefragt.«

Die Türglocke ertönte. Besser gesagt, der Gong dröhnte. Paul fuhr zusammen.
»Entschuldigung.« Ich stand auf. Paul erhob sich ebenfalls und ging hinter mir her.
Ich schob die Tür auf. Im Treppenhaus stand eine adrett gekleidete Mitdreißigerin mit Puder, Rouge und Lippenstift im Gesicht.
»Guten Tag. Frau Rabe?«, sagte sie.
»Ja, bitte?«
Paul huschte vorbei. »Du weißt ja, wo ich wohne«, raunte er mir zu und hastete die Treppe hinunter.
Die Adrette hielt mir ihre Hand hin. Lange Fingernägel, metallicblau gefärbt. Fehlten nur noch die Rallye-Streifen auf ihrem leicht pinkstichigen Kostüm.
»Schleiz, mein Name.«
»Kommen Sie rein, Frau Schleiz.«
Ich deutete in den Büroraum, in dem die einfallenden Sonnenstrahlen schräge Streifen in die Nikotinschwaden schnitten.

DREI

»Darf ich rauchen?«, fragte Frau Schleiz, kaum dass sie sich auf den Besucherstuhl gesetzt und die Beine übereinander geschlagen hatte.
Ich deutete auf die Kippen im gefalteten Alupapier. »Der Klient vor Ihnen musste sich einen eigenen Aschenbecher basteln.«
»Oh, das ist kein Problem.« Sie hob ihre kleine weiße Handtasche, die tatsächlich so etwas wie Rallye-Streifen am Rand hatte, auf den Schoß, öffnete sie und holte einen kleinen silbernen Aschenbecher mit Klappdeckel hervor. »Darauf bin ich vorbereitet«, ergänzte sie.
Ich seufzte. Nach diesem Gespräch würde ich alle Fenster öffnen und das Büro aus gesundheitlichen Gründen für 24 Stunden schließen müssen.
»Was kann ich für Sie tun, Frau Schleiz?«

Sie reichte mir eine Karte. Die hatte sie offenbar extra für unsere Begegnung an einem Automaten drucken lassen. Es war nur ihr Name darauf und die Handy-Nummer. Immerhin stand auch der Vorname dabei: Eirin. Sollte das türkisch sein?
»Eirin ist aber ein ungewöhnlicher Name«, sagte ich.
»Sie betonen es falsch«, erklärte sie mit bedeutsamem Gesichtsaudruck. »Nicht auf der ersten Silbe, sondern auf der zweiten, Eirin, wie im Englischen.«
»Oh, ach so, Entschuldigung.«
»Ist nicht schlimm. Das passiert vielen hier im Westen.«
Jetzt erst fiel mir auf, dass sie einen leicht sächselnden Tonfall hatte.
»Worum geht es also, Frau Schleiz?« Ich erwartete nicht viel. Wahrscheinlich sollte ich mal wieder einen untreuen Ehemann oder Freund unter die Lupe nehmen. Zwei Drittel meiner Kundschaft besteht aus Frauen, die glauben, nicht genug über ihre Männer zu wissen. Meistens stimmt das auch. Aber wenn sie dann mehr über sie wissen, macht sie das auch nicht glücklicher. Aber Eirin Schleiz hatte ein anderes Anliegen.
»Wir verlangen absolute Diskretion«, sagte sie in geschäftsmäßigem Ton.
»Das geht in Ordnung. Diskretion ist die Grundlage meiner Arbeit.«
»Gut. Dann unterschreiben Sie das hier bitte.« Sie zog einen Zettel aus ihrer Handtasche, faltete ihn auseinander und legte ihn mir auf den Schreibtisch. Ein Hauch von tropisch anmutendem Parfüm wehte mit dem Zigarettenrauch über den Tisch.
»Ich verpflichte mich bezüglich des mir von Frau Eirin Schleiz unterbreiteten Angebots sowie bei nachfolgender Übernahme des Auftrags zu absoluter Diskretion«, stand darauf.
»Wenn ich das unterschreibe«, sagte ich, »muss ich Ihnen aber den doppelten Honorarsatz berechnen.«
»Wie hoch ist denn Ihr Honorarsatz?«
Ich dachte nach. Je nach Kunde schwankten meine Forderungen zwischen Null und Unendlich.
»Fünfzig Euro«, sagte ich, weil sie mir unsympathisch war.
»Hundert also«, sagte Frau Schleiz, ohne mit der Wimper zu zucken. »Damit verpflichten Sie sich allerdings auch zur

Klärung der Angelegenheit innerhalb von zehn Tagen. Bei Nicht-Erfüllung besteht kein Honoraranspruch.« Sie hatte schon wieder einen Zettel in der Hand. Nun auch einen Kugelschreiber, mit dem sie die Zahl »100« in ein offenbar dafür vorgesehenes Feld eintrug.
»Wir gehen davon aus, dass Ihre eventuellen Spesen in diesem Betrag enthalten sind.« Sie reichte mir den zweiten Wisch. Darauf stand fast wörtlich das, was sie gerade gesagt hatte.
Ich überschlug kurz das möglicherweise dabei herauskommende Gesamthonorar, war in Gedanken schon auf dem Weg in die Südsee oder besser noch in die Mailänder Scala, riss mich aber zusammen und sagte: »Bei Nicht-Erfüllung berechne ich fünfundzwanzig Euro pro Stunde als Bearbeitungsgebühr.«
»Fair ist fair«, sagte sie. »Schreiben Sie's dazu.«
Das tat ich und gab ihr beide Zettel unterschrieben zurück. Sie studierte alles mit gerunzelter Stirn und stellte fest: »Sie wollen drei Tagessätze als Garantiesumme?«
»Fair ist fair«, sagte ich. »Zweifellos werde ich Ausgaben haben.«
»Sie wissen doch noch gar nicht, um was es geht.«
»Wir können diese Zettel ja immer noch zerreißen.«
Sie seufzte und kramte wieder in ihrer Tasche. »Ich hoffe, Sie nehmen auch Bargeld.«
»Wenn es sein muss.« Ich legte so viel Missmut wie möglich in meine Stimme.
Jetzt hielt sie eine Menge Scheine in der Hand. »Also drei mal ...?«
»Fünf.«
»... mal fünfundzwanzig macht ... Dreihundertfünfundsiebzig. Ich gebe Ihnen vierhundert.«
Sie zählte die Scheine ab und legte sie mir hin. Mir wurde schlagartig klar, dass diese Sache nicht gut ausgehen konnte, wenn gleich zu Anfang so viel Geld im Spiel war. Ich ließ es erst mal liegen.
»Also?«, forderte ich Frau Schleiz auf.
Sie drückte die Kippe mit großer Sorgfalt in den kleinen Aschenbecher, klappte ihn zu und ließ ihn in die Handtasche fallen.

»Sie werden nur mir Bericht erstatten, und nur über diese Handynummer.«
»Okay.«
»Also passen Sie gut auf«, sagte sie lehrerinnenmäßig. »Sie sollen herausfinden, wer hinter dieser rot-weißen Terrorbande steckt.«
»Hinter wem?«
»Hinter der Dänischen Befreiungsfront.«
Ich sah sie erstaunt an. Kein abtrünniger Ehemann, kein untreuer Geliebter? Stattdessen – Politik? Oder war das hier ein Scherz auf meine Kosten?
»Sie wissen doch, wen ich meine?«
»Ja, ja, aber …«
»Die haben das Viertel im Würgegriff«, stieß Frau Schleiz wütend hervor.
»Ist das nicht ein bisschen übertrieben?«
»Übertrieben. Es fehlt nur noch, dass sie Schutzgelder erpressen!«
»Das tun sie doch nicht.«
»Nein, aber sie sind dabei, das ganze Viertel mit ihrem pseudopolitischen Unfug zu erobern. Und damit zerstören sie die Geschäftsgrundlage vieler kleiner Läden und Geschäfte.«
»Sie haben einen Laden hier in der Gegend?«, fragte ich.
Ganz kurz sah sie aus, als hätte ich sie bei etwas ertappt. Einen Laden für trendgerechte Handtaschen könnte sie haben. Aber damit verdiente man nicht so viel Geld, dass man sich meine neuen Honorarsätze leisten konnte.
»Aber nein!«, sagte sie unwirsch.
»Sondern?«
»Ich sagte doch, Ihr Auftraggeber bleibt ungenannt.«
»Schon gut.«
Sie kramte wütend in ihrem Täschchen. Nach den Zigaretten natürlich.
»Vorhin hat diese Terrorbande, wie Sie sie nennen, vor dem Altonaer Bahnhof die dänische Flagge gehisst.«
»Sehen Sie!« Das Feuerzeug flammte auf.
»Die Polizei hat sie anscheinend allesamt festgenommen.«
»Na, ein Glück.«

»Aber damit ist Ihr Problem doch gelöst.«
»Unsinn.« Sie blies mir den Rauch entgegen.
»Die werden verhört, die Personalien werden aufgenommen und wenn sie etwas Kriminelles getan haben, landen sie vor Gericht. Sie können sie anzeigen und auf Schadensersatz verklagen. Sie brauchen mich überhaupt nicht.«
»Doch, Frau Rabe, wir brauchen Sie. Es handelt sich nämlich in Wahrheit um eine Geheimorganisation.«
Das sagte sie mit so ernstem Gesichtsausdruck, dass mir das Lachen im Hals steckenblieb.
Sie schaute auf ihre hübsche kleine goldene Armbanduhr, stand auf und strich sich das Kostüm glatt.
»Sie sollen alles über diese Leute herausfinden, alles! Und mir umgehend berichten. Detailgenau. So schnell wie möglich. Aber keine schriftlichen Fixierungen!«
»Keine was?«
»Notizen und so weiter müssen Sie sofort wieder vernichten!«
Ich blickte wohl immer noch begriffsstutzig drein.
»Verstanden?«, herrschte sie mich an.
»Ja, geht in Ordnung, Frau Schleiz.«
»Gut. Melden Sie sich sofort, wenn Sie etwas wissen. Es eilt.«
Sie ließ die Kippe auf meinen wahrscheinlich leicht brennbaren Holzfußboden fallen und trat sie mit dem Schuh nachlässig aus.
»Auf Wiedersehen.«
Sie drehte sich um und stöckelte davon.
Eine Verrückte. Ich sollte solche Leute nicht ausnutzen, dachte ich mit Blick auf die Scheine auf meinem Schreibtisch. Oder das Schild an der Tür ändern. »Lenina Rabe – Psychotherapeutische Praxis«.

VIER

Ich hatte nicht viel Zeit, über meine neuen Fälle nachzudenken. Das Telefon klingelte ständig, und nacheinander kündigten Nadine, Annie und Susi ihr Kommen an. Das ist der Nachteil, wenn man ein Büro in zentraler Lage hat – alle kommen gern vorbei. Na ja, ich sollte nicht so nörgeln, das waren meine alten Freundinnen. Wir hatten schon lange nicht mehr zu viert zusammengesessen. Jede von ihnen hatte gleich mitgeteilt, dass sie davon ausging, dass wir heute Abend mal wieder »wie in alten Zeiten durchs Dorf ziehen« würden. Ich würde es als Teil meiner Recherche-Arbeit ansehen und tapfer ertragen, die anderen würden sich wahrscheinlich köstlich amüsieren. Na ja, Nadine vielleicht nicht so sehr …

Sie kam zuerst. Nachdem sie einmal durchs Büro gestreift war und alle Details gemustert hatte – sie sah auch jedes Mal, wenn sie kam, aus allen verfügbaren Fenstern nach draußen –, setzte sie sich auf das neue Sofa, das ich an die kahle Wand neben der Eingangstür gestellt hatte.

»Eine Menge Geld«, sagte sie und schüttelte ihr blondes Haar nach hinten. Sie trug ein Cordkostüm und hohe Stiefel. In letzter Zeit sah sie nicht mehr so streng nach autonomer Szene aus wie das Jahr zuvor. Aber ihre Ansichten waren radikal geblieben.

»Was?«

»Auf deinem Schreibtisch. Hast du gerade einen Fall beendet?«

»Im Gegenteil, das ist der Vorschuss auf einen Fall, der wahrscheinlich unlösbar ist.«

»Unlösbare Fälle gibt es nicht. Detektive lösen immer ihre Fälle.«

»Meine buddhistische Bildung sagt mir, dass dies eine Illusion ist. Wirklich gelöst wird ein Fall in den seltensten Fällen. Mit etwas Glück renkt man eine fehlerhafte Sache wieder halbwegs ein, aber das Schicksalsrad dreht sich unermüdlich weiter und der große Fluss des Lebens weicht nicht einen Millimeter aus seinem vorgegebenen Bett.«

Nadine lachte. »Häng das als Motto über deinen Schreibtisch.«

»Wäre das denn so witzig? Was hängt denn bei dir drüber?«

»Das Sein bestimmt das Bewusstsein. Jedenfalls bis gestern. Ich hab's runtergenommen. War sowieso eher als eine Aufforderung an mich selbst gedacht.«

»Und? Hat er gewirkt, der Spruch?«

»Ein bisschen. Ich hab mich entschlossen, mein Studium zu schmeißen.«
»Du spinnst.« Ich konnte das nicht glauben. Für mich war sie die ideale Person für eine Karriere an der Uni.
»Was soll ich mit Philosophie, Politik, Geschichte und all dem Kram anfangen? Als Expertin im Fernsehen den Leuten die Sicht auf die Wahrheit vernebeln? Es gibt keine Jobs in dem Bereich.«
»Ich dachte, du machst es, weil es dich interessiert.«
»Alles graue Theorie im Dienst der herrschenden Klasse. Und völlig abgehoben.«
»Philip hat mir mal vorgeschlagen, ich solle Jura studieren.«
Nadine starrte ins Leere. »Philip. Den müssen wir auch mal wieder im Knast besuchen. Aber Jura? Das ist doch lächerlich. Wer das Geld hat, hat die Macht, und wer die Macht hat, hat das Recht. So einfach ist das in unserer Gesellschaft.«
»Was willst du also tun?«
Sie lächelte verschmitzt. Es kam selten vor, dass man ihre Grübchen sah. Nur wenn sie wirklich gut gelaunt war. Sie war immer viel zu streng mit sich.
»Die Macht der Verhältnisse im Kleinen bekämpfen. Und dafür, dachte ich mir, könnte ich mich als Mitgesellschafterin eines kleinen kapitalistischen Unternehmens bewerben.«
Ich schaute sie wahrscheinlich ziemlich belämmert an. Nadine kam aus gut betuchter Familie und war erst kürzlich aus ihrem Elternhaus in Blankenese ausgezogen, in eine kleine Wohnung hier in der Nähe. Sie kellnerte jetzt, weil sie ihren Lebensunterhalt selbst verdienen wollte. Und auf einmal wollte sie sich als Unternehmerin betätigen?
Sie fand meinen Gesichtsausdruck wohl witzig, denn sie lachte schon wieder.
»Es wird allerdings schwierig werden, die Inhaberin des Unternehmens davon zu überzeugen, dass sie mich braucht.«
Jetzt fiel bei mir der Groschen. Ich schüttelte heftig den Kopf.
»Das ist doch Quatsch. Das hier wirft ja nicht mal genug für mich allein ab.«
»Es wird Zeit, dass du deine Agentur professionalisierst, Leni.«
Ich kam da nicht mehr ganz mit. »Wieso willst du denn jetzt auf

einmal ...« Ich brach ab, weil ich merkte, dass mir der Gedanke, jemand anderes könnte in meinem Reich mitregieren wollen, überhaupt nicht gefiel.
Sie spürte meine Verunsicherung und sagte: »Ist nur so eine Idee, Leni, denk mal drüber nach. Oder vergiss es jetzt und erzähl mir von deinem neuen Fall. Und hör auf, so rumzustehen wie Pik Sieben, sondern mach uns mal einen Kaffee.«
Tatsächlich war sie die Einzige, von der ich mich ganz gern mal herumkommandieren ließ. Ich nahm den Wasserkessel und füllte nach.
»Es sind zwei Fälle ...« Ich erzählte ihr von meinen neuen Kunden.
»Den Schneewittchen-Fall hätte ich abgelehnt«, sagte Nadine, als ich ihr den Becher mit dem schwarzen Kaffee reichte. »Den wirst du nicht lösen und Geld bringt er auch nicht ein, jede Wette.«
»Du könntest ja zunächst als Controllerin einsteigen«, sagte ich bissig.
Sie ignorierte die Bemerkung. »Die Sache mit der dänischen Befreiungsfront klingt ziemlich fies. Das kannst du eigentlich gar nicht machen.«
»Ich hab das Geld schon bekommen.«
»Aber von einem unbekannten Auftraggeber.«
»Ich kann nicht alle Aufträge ablehnen, Nadine, ich lebe von dieser Arbeit.«
»Ja, klar. Aber zuerst einmal solltest du herausfinden, wer hinter diesem Auftrag steckt.«
»Ich dachte, ich mache es umgekehrt. Erst enttarne ich diese dänischen Spinner und dann habe ich vielleicht etwas in der Hand, um meinen Auftraggeber aus der Reserve zu locken.«
»Konventionelle Strategie«, sagte Nadine. »Warum nicht gleich zwei Fliegen mit einer Klappe schlagen? Wir gehen zu Steve.«
»Wer ist Steve?«
»Er verwaltet die nichtoffizielle alternative Altona-Homepage. Und er ist so eine Art Jäger und Sammler des Informationszeitalters. Er weiß alles über diesen Stadtteil.«
»Klingt gut. Gehen wir also zu Steve.«

Nadine sah auf die Uhr. Es war kurz vor sechs. »Um diese Zeit schläft er noch. Und außerdem ...« Der Gong ertönte.
»... erwarten wir Besuch.«
Ich öffnete die Tür und herein kamen Susi und Annie, beide ganz böse aufgebitcht. Ich sah gleich, dass Annie ziemlich sauer auf Susi war. Die wiederum war schon in Partylaune.
Auf meine besorgte Frage, wie es ihr geht, antwortete Annie: »Beschissen.« Und ließ sich die dunklen Haare vors Gesicht fallen, um ihre Augenringe zu verdecken.
Sofort mischte Susi sich ein: »Sie hat eine total falsche Einstellung, deshalb fühlt sie sich schlecht.«
»Sei doch still«, sagte Annie leise und ging an ihr vorbei zum Sofa, wo sie sich auf den Platz fallen ließ, auf dem eben noch Nadine gesessen hatte.
Susi war nicht zu Diskretion fähig. Sie senkte nur leicht die Stimme, um ihre Meinung loszuwerden: »Sie ist enttäuscht, weil dieser Typ sich als Profi entpuppt hat.« Sie lachte. »He, nicht was ihr jetzt denkt. Ein Fotograf. Er wollte, dass sie sich auszieht. Aber nicht wegen Sex oder so, sondern um Bilder zu machen. Celebrity Nudes nennt man das. Sie hat das abgelehnt!« Eine Spur Empörung schwang in Susis Stimme mit.
»Na, ein Glück«, sagte ich.
»Glück? Dummheit!«, ereiferte sie sich. »Ich meine, okay, er wollte ihr kein Geld dafür geben, was ziemlich schäbig ist –«
Annie fauchte sie an: »Bist du bescheuert! Ich hab das doch nicht abgelehnt, weil er mir kein Geld geben wollte.«
»Das mein ich ja. Man muss doch weiterdenken. Was glaubst du, was solche Bilder einem später bringen? Wenn die in der Zeitung gebracht werden. So wird man prominent –«
Annie tippte sich an die Stirn. »Die hat doch 'ne Meise.«
»Wenn man dann gegen die Veröffentlichung klagt, kann man richtig was rausschinden«, quasselte Susi weiter.
»Sei endlich still!«, rief Nadine. »Du bist ja total korrumpiert von deiner eigenen Blödheit!« Sie setzte sich neben Annie und legte ihr den Arm um die Schultern.
Susi wurde ganz weiß im Gesicht. »Was soll denn das ...«
Ich nahm sie beiseite. Sie war kurz davor wieder zu gehen. Ich zog sie mit zum Küchentisch und schob ihr einen Stuhl hin.

Es dauerte drei Stunden und zwei Flaschen spanischen Rotwein, bis ich die Risse in unserer Clique wieder gekittet hatte. Der Sekt, den ich besorgt hatte, um auf das Wiedersehen gemeinsam anstoßen zu können, blieb im Kühlschrank. Es gab keinen Anlass mehr zu überschäumender Freude.

FÜNF

Wir gingen dann doch noch los, und ein wenig fühlte es sich an wie in alten Zeiten, als wir zu viert nebeneinander untergehakt über den Gehsteig schlenderten. Ab und zu machte eine von uns eine witzige Bemerkung, die anderen lachten, dann kam die unvermeidliche Diskussion, wo wir denn eigentlich hingehen wollten. Wir standen eine ganze Weile am Spritzenplatz herum und tauschten Standardsätze aus:

Annie: »Ich kann mir auch schon mal irgendwo eine Flasche Bier holen, bis ihr euch entschieden habt.«

Lenina: »Jetzt warte doch mal.«

Nadine: »Wir setzen uns ins Tarifa und überlegen.«

Susi (unvermeidlich): »Ehrlich gesagt, hab ich Hunger.«

Annie: »Dann lass uns in die Goldene Tasse gehen, auf 'ne schnelle Nudel.«

Lenina: »Die Goldene Tasse gibt's nicht mehr. Da ist jetzt dieses dänische Lokal drin.«

Und das war der Moment, wo die Stimmung wieder kippte.

Annie drehte sich einmal um die eigene Achse und sagte: »Es hat sich echt viel verändert im Viertel. Ich war doch gar nicht so lange weg. Was sollen eigentlich diese ganzen Fahnen?«

Sie meinte die Wimpel und Flaggen, die in den Schaufenstern einiger Geschäfte und vor manchen Kneipen hingen.

»Weißes Kreuz auf rotem Grund«, erklärte Susi und schüttelte ihre künstlich blonden Locken, die ihr inzwischen weit über die Schultern fielen. »Das ist doch dänisch.«

»Haben die eine Meisterschaft gewonnen oder was soll das?«, fragte Annie.

»Es ist so eine Art Happening«, erklärte Nadine. »Altona war mal eine selbstständige dänische Stadt und …«
»Wenn die Goldene Tasse jetzt eine rote Tasse mit weißem Kreuz ist, dann lasst uns doch da hingehen«, wurde sie von Susi unterbrochen. »Ich mag diese Fahne. Kreuze überhaupt sind doch chic.«
Tatsächlich war mir aufgefallen, dass sie ein Kreuz an einer Kette um den Hals trug.
»Ich finde das Essen dort nicht so gut«, sagte ich. »Es gibt nur Fast Food. Hot Dogs, Frikadellen und so ein Zeug …«
»Hot Dogs sind okay«, sagte Susi.
»Wenn die Pølser rot sind, find ich das witzig«, meinte Annie.
»Sie sind fast lila«, sagte ich angewidert.
Annie hakte sich bei Susi ein und erklärte: »Wir gehen jetzt Hot Dogs essen. Bier gibt's da doch bestimmt auch, oder?«
Ich sah Nadine an und schüttelte den Kopf. Mir war wieder diese Fahnenaktion am Bahnhof und der massive Polizeieinsatz eingefallen. Mein Fall war wichtiger als Hot Dog und Bier und schlechte Stimmung unter Freundinnen. Es war ein Moment, den es früher öfter gegeben hatte – Annie, Susi und Nadine stürzten sich ins Nachtleben, zogen mich mit, kamen immer mehr in Stimmung, und ich wurde irgendwann störrisch und setzte mich ab. Ich weiß immer noch nicht, warum ich solche Anfälle kriege. Wenn ich dann nach Hause gehe und Musik auflege, die diesen Namen verdient, bin ich todunglücklich.
Nadine schien meine Gedanken lesen zu können. »Ich hab auch keinen Hunger. Geht schon mal vor. Wir treffen uns später im Blauen Haus. Da legen sie heute alte Soul- und Jazz-Sachen auf. Das hält Leni dann auch eine Weile aus. Okay?« Sie sah mich auffordernd an.
Annie zögerte. Susi rief: »Na klar!« und zog sie mit sich fort. »Los, ich hab Hunger!«
Ich schaute Nadine an. »Danke.«
Sie zuckte mit den Schultern. »Es gibt keine vegetarischen Pølser und keine dänischen Gurken und Saucen ohne Konservierungsstoffe, Farbstoffe, künstliche Aromen und so weiter. Und wenn wir uns dort vergiften, bringt uns das der Aufklärung deines Falls kein Stück näher.«

»Was ist denn mit diesem Experten, von dem du gesprochen hast?«
Nadine sah zur beleuchteten Uhr über der Wäscherei. »Hm«, meinte sie, »könnte sein, dass er schon auf ist. Wir könnten ihm beim Frühstück Gesellschaft leisten.«
»Was isst er denn?«
»Müsli.«
»Du weißt ja genauestens über diesen Steve Bescheid«, sagte ich scherzhaft. »Wie kommt's?«
»Ich muss nicht alle deine Fragen beantworten, oder?«
»Nee.«
»Also los, gehen wir.«
Wir machten uns auf den Weg in eine vergessene Ecke des Viertels, wo größtenteils kleine baufällige zweistöckige Häuser standen, die wahrscheinlich bald planiert werden, um Platz zu machen für Modeboutiquen, Café-Bars, Handy-Verkaufsstellen, Reisebüros, Weinläden, Designläden, PR-Büros, Werbe- und Event-Agenturen, Architekten, Psychologen, Ergo- und Chirotherapeuten, Rechtsanwälte und Restaurants. Alles potenzielle Kunden für das einzige Detektivbüro in der Gegend, dessen Chefin es trotz der rosigen Geschäftsaussichten lieber sehen würde, wenn ein bisschen was von früher erhalten bliebe.
Doch so läuft das nicht, alles wandelt sich und du betrittst niemals zweimal hintereinander die gleiche Straße.
Aber wie wir die schmale, leicht gekrümmte Gasse entlanggingen, wo die Laternen weiter auseinanderzustehen schienen als anderswo, dachte ich: Diese Ecke hier wird so bleiben, bis sie eines Tages zu Staub zerfällt. Ich bildete mir ein, schon den Putz von den Wänden rieseln zu hören. Die Fenster waren allesamt dunkel. Hinter den mickrigen Fassaden schien kein Leben mehr zu sein. Eine Geisterstraße mitten in der Stadt, nicht weit entfernt vom pulsierenden Nachtleben?
Nadine blieb vor einer windschiefen Holztür stehen, von der die Farbe abblätterte. Keine Klinke, kein Riegel, kein Schloss. Ich drückte dagegen. Verschlossen. Nadine hob beide Hände, legte sie an zwei Stellen gegen die Tür und schob sie auf.
»Gewusst wie«, sagte sie, als die Türangeln leise quietschten. Wir betraten einen schmalen Gang zwischen zwei Häusern. Hin-

ter uns fiel die Tür wieder ins Schloss. Im gleichen Moment flammten einige kleine Lampen auf, Punktstrahler, die uns den Weg wiesen. Wir gingen über einen Kiesweg, in den größere Steinplatten eingelassen waren und gelangten in einen Hof, der wie ein Garten angelegt war. Offenbar hatte sich jemand viel Mühe gegeben, zwischen den baufälligen Häusern ein kleines Paradies einzurichten.

»Pass auf, dass du nicht in den Teich fällst«, sagte Nadine.

»Fehlt nur noch ein Springbrunnen«, sagte ich.

»Er hat auch einen Springbrunnen, aber der geht nur an, wenn das Flutlicht eingeschaltet wird.«

»Quatsch.«

»Doch, echt wahr.«

Im Licht der kleinen Lampen konnte man erkennen, dass die Hauswände allesamt sauber geweißt waren. Auch die Umrisse üppig bewachsener Beete, von Kübelpflanzen, Bänken und Gartenstühlen konnte man ausmachen.

Die Tür des Hinterhauses ging auf und ein ziemlich großer massiger Typ tauchte auf.

»Guten Abend, Steve.«

»Hallo, Nadine. Nett, dass du mal wieder vorbeikommst.«

»Das ist meine Freundin Lenina.«

»Hallo, Steve.«

»Guten Morgen, Lenina. Kommt doch rein, ich bin gerade beim Frühstücken.«

Nadine zwinkerte mir zu. Wir folgten Steve ins Haus. Es war ziemlich aufwändig im skandinavischen Stil eingerichtet und überraschend weitläufig. Offenbar hatte Steve alle nichttragenden Wände rausgehauen. Das Erdgeschoss war ein einziger großer Raum. Die Küche ging in einen Wohnbereich über, der weiter hinten zum Arbeitszimmer wurde. Alles sah sehr sauber und ordentlich aus. Ein seltsamer Kontrast zur Fassade an der Straße.

»Wollt ihr auch einen Kaffee?«, fragte Steve.

»Bier wäre mir, ehrlich gesagt, jetzt lieber«, sagte Nadine.

»Kühlschrank«, sagte Steve und deutete Richtung Küche.

Nadine stand auf. »Du auch, Leni?« Ich nickte und musterte Steve, der sich jetzt über eine Schale mit Müsli beugte, die er systematisch mit regelmäßigen langsamen Handbewegungen in sich hineinschaufelte. Er sah wirklich aus wie jemand, der niemals ans Tageslicht kam. Bleich, ein wenig aufgedunsen, leicht dicklich, hängende Wangen, dünne strähnige Haare, die halb über die Ohren und etwas zu weit in den Nacken reichten, Bauchansatz. Viel Bewegung schien er nicht zu kriegen. Mag sein, dass ich mich täuschte, aber ich hatte den Eindruck, dass er rosa Augen hatte. Wie ein Albino. Ich schätzte ihn auf Mitte bis Ende vierzig.

»Du bist die Detektivin, richtig?«

Ich nickte.

»Ja, ja, ja«, murmelte er und aß weiter.

Nadine stellte mir eine Flasche Tuborg hin. »Ich sagte dir ja, dass er alles über das Viertel weiß.«

»Fast alles«, korrigierte Steve mit vollem Mund.

Sie sprachen eine Weile über gemeinsame Bekannte, dann schob Steve seine Müslischale beiseite und Nadine kam auf das eigentliche Thema zu sprechen.

»Leni hat einen merkwürdigen Auftrag übernommen.«

»Erzähl!« Steve sah mich neugierig an. Ich mochte seine Augen. Alles andere an ihm aber eher nicht. Er bewegte sich träge, sprach schwerfällig, so als ob seine Zunge genauso unförmig und untrainiert wäre wie der restliche Körper.

Ich beschrieb den Besuch der aufgetakelten Eirin Schleiz und ihren Auftrag und setzte es in Zusammenhang mit der Flaggenaktion am Bahnhof.

Als ich fertig war, nickte Steve bedächtig, strich sich über die Stirn, dann über die Wangen, dann über den Bauch, dann über die Oberschenkel – Bewegungen, die mir ziemlich auf die Nerven gingen, obwohl es keinen Grund dafür gab. Aber ich gebe zu, dass er mir nicht geheuer war. Ich fand ihn schmierig, obwohl er nach Duschgel roch.

»Eine Menge Leute sind ziemlich nervös wegen dieses dänischen Karnevals«, sagte er und begann an den Ärmeln seines Flanellhemdes herumzuzupfen. Er hörte nicht mehr auf mit dieser Zupferei. Es konnte einen echt nervös machen.

SECHS

»Im Altonaer Rathaus zum Beispiel nehmen sie diesen Mummenschanz recht ernst«, sagte Steve.

»Nur weil ein paar Verrückte, falls diese Bezeichnung nicht übertrieben ist, dänische Fahnen aufhängen und es sich hyggelig machen wollen?«, fragte Nadine.

»Es gibt ständig Petitionen gegen die deutsche Hegemonie.« Er lachte. »Die denken sich immer was Neues aus, um zu beweisen, dass die deutsche Vorherrschaft eine Besatzung des freien dänischen Altona ist. Die Zwangsvereinigung mit Hamburg 1937 unter den Nazis müsse rückgängig gemacht werden und dann müsse Altona selbst entscheiden, zu welchem Land es gehören möchte, denn die Altonaer wurden nicht gefragt, als die Preußen sie erobert haben. Wenn man spitzfindig genug ist, kann man in der Geschichte viele Begründungen finden, warum der jetzige Zustand illegal ist.«

»Na ja, Papier ist bekanntlich geduldig. Was kann denn schon passieren, wenn die im Rathaus das einfach ignorieren?«

»Im Hamburger Rathaus, da ignorieren sie das. Der Bürgermeister dort hat ja bekanntlich einen gesunden Schlaf. Aber ich erinnere nur daran, dass die DDR auch mit Westdeutschland wiedervereinigt wurde und dass Taiwan seine Autonomie gegenüber China verteidigt und die Schotten sich Schritt für Schritt von England trennen. Warum soll das für eine Großstadt wie unsere nicht auch möglich sein?«

»Und dann bauen sie eine Mauer durch die Stadt?«, warf Nadine ein.

Steve zupfte ein wenig an der Hose herum, dann wieder am Hemd. »In einem Europa der autonomen Regionen wäre das wahrscheinlich nicht nötig. Man würde ganz einfach Altona wieder von Hamburg trennen.«

»Ein freies Altona? Das könnte mir direkt gefallen«, sagte Nadine. »Wenn's auf echte basisdemokratische Selbstverwaltung hinausläuft.«

Mir kam das alles wie Karneval vor. Na gut, es gab viele Leute, die auf die dänische Kultur abfuhren, angefangen bei Essen und Trinken – es gab fast nur noch dänisches Bier in den Altonaer Kneipen und Smørrebrød, Frokost und Hakkebøf waren Kult – bis hin zu Kneipen- und Wohnungseinrichtungen, die jetzt ständig als »hyggelig« bezeichnet wurden. Aber so was geht doch vorbei. Verwunderlich war allerdings der Polizeieinsatz, den ich miterlebt hatte. Warum hatten die so hart durchgegriffen, wenn es doch nur um ein paar Verrückte ging?

»Was ist eigentlich aus den Leuten geworden, die am Bahnhof die Fahne gehisst haben?«, fragte ich.

Steve zupfte sich am Ohrläppchen und am Ellenbogen und lachte vor sich hin: »Da haben sich die Bullen ganz schön blamiert. Echt witzig. Die Befreiungsfront hat es nämlich geschafft, mit fingierten Briefen den dänischen Vizekonsul zu der Aktion einzuladen. Der ist erst seit ein paar Wochen in der Stadt und offenbar ein bisschen naiv. Dem haben die Bullen eins auf die Mütze gegeben. Das wird noch diplomatische Folgen haben, schätze ich.«

»Da wurden doch noch andere verhaftet.«

Steve schüttelte den Kopf. »Peinlicherweise nicht. Klar waren da Aktivisten der Befreiungsfront anwesend. Man kann sie aber doch nicht einbuchten, nur weil sie zugeguckt haben, wie eine Fahne gehisst wird.«

»Aber da war noch einer, den sie in die Mangel genommen haben.«

»Ich hab so eine Art Internet-Kassiber reinbekommen. Darin steht, dass Jens Jensen es mal wieder geschafft hat, ›den Häschern der Besatzungsmacht zu entkommen, obwohl die Gummiknüppel schon drohend über seinem Kopf schwebten‹ – so drücken die sich aus.«

»Jens Jensen?«

»Das ist der Anführer.«

»Genau den muss ich festnageln«, erklärte ich.

Steve zupfte an seinem Kinn herum und machte ein Geräusch,

das zwischen Ächzen und Lachen angesiedelt war. »Das wird nicht einfach. Das ist ein Pseudonym – in Dänemark heißt doch jeder Zehnte Jensen. Niemand weiß, wer dahintersteckt. Vielleicht sind es ja mehrere.«
»Aber irgendwo müssen diese Leute sich doch treffen, um sich abzusprechen.«
»Klar, im ›Blavands Huk‹, das ist ihr Vereinslokal. Drüben in der Altstadt.«
»Dann fangen wir da an mit den Ermittlungen«, sagte Nadine.
Ich blickte irritiert zu ihr hin. Wieso ›wir‹?
Sie lachte.
»Eine andere Frage, die sich noch stellt, ist, wer eigentlich mein Auftraggeber ist«, sagte ich, um klar zu machen, wer hier die Ermittlungen führt.
Steve hatte jetzt begonnnen, sich zu kratzen. Vielleicht hatte er eine Allergie. Allmählich juckte es mich auch überall. Es wurde Zeit, dass wir gingen.
»Ziemlich viele Kneipen, Läden und Geschäfte und auch hier angesiedelte Firmen sind ja auf diese Modewelle, für die es die meisten halten, aufgesprungen. Die machen mit und versuchen, damit Geld zu verdienen. Wenn's also um ein Unternehmen geht, dem diese Dänen gegen den Strich gehen, dann muss es eins sein, dass da nicht mitmacht. Da würde ich mal zu suchen anfangen. Zahlen sie denn gut?«
»Für den Anfang war Frau Schleiz sehr großzügig.«
Steve lachte vor sich hin. »Dann kann es kein kleines mittelständisches Unternehmen sein. Die sind grundsätzlich geizig.«
Jetzt zupfte er gleichzeitig am Fußgelenk und mit der anderen Hand am Unterarm der zupfenden Hand. Ich stand auf und erklärte ein wenig zu laut, weil mir langsam unwohl wurde: »Wir müssen los.«
Ich gab ihm meine E-Mail-Adresse und die Handynummer, falls er etwas in Erfahrung bringen sollte. Steve brachte uns zur Tür.
»Vielleicht sind es ja auch die Dänen selbst, die dem Spuk ein Ende bereiten wollen«, sagte er zum Abschied. »Den Slogan ›Altona skal være dansk!‹, der hier überall an die Hauswände gesprüht wird, finden die vielleicht gar nicht so gut.«

Der Gedanke war mir auch schon gekommen. Wir verabschiedeten uns und gingen durch den beleuchteten Garten zum Durchgang auf die finstere Straße.
»Steve hat sich in den 80ern vier mickrige baufällige Häuser gekauft, die hier nebeneinander stehen. Dann hat er sie Schritt für Schritt saniert. Nur nach außen hin sehen die hässlich und kaputt aus, um potenzielle Käufer abzuschrecken. Er will mit allen Mitteln verhindern, das hier noch ein Einkaufszentrum entsteht. Die haben ihm schon ganz schön viel Geld geboten. Aber er bleibt standhaft.«
»Ich fand ihn ein bisschen nervös«, sagte ich.
»Er ist viel allein, ein Eigenbrötler«, sagte Nadine. »Da wird man irgendwann komisch.«
»Woher kennst du ihn denn?«
»Das ist doch egal.« Das klang eindeutig nach: Weitere Fragen unerwünscht.
Wir erreichten wieder etwas großzügiger beleuchtete Gefilde. Wir wollten eigentlich nur am Roten Haus vorbeilaufen, weil wir ja im Blauen Haus verabredet waren, standen aber plötzlich vor Susi und Annie, die lachend aus dem Innern des Klubs taumelten, mit Longdrink-Gläsern in der Hand. Im Roten Haus lief heute HipHop und Reggae, zwei Musikstile, die mir völlig zuwider waren. Nur Elektro-Pop- oder House-Geschichten gingen mir noch mehr gegen den Strich. Ein bisschen Jazz wäre okay gewesen, aber so …
»He, Leni!«, rief Annie. Und Susi gab Nadine einen freundlichen Klaps und schrie sie an: »He, Naddel!«
Ich merkte, wie ich schlagartig schlechte Laune bekam. »Ich dachte, wir treffen uns im Blauen Haus«, sagte ich.
»Später, Leni, später. Wir haben ein paar nette ältere Herren kennengelernt.« Annie deutete durch das geöffnete Fenster nach drinnen. Zwei Typen hoben ihre Bierflaschen und winkten ihr zu. Sie winkte zurück, Susi auch. Die beiden waren einige Jahre jünger als meine Freundinnen und sahen eindeutig nach Vorstadt aus.
»Für euch finden wir auch noch …«, lallte Susi.
Ich schob Annie beiseite und sagte schroff: »Nee, danke, ich muss noch arbeiten.«

Susi und Annie starrten mich empört an. Nadine sagte: »Ach komm, Lenina.«
Ich schüttelte den Kopf. »Du hast ja den Schlüssel, falls du ihn brauchen solltest«, sagte ich zu Annie. »Tschüss!«
Und mit wenigen großen Schritten war ich um die nächste Straßenecke gebogen und auf dem Weg nach Hause.
Ich überquerte den Kemal-Altun-Platz, der mitten in der Nacht interessanter wirkte, als er am Tag aussah. Schattenrisse von Bäumen und Sträuchern, seltsame Bauten ragten in den orangeschwarzen Stadthimmel, Steine knirschten unter meinen Sohlen, ein leichter Wind von der Elbe her brachte den modrigen Geruch der Kläranlage mit sich. In einer lauen Sommernacht wie dieser roch es doppelt unangenehm.
Ein Hund huschte vorbei, eine Ratte überquerte vor mir die Straße und verschwand in der Baugrube, die mir den Weg versperrte. Ich lief zwischen den Bauzäunen hindurch und freute mich auf mein Bett. Sollten die andern sich doch besaufen. Ich würde morgen früh gut ausgeschlafen meine Morgenmeditation machen, zum Training ins Aiki-Dojo joggen und anschließend weiter meiner Arbeit nachgehen. Das Einzige, was die Sinnlosigkeit des Daseins mildert, ist Disziplin. Mit etwas Glück gelingt es dir auf diese Weise, eine Stufe weiter nach oben auf dem Weg ins Nirwana zu klettern. Ich weiß, dass es für die meisten Leute seltsam klingt, aber solche Gedanken stimmen mich zuversichtlich.
Oder lullen mich ein. »Wenn du auf dem Pfad des Kriegers wandelst, darfst du nicht eine Sekunde lang unaufmerksam sein!«, schärft mir mein Trainer immer wieder ein.
Zu spät. Ein Schatten löste sich aus dem schwarzen Loch zwischen zwei Hauswänden und flog auf mich zu wie ein gedrungenes flinkes Raubtier.
Ein kalter Lufthauch, etwas zischte durch die Luft. Ich spürte, wie es mich am Arm erwischte und mein T-Shirt zerriss.
Der Schatten breitete sich aus, zog sich zusammen, bewegte sich ein Stück von mir fort und sauste erneut auf mich zu. Wieder zischte es. Ich hob einen Arm. Es war ja nichts zu sehen. Es war viel zu dunkel hier. Die Stromkabel für die Lampen, die normalerweise in dieser Ecke zwischen den alten Fabrikgebäuden

für diffuses Licht sorgten, waren gekappt. Alles war finster. Nur dieser hin und her fliegende Schatten war noch dunkler als alles andere. Er erwischte meinen erhobenen Unterarm. Ein Schnitt. Dann ein Schlag gegen den Unterleib, als ich versuchte zu reagieren. Ich krümmte mich, kippte beinahe vornüber, meine Haare wurden gepackt und eine heisere Stimme stieß gepresst hervor: »Finger weg davon! Das ist mein Fall!«
Ein lauter Schrei ertönte. Dann wurde der Schatten zur Seite geschleudert. Ich sank auf die Knie. Ein zweiter Schatten wirbelte vor mir herum. Ich sah Arme und Beine fliegen, hörte das dumpfe Geräusch, das der heftige Aufprall von Händen und Füßen auf einem Brustkorb verursacht. Etwas metallisch Klingendes fiel zu Boden.
Ich bekam noch einen Schlag gegen die Schläfe. Es dröhnte dumpf in meinem Kopf. Der erste Schatten rannte fort. Der zweite kniete sich neben mich und fing mich auf, als ich nach vorn kippte.
»Leni, bist du verletzt?«, fragte die Stimme von Nadine.
Ich sank ihr in die Arme und verlor das Bewusstsein.

SIEBEN

Im Krankenhaus musste ich die halbe Nacht warten, bis jemand kam und sich um meinen aufgeschlitzten Arm kümmerte. Nadine hatte den Krankenwagen gerufen, obwohl ich auf dem Boden sitzend vor mich hingebrabbelt hatte: »Kein Krankenwagen, bring mich hoch, ich will ins Bett!« Zum Glück hörte sie nicht auf mich, sondern nahm ihr Handy und wählte 112. Dann zog sie ihr T-Shirt aus und band es um meinen Arm. Als die Schwester in der Notfall-Ambulanz das Hemd abnahm, war es blutdurchtränkt.
Ich war ziemlich benommen und versuchte, mich aus der Sache wegzumeditieren. Im Hintergrund lief ein kleines Radio und die Textzeile irgendeines altertümlich klingenden Rockmusik-Stücks drang in meine Ohren: »If you work to the heart / to the

heart of a flower / you'll find nothing beautiful / it's all outside«, nölte da jemand mit zorniger Stimme über verzerrten Gitarrenlärm hinweg.
Das klang wie eines dieser Rätsel, die mein Lehrer mir manchmal stellt: Finde heraus, wo die Schönheit einer Blume verborgen ist. Oder: Suche die innere Schönheit des Menschen und zeige mir, wo sie steckt. Die Antwort lautet immer gleich: Die Frage ist falsch. Die Schönheit einer Blume liegt nicht in ihrem Herzen verborgen, sondern tritt in ihrem Äußeren zutage. Gleiches gilt für den Menschen, dessen Körper in Wahrheit nur ein leeres Gefäß darstellt für etwas, von dem wir nichts wissen können.
Darüber dachte ich nach und hörte, wie der Arzt hereinkam, ein junger Typ, der aussah, als hätte er gerade erst mit dem Medizinstudium begonnen. Ich hatte keine Lust, seine Fragen zu beantworten, ich war total erledigt. Nadine musste für mich reden: Nein, diese Verletzungen sind nicht bei einem missglückten Selbstmordversuch entstanden, nein, Frau Rabe hat bestimmt nicht versucht, sich direkt vor ihrer Haustür die Pulsadern durchzuschneiden, nein, wir wissen nicht, was das für eine rasiermesserscharfe Klinge gewesen ist, die derart tiefe Schnitte hinterlassen hat, nein, es war kein Unfall, nein, wir wissen nicht, warum mitten in der Nacht jemand aus dem Nichts auftaucht und Menschen zerschlitzt.
Es war also kein Unfall, sondern ein Überfall, stellte der Arzt fest und warf der Schwester einen bedeutungsvollen Blick zu. Nadine hätte mal besser nicht ins Detail gehen sollen, jetzt war klar, dass sie die Polizei informieren würden.
Und so war es dann auch. Und als ich aus dem OP kam, wo ich von einem Witzbold in Weiß zusammengenäht worden war, der meinte, mein Unterarm würde ihn an seine Lederjacke aus Punk-Zeiten erinnern, stand Nadine im Flur mit einer Person, die ich nur zu gut kannte. Kommissarin Brand aus der Abteilung »Delikte am Menschen« trug ein lila-weiß kariertes Kostüm, dessen Schnitt ihre eckige Figur auf unvorteilhafte Art betonte, und Stiefeletten mit Pfennigabsatz. Das einzig Beeindruckende an ihr war die kleine Beule im Jackenstoff unter dem Arm, die von ihrer Dienstpistole verursacht wurde. Ansonsten trug sie wie im-

mer ihr höhnisch dreinblickendes Pferdegesicht zur Schau und strich sich ständig über ihre blondierten, toupierten Haare, die sich wahrscheinlich wie Stroh anfühlten.
Nadine schien ziemlich genervt von ihren Fragen zu sein. Dennoch trat sie halb dazwischen, als Hannelore Brand auf mich zu stolzierte.
»Na, Frau Rabe, mal wieder im Einsatz?«, begrüßte sie mich mit diesem leichten Reibeisen-Unterton in der Stimme. »Guten Morgen! Geht's wieder? Ihre Mitarbeiterin ist ja ganz schön zickig.«
Mitarbeiterin? Ich schaute Nadine an.
»Ich habe ihr gesagt, dass ich im Interesse unseres Klienten keine Details über den Vorfall preisgeben kann«, sagte Nadine hastig.
Das war okay.
»Sie sind also überfallen worden, Frau Rabe?«, fragte die Kommissarin.
Ich zuckte mit den Schultern. Was musste sie das interessieren? Ich war mal von ihr fertiggemacht worden, man kann ruhig Folter dazu sagen, damals, als die Polizei in Hamburg geglaubt hatte, sie könnte sich alles erlauben. Ist noch gar nicht so lange her.
»Na, was ist nun, Fräulein Detektivin?«, fuhr die Kommissarin mich an. »Sie sind überfallen worden!«, wiederholte sie anklagend.
»Na und! Berufsrisiko.« Ich merkte, dass meine Stimme noch nicht sehr kräftig war. Ein längeres Streitgespräch mit dieser Tussi war unmöglich.
»Ein unzufriedener Klient, der mit dem Messer auf Sie losgeht. Wenn Sie das unter Berufsrisiko verstehen, dann scheinen Sie an Ihren eigenen Fähigkeiten ja ganz schön zu zweifeln.«
»Ach was«, murmelte ich. »Lassen Sie mich doch in Ruhe.«
Frau Brand stemmte die Hände in die eckigen Hüften und fuhr in belehrendem Ton fort: »Sie werden es nicht glauben, junge Frau. Aber der Staat ist verpflichtet, dafür zu sorgen, dass sich seine Bürger nicht gegenseitig abmurksen. Und deshalb werden wir in Ihrem Fall ermitteln, ob Sie nun wollen oder nicht.«
Damit drehte sie sich um und trippelte davon.

»Werden sie nicht«, stellte Nadine fest. »Dafür haben die gar kein Personal.«
»Das ist doch ihr Hobby«, sagte ich. »Mich zu piesacken. Das macht die in ihrer Freizeit.« Der Auftritt der Kommissarin hatte mir den Rest gegeben.
»Komm«, sagte Nadine. »Wir müssen nach Hause.«
Als wir auf den Taxenstand zugingen, fragte ich stockend: »Wie hast du das überhaupt geschafft, diesen ... diesen Schatten ... wegzujagen ...«
»Karate«, sagte Nadine.
»Du kannst ...«
»Ja, ja«, sagte sie unwirsch.
»Wusste ich gar nicht.«
»Ich wollte es dir nicht erzählen, weil du dagegen bist.«
»Dagegen? Ich? Wieso?«
»Jetzt steig doch erst mal ein.« Sie zog die Taxitür auf.
Ich ließ mich auf das Polster sinken. Der Taxifahrer sagte irgendwas zu mir, das ich nicht verstand. Ich nickte abwesend. Nadine und Karate?
Sie warf die Tür zu, ging um den Wagen herum und stieg auf der anderen Seite ein.
»Große Brunnenstraße«, kommandierte sie und wandte sich an mich: »Es ist brutal, brachial und zerstörerisch – deine Worte.«
»Na ja.«
»Deshalb hab ich nichts davon gesagt.«
»Wie lang bist du schon dabei?«
»Ein Jahr, jeden Tag, intensiv, bin schon ein ganzes Stück weit gekommen.«
»Hm, danke jedenfalls, dass du mir das Leben gerettet hast.«
»Hab ich nicht. Die wollte dich nur verletzen, dass ist doch klar.«
»Was heißt die? Das war doch ein Mann.«
»Eine Frau«, beharrte Nadine.
»Wie kommst du darauf?«
Sie lehnte sich zurück und schaute aus dem Fenster. »Gute Frage. Nur so ein Gefühl. Es war bestimmt eine Frau.«
»Und sie wollte mich nur verletzen, meinst du?«
»Ja.«

»Das ist ihr ja hervorragend gelungen.«
»Ihr oder ihm.«
»Jetzt zweifelst du wieder. Aber wo kamst du denn eigentlich her?«
»Ich bin hinter dir hergegangen. Hatte so ein komisches Gefühl. Das war mal wieder so ein kaputter Abgang von dir im Roten Haus.«
Ich schwieg.
Im Radio des Taxis brach die leicht hysterische Zappelmusik ab und sie brachten Lokalnachrichten. Ich horchte auf, als der Sprecher irgendwas über die gestrige Aktion der dänischen Befreiungsfront am Altonaer Bahnhof sagte: »Der Hamburger Senat hat sich offiziell beim dänischen Vizekonsul und bei der dänischen Regierung für die überzogenen polizeilichen Maßnahmen entschuldigt, in deren Verlauf der Vizekonsul leicht verletzt worden war. Dennoch scheint der Vorfall die Beziehungen zwischen Dänemark und Deutschland zu belasten. Der deutsche Botschafter in Kopenhagen wurde ins Außenministerium einbestellt. Der Erste Bürgermeister der Stadt Hamburg erklärte: ›Wir sollten aus einer Fliege keinen Elefanten machen, bei dem Vorfall handelt es sich um eine unglückliche Verkettung von Umständen.‹ Bei der gestrigen Aktion am Altonaer Bahnhof hatten Aktivisten und Sympathisanten der sogenannten Dänischen Befreiungsfront im Beisein des dänischen Vizekonsuls eine dänische Flagge gehisst und Altona für unabhängig von Hamburg und wieder dem dänischen Staatsgebiet zugehörig erklärt. Dabei war es zu tätlichen Auseinandersetzungen zwischen den Demonstranten und der Polizei gekommen, in deren Verlauf auch der Vizekonsul verhaftet worden war. Der Anführer der sogenannten Befreiungsfront, der sich Jens Jensen nennt, konnte nach körperlichen Auseinandersetzungen mit der Polizei flüchten. Gegen ihn erging Haftbefehl wegen Störung der öffentlichen Ordnung und Widerstands gegen die Staatsgewalt. In Altona, so der Sprecher der Hamburger Polizei, sollten sich alle, die mit dem dänischen Staat sympathisieren, fragen, ob sie in ihrem Spaß nicht zu weit gegangen sind. Zum Abschluss der Pressekonferenz erklärte der Bürgermeister: ›Wer Dänemark liebt, so wie ich auch, der sollte seinen Urlaub in diesem schö-

nen Land verbringen. Altona aber gehört zu Hamburg wie der Aal in die Aalsuppe und das soll auch so bleiben!‹«

Über was die Leute sich so alles aufregen können, dachte ich. Dann blieb das Taxi stehen und Nadine zahlte, während ich ausstieg.

Als ich oben die Eisentür zu meinem Wohnbüro aufgezogen hatte, kam uns ein warmer Schwall merkwürdiger Gerüche entgegen, eine Mischung aus Bier, Schnaps, Nikotin und Marihuana, dazu süßliches Parfüm und herber Schweiß. Ein ziemliches Durcheinander und herumliegende CD-Hüllen deuteten darauf hin, dass hier eine Party stattgefunden hatte …

Eine Party, die sich irgendwann in eine kleine Orgie verwandelt hatte. Vier Personen, Susi und Annie und zwei mir unbekannte Männer, die zusammen nackt auf meinem Bett lagen und schliefen. Im Schlafzimmer roch es noch weniger angenehm.

Mir wurde ein bisschen schlecht, ich hatte ja die ganze Nacht nicht geschlafen und eine Menge Blut verloren. Nadine schleppte mich zum Küchentisch, setzte mich auf einen Stuhl und mein Kopf sank auf die Tischplatte. Im Halbschlaf hörte ich, wie sie die vier sexgierigen Monster weckte und anbrüllte, sie sollten auf der Stelle verschwinden. Es kam zu einer Diskussion, bei der Nadine die Oberhand behielt, was ja nicht schwer war, denn sie konnte »Überfall«, »Mordversuch«, »Messer«, »Blut«, »Krankenhaus« und »Operation« als schlagende Argumente bringen.

Die vier gingen frühstücken, so früh wie wahrscheinlich noch nie in ihrem Leben.

Nadine riss Laken und Bezüge vom Bett und machte es neu. Dann schleppte sie mich rüber, half mir beim Ausziehen und deckte mich zu. Ich versuchte »danke« zu sagen, aber das Wort war so groß und sperrig. Ich glaube, ich schlief mit offenen Augen ein.

ACHT

Es war schon nach Mittag, als ich aufwachte. Nadine lag neben mir und schlief. Ich schaute mich um. Irgendjemand hatte Ordnung gemacht. Die Teilnehmer der nächtlichen Party konnten es nicht gewesen sein. Ich sah Nadine an. Sie war wirklich ein Schatz. Seit sie die Geschichte mit Philip hinter sich gebracht hatte, war sie regelrecht aufgeblüht. Sie trug die Haare wieder länger und war nicht mehr so streng mit sich wie früher. Ihr politisches Engagement hatte sie nicht aufgegeben, aber sie kämpfte nicht mehr so verhärmt gegen den globalen Kapitalismus wie noch vor einem Jahr. Neulich hatte sie mal gesagt: »Wir müssen das Leben genießen, sonst verlieren wir die Kraft zum Kämpfen.« Das hatte mich überrascht. Seit der Schule arbeitete sie sich daran ab, dass sie aus einem wohlhabenden Elternhaus kam und nicht zu den Erniedrigten und Beleidigten dieser Welt gehörte. Vielleicht war es ja auch das Karate-Training, dass ihr geholfen hatte. Man muss ja mit seiner Wut irgendwo hin. Ziegel zu zerdeppern ist allemal besser als sich selbst zu kasteien.
Die Fenster standen offen und ein leiser Sommerwind wehte die typischen Geräusche des Viertels herein. Kindergeschrei, das Krachen des Fußballs, der gegen das Absperrgitter des Bolzplatzes geschossen wird, Autoreifen auf Pflastersteinen, Gehupe und ab und zu ein knatternder Hubschrauber. Eine nette Großstadtidylle, diese Gegend, aber ein paar Straßen weiter hatte man Schneewittchen ausgegraben, und ich sollte ihren Sarg finden.
Ich spürte ein leises Pochen in meinem verletzten Arm. Der Witzbold in Weiß, der mich verarztet hat, hatte seine Telefonnummer auf den Verband geschrieben. Als die Krankenschwester, die ihm assistierte, das sah, hatte sie darauf bestanden, ihre Nummer ebenfalls hinzukritzeln. Jetzt konnte ich mir aussuchen, in welche Richtung ich mich zukünftig sexuell orientieren wollte.
Ich stand auf und braute einen starken Kaffee. Dann ging ich

runter ins Café Libertad und holte ein paar Croissants. Als ich zurückkam, saß Nadine am Küchentisch vor gefüllten Kaffeebechern. Ich warf ihr die Tüte mit den Croissants zu. Wir lächelten uns an, tranken ein paar Schlucke, bissen ins Gebäck und dann ging der Streit los.
Nadine: »Du solltest dich schonen. Die Schnitte sind ganz schön tief.«
Lenina: »Daraus wird wohl nichts. Ich hab einen Auftrag.«
Nadine: »Na ja, die Gesundheit geht wohl vor, denke ich.«
Lenina: »Was war das denn jetzt für ein Spruch?«
Nadine: »Wie bitte?«
Lenina: »Ich hab ja nie eine Mutter gehabt, aber wenn es eine gegeben hätte, hätte die bestimmt genauso geredet.«
Nadine: »Was soll das bitte heißen?«
Lenina: »Das soll heißen, dass ich meinen Beruf ernst nehme und noch heute meine Ermittlungen fortsetze.«
Nadine: »Das kannst du doch nicht machen … Du bist verletzt!«
Lenina: »Reg dich ab, das geht dich nichts an.«
Nadine: »Geht mich nichts an? Ich hab dir das Leben gerettet!«
Lenina: »Das Schlimme an Lebensrettern ist, dass sie glauben, von nun an könnten sie das Leben der Geretteten bestimmen.«
Nadine sprang auf, stieß gegen den Tisch, und beide Becher kippten um. Der Kaffee floss über meine Jeans. Sie war auf einmal ziemlich weiß im Gesicht. Sie wollte was sagen, ihre Lippen bebten, aber es kam kein Ton heraus.
Ein paar Sekunden später wäre mir bestimmt eine witzige Bemerkung eingefallen, um die Situation zu entschärfen, aber ich guckte auf die Kaffeelache, von der es stetig auf meine Hose tropfte, und als ich wieder hochsah, hängte Nadine sich hastig ihre Tasche um und rannte zur Tür
So laut krachend war sie noch nie zugeflogen. Ich spürte, wie der Holzboden unter mir vibrierte.
Ich murmelte »Scheiße« oder so was Ähnliches, anstatt hinter ihr her zu rennen und mich zu entschuldigen. Dann hockte ich mich hin und versuchte, mich durch Meditation zu beruhigen. Das funktionierte natürlich nicht, denn der kleine Sensei in mei-

nem Ohr machte mir die Hölle heiß: »Ein aufgeblasenes Ego kriegt man nicht klein, indem man sich einschläfert!«, zeterte er. Ich stand wieder auf. Schlechtes Gewissen, ein Anfall von Melancholie, Schmerzen im Arm – leg dich ins Bett, Lenina, deine Freundin hat Recht, du bist krank, unmotiviert und orientierungslos. Du bist klein, engherzig und streitsüchtig, also belästige die Welt nicht mit deiner Anwesenheit.
Aber gerade das wollte ich tun. Ich wischte Boden und Tisch sauber, zog meine Cargo-Hosen und eine dazu passende weite Jacke an, steckte Aufnahmegerät, Notizbuch und das Handy ein, das gleichzeitig als Kamera dienen konnte. Dazu die Turnschuhe mit den dicksten Sohlen, und schon trabte ich das kahle Treppenhaus hinunter und lief mit großen Schritten durch das Bauzaun-Labyrinth vor dem Haus zur Straße.
Einem Arbeiter, der mir nachpfiff, warf ich einen eiskalten Blick zu. Er erstarrte zur Salzsäule und würde nun zweifellos ins Fundament des neuen Bürohauses eingegossen werden. Der Betonmischer nahte schon.

NEUN

Durch eine Toreinfahrt trat ich in einen idyllischen Hinterhof, der sich zwischen einem zur Straße liegenden vierstöckigen Backsteinhaus und zwei nebeneinander stehenden zweistöckigen Gebäuden erstreckte. Das vordere Haus hatte wahrscheinlich einmal Kontore oder Büros beherbergt – »HiFaLa 1916« und »Friedr. Hinrichsen Farben & Lacke« lauteten die Schriftzüge an der Mauer auf der Straßenseite. In den Gebäuden auf dem Hof hatten sich einst wohl die dazugehörigen Produktionshallen befunden. So wie es jetzt aussah, wurde hier inzwischen nur noch gewohnt.
Und das nicht schlecht. Hohe Rosensträucher rankten sich an Gittern weit hinauf und blüten üppig in rosa und gelb, rote und weiße Hibiskus-Blüten reckten sich in die Sonne, ein Kirschbaum hing voller Früchte und eine Birke ragte in fast unendli-

che Höhen. Es gab ein Rasenstück, auf dem altmodische Stühle standen, wie man sie früher in Gartenlokalen gesehen hat, und diverse Ecken und Nischen, die durch gepflasterte Wege verbunden wurden, von Rhododendren oder hohen Fliederbüschen begrenzt. Eine hohe efeuberankte Backsteinmauer rahmte das Grundstück ein.
Rechts der Hinterhofgebäude gab es eine zweite Einfahrt auf einen gepflasterten Hof mit drei Garagen, dahinter eine Abrisshalde mit einem Bauzaun drum herum. Vor einer der Garagen stand ein schicker weißer Sportwagen mit zurückgeklapptem Verdeck und daneben, mit einem dicken Schwamm in der Hand, mein Auftraggeber Paul. Nicht sehr überraschend, ich wusste ja, dass er hier wohnte. So einen nostalgisch aussehenden flotten Flitzer hätte ich ihm allerdings nicht zugetraut. Dessen blitzblanke Eleganz passte nicht so recht zu seinem grauschwarzen Jeans-mit-Lederjacke-Outfit.
Ich ging über ein Wiesenstück auf den Garagenhof zu. Auf einer Veranda, die am oberen Stockwerk des rechten hinteren Gebäudes entlang führte – man konnte über eine Holztreppe dort hinaufsteigen –, erschien eine Frau mit flatternden roten Haaren und weiten schwarzen Gewändern.
»He!«, rief sie und fuchtelte mit den Armen.
Ich winkte ihr zu und sagte brav Guten Tag.
»Weg da!«, rief sie.
Ich blieb stehen und schaute sie neugierig an.
»Runter vom Rasen, du Flittchen!«, schrie sie.
Ich drehte mich um und schaute hinter mich, ob da vielleicht ein Flittchen stand. Da war niemand. Ich zuckte mit den Schultern.
Die Rothaarige lief auf ihrer Veranda hin und her und machte Armbewegungen, als wolle sie mich verjagen.
»Du zertrampelst den Rasen. Weg da, sonst …«
Sie hatte ein Handy in der Hand und tippte wütend darauf ein.
Ich schaute zu Boden, ob ich womöglich eine Pflanze zertreten haben könnte. Tatsächlich stand ich auf einem Gänseblümchen, das aber einen sehr widerstandsfähigen Eindruck machte. Ansonsten wuchs zwischen den Grashalmen viel Moos. So was ist doch dazu da, dass man drauftritt.
Die Rothaarige zischte etwas in ihr Handy. Ich war neugierig,

was das jetzt werden würde. Dass ich da einfach so stand und ihr zusah, wie sie hin und her tigerte, schien sie noch mehr auf die Palme zu bringen. Sie redete immer lauter.

»Steht auf dem Rasen wie angewurzelt. Wieso ist das Tor nicht zu? Das ganze Gesindel kann hier rein!«

Paul winkte mir zu: »Lenina, komm her. Das gibt doch nur Ärger.«

Ich zuckte mit den Schultern und ging zu ihm hin. Um auf den von einer niedrigen Mauer begrenzten Garagenhof zu kommen, musste ich über ein buntes Blumenbeet springen. Als ich auf der Mauer stand, hörte ich hinter mir die Schreckschraube »Unglaublich!« schreien.

»Hallo, Karl Marx«, sagte ich, nachdem ich runtergesprungen und direkt vor ihm gelandet war.

»Sehr witzig«, brummte er und schaute über mich hinweg.

»Wer ist das denn?«, fragte ich und folgte seinem Blick. Die Frau tigerte immer noch in ihrem Verandakäfig herum.

»Die Landlady.«

»Oho, dann ruft sie jetzt wohl ihre Bodyguards.«

»So ähnlich.« Er warf den Schwamm in den Wassereimer zu seinen Füßen.

»Du bist ja ganz schön verbürgerlicht«, sagte ich im Tonfall und Jargon meines verstorbenen Vaters, der sein Leben lang eine Spießer-Phobie kultiviert hatte.

»Was?«, stieß Paul hervor.

»Na ja, so einen flotten Flitzer hat nicht jeder.«

»Das ist ein Aston Martin DB5, wurde in den 60ern gebaut, sechs Zylinder, 280 PS. Der berühmteste davon ist der mit der Chassisnummer 007.« Er guckte mich auffordernd an.

»Und?«

»James Bond hat den Wagen in *Goldfinger* gefahren …«

»James Bond, ach Gott!«

»Allerdings mit eingebautem Schleudersitz, Maschinengewehren unterm Bug und einem ausfahrbaren Stahlschild im Heck, um feindlichen Kugelhagel abzufangen.«

»So was braucht man in diesen schweren Zeiten sicherlich.«

»Der hier hat das doch gar nicht«, sagte Paul gereizt.

»Aber mit 280 PS ist er auch schon so was wie eine Waffe. Hätte ich dir gar nicht zugetraut, eher so ein ehrwürdiges Gefährt wie meinen alten Peugeot.«

»Der gehört nicht mir. Ich hab überhaupt kein Auto«, sagte Paul. »Ich wasch ihn bloß.«

»So? Wem gehört er denn?«

Paul schaute wieder an mir vorbei in den hübschen Hof der zornigen Lady. Ich drehte mich um. Sie war verschwunden. Aber durch den hübschen Garten kam mit großen Schritten ein kleiner Mann in einem frischgewaschenen und glattgebügelten Overall direkt auf uns zu. Dann machte er einen Bogen, weil er dem geschwungenen Weg folgte und stieg durch eine Tür und zwei Treppenstufen hinab auf den Garagenvorplatz.

»Wer ist das denn, der Klempner?«

»Der Landlord«, zischelte Paul. »Kein Wort, dass ich dir den Auftrag gegeben habe, verstanden!«

»Geht klar.«

Der kleine Mann baute sich vor uns auf. Noch schärfer als seine hervortretenden Bügelfalten im Overall war sein Gesichtsausdruck.

»Sie sind über meinen Rasen spaziert!«, bellte er mich an.

Das Wort »spaziert« klang in diesem Zusammenhang geradezu obszön.

»Moos«, korrigierte ich.

»Was?«

»Kein Rasen, da ist fast nur Moos.«

»Moos ist für mich der schönste Rasen!«

»Okay.«

Er blitzte mich an: »Was suchen Sie hier?«

»Eine Leiche.«

»Nun werden Sie mal bloß nicht frech!«

»Das ist gar nicht meine Absicht.«

»Verlassen Sie mein Grundstück!«

»Hab ich doch.«

Er deutete sehr heftig mit dem Zeigefinger zu Boden. »Hier ist auch mein Grundstück!«

Der Mann gefiel mir. Er gab sich alle Mühe, furchtbar wütend zu klingen, aber es gelang ihm sehr schlecht. Er war es also gewesen, den die Rothaarige per Handy alarmiert hatte.

»Ach so«, sagte ich und lehnte mich gegen das James-Bond-Mobil.
»Fassen Sie meinen Wagen nicht an!« Jetzt war er doch richtig zornig. »Weg davon! Und raus hier!« Er deutete zur Straße.
Ich stand wieder gerade, griff in die Jackentasche, holte meine Visitenkarte hervor und hielt sie ihm hin. Er nahm sie mit spitzen Fingern und las.
Dann lachte er herablassend und sagte ganz milde und leicht vorwurfsvoll: »Was soll denn der Unsinn? Das ist doch lächerlich.«
Ich griff in die andere Tasche und holte meine Lizenz raus. Die gab ich allerdings nicht aus der Hand. Aber den amtlichen Stempel sollte er ruhig sehen.
»Staatlich geprüft«, erklärte ich.
Er runzelte die Stirn. Dann schaute er auf die Uhr. Es schien schon spät zu sein, ganz bestimmt musste er woanders etwas Dringendes erledigen. Das machte ihn nervös.
»Also, was wollen Sie?« Ungnädig, aber doch beunruhigt.
Ich warf Paul einen Blick zu und deutete auf die Abbruchhalde hinter der Absperrung. »Da drüben war das doch?«
Paul nickte.
»Dort wurden bei den Abbrucharbeiten die Überreste einer Leiche gefunden.«
»Ja und? Alte Knochen. Was soll das?«
»Die alten Knochen waren mal lebendig. Und sie gehörten zum Körper eines jungen Mädchens. Stand in der Zeitung.«
»Und warum soll mich das interessieren?«
»Mich interessiert es. Sie war sechzehn oder siebzehn Jahre alt, als jemand ihr den Schädel eingeschlagen hat.«
Der Landlord zuckte leicht zusammen. »Ich weiß nichts darüber. Weißt du was darüber, Paul?«
Paul zuckte mit den Schultern.
»Sie hieß Vera. Erinnern Sie sich an sie?«
»Ich muss mich an gar nichts erinnern.«
Paul, der sich inzwischen eine Zigarette angezündet hatte, blies demonstrativ den Rauch aus.
»Denken Sie doch mal nach. Wie lange wohnen Sie denn schon hier?«

»Seit über fünfundzwanzig Jahren, aber das geht Sie gar nichts an.«
»Danke, dass Sie es mir trotzdem gesagt haben.«
Er wedelte den Rauch, der von Paul zu ihm herüberwehte, fort und fuchtelte dann Richtung Abbruchhaus: »Da können Sie nicht hin, es ist abgesperrt und zwar von den Bauarbeitern und … von der Polizei«, fügte er mit leicht triumphierendem Unterton hinzu. Und dann drehte er sich um die eigene Achse und deutete überraschend selbstbewusst, geradezu siegesgewiss über die Garagenzufahrt zur Straße: »Da ist der Ausgang. Wenn Sie in fünf Minuten noch hier sind, rufe ich Ihre ›Kollegen‹ von der Polizei.«
»Bin praktisch schon weg«, sagte ich und hoffte, dass er jetzt mal verschwinden würde.
Das tat er auch, aber erst fragte er Paul: »Bist du mit dem Wagen fertig?«
»Muss nur noch gewachst werden.«
»Dann beeil dich, Ernestine möchte shoppen fahren.«
»Geht klar«, sagte Paul.
Der Landlord ging zurück in sein bemoostes Paradies.
»Ich dachte, du bist Altenpfleger. Gehört Oldtimer wachsen zu deinem Job?«
»Altenpflege mach ich nur noch aushilfsweise.«
»Und wo wohnst du hier?«
Er blickte zur Abbruchhalde. »Da hab ich gewohnt.«
»Zusammen mit der toten Vera.«
»Ja. Und hab nichts davon gewusst«, sagte er düster.
»Und jetzt?«
Er deutete zum Vorderhaus. »Hans-Jochen hat mir zwei Zimmer im Souterrain gegeben. Na ja, im Keller.«
»Hans-Jochen, der Landlord? Wie heißt er denn mit Nachnamen?«
»Heissing.«
»Und die Schreckschraube auch? Sind die verheiratet?«
Paul nickte. »Verheiratet ja, aber getrennte Häuser.«
Drüben standen die Heissings jetzt auf der Veranda und blickten drohend zu uns herüber.
»Ich geh dann mal.«

Paul beugte sich zum Eimer und holte den triefenden Schwamm heraus. »Geh mal im Vorderhaus in den vierten Stock zu Hanni. Die kann dir erzählen, wie es früher hier war.«
»Hanni? Und weiter?«
»Heissing. Die Schwester.«
»Aha.«
»Ja, aha!«, stieß er hervor und warf den vollgesogenen Schwamm mit voller Wucht gegen die Windschutzscheibe des Aston Martin, dass es spritzte.

ZEHN

Im vierten Stock des Vorderhauses öffnete mir eine große Frau mit langen Armen, breiten Händen, langen, in der Mitte gescheitelten grauen Haaren und kantigem Gesicht.
»Ja, bitte?«, fragte sie mit tiefer lauter Stimme.
»Guten Tag, mein Name ist Rabe. Ich stelle Ermittlungen an über einen Todesfall, der sich vor einigen Jahren im Hinterhaus ereignet hat.«
»Rabe?« Sie kniff die Augen zusammen.
Ich reichte ihr meine Visitenkarte.
Sie setzte die goldene Lesebrille auf, die ihr an einem Band um den Hals hing. Sie überragte mich ein ganzes Stück. Das Wort »Walküre« fiel mir ein. Kriemhild? Aber Wagner wäre vielleicht nicht die richtige Musik zur Untermalung ihrer eckigen Gesten gewesen. Und ihre Kleidung wirkte auch nicht sonderlich germanisch. Sie trug eine Art Kittel über einer weiten schwarzen Haushose. Man konnte sich überlegen, ob sie damit mehr indisch oder mehr indianisch aussah.
»Lenina Rabe, aha. Tochter von Peter Titus Rabe, hm?« Sie sah mich durchdringend an. Mein Vater war in bestimmten Kreisen offenbar bekannt gewesen. »Wie lebt man mit so einem Vornamen?«
»Ich kann nicht klagen.«
»Wirklich nicht? Ich habe ihm damals Jenny vorgeschlagen. Die

Tochter von Karl Marx hieß so. Mädchen so zu nennen war in unseren Kreisen damals en vogue.«
»Jenny Rabe klingt nicht gut.«
»Ja, ja«, sagte sie, auf einmal desinteressiert. »Komm rein.« Sie drehte sich um.
Ich folgte ihr. »Es wäre besser, wir blieben beim Sie, Frau Heissing«, sagte ich. »Wir kennen uns ja nicht näher.«
Sie drehte sich kurz um: »Ihr jungen Leute seid wirklich steif. Na ja.«
Ich folgte ihr durch einen breiten Flur in ein großzügiges Wohnzimmer. Überall standen sauber restaurierte alte Möbel. Gerade so viele, dass dazwischen noch Platz war, die nicht gerade wenigen Quadratmeter zu zählen. Lauter verschiedene Stile, aber es wirkte nicht im geringsten zusammengewürfelt. An den Wänden hingen Gemälde in verschiedenen Formaten, die man im weitesten Sinne als expressionistisch bezeichnen konnte. Auffallend viele weibliche Akte. Insgesamt herrschte eine sehr angenehme Atmosphäre. Vor offenstehenden hohen Fenstern wehten Gardinen im Sommerwind und dahinter sah man einen breiten Balkon mit Korbsesseln.
Frau Heissing deutete auf ein Jugendstil-Sofa und setzte sich auf einen Art-deco-Ledersessel. Ich nahm mit dem Rücken zum Fenster Platz und schaute meiner Gastgeberin zu, wie sie sich eine langstielige Pfeife anzündete. Sie hatte gelbe Zähne vom Nikotin und fragte nicht, ob der Rauch mich vielleicht stören könnte. Gelbe Zähne, dachte ich, passten schon eher zu Wagner.
Frau Heissing stieß den Rauch aus. »Sie scheinen sich ja gut zu amüsieren.«
Ich verbiss mir das Grinsen. »Von der Leiche im Keller des Abbruchhauses haben Sie sicherlich gehört.«
»Hmhm.«
»Ein Mädchen namens Vera, sechzehn oder siebzehn Jahre alt. Man hat ihr den Schädel eingeschlagen. Zwanzig Jahre ist das jetzt her.«
Ein Schwall Rauch quoll aus ihrem Mund, stieg nach oben und wurde vom Windhauch zerpflückt. »Man hat der Falschen den Schädel eingeschlagen.«
»Wie meinen Sie das?«

Sie verzog das Gesicht. »Vergessen Sie es.«
»Es hat damals also Konflikte gegeben?«, bohrte ich nach.
»Sicher. Konflikte gehörten dazu, mussten ausgetragen werden. Das war wichtig für den individuellen und kollektiven Seelenhaushalt.«
»Aber es gehörte sicherlich nicht dazu, jemanden umzubringen.«
Sie lächelte wie eine hinterhältige Raubkatze. »So wie Sie es sagen, muss ich es wohl als Tatsache bestätigen.«
»Ganz offensichtlich ist dieses Mädchen aber umgebracht worden.«
»Tja.« Sie legte die aufgerauchte Pfeife auf den Tisch.
»Wer hatte Vera denn hier aufgenommen?«
»Alle.«
»Und wer hat sich um sie gekümmert?«
»Auch alle. So war das damals noch. Alle haben sich eingebracht.«
»Dann erzählen Sie mir doch mal, wie die alle hier zusammengekommen sind und wer dazugehörte.«
Sie zögerte, griff nach der Pfeife und klopfte sie in einem schweren quadratischen Aschenbecher aus Messing aus.
»Zu Anfang gehörten viele dazu.«
»Die wichtigsten Personen, vor allem die, die noch da sind.«
»Wenn du jetzt glaubst, du könntest irgendwas über deinen Vater herauskriegen –«
»Sie wollten mich siezen. Und mein verstorbener Vater hat damit nichts zu tun.«
Sie lachte hämisch vor sich hin. »Ja, eben. Er gehörte nie dazu. War nur ab und zu bei irgendwelchen politischen Versammlungen dabei. Aber das waren Sachen, die mit unserem Projekt nichts zu tun hatten.«
»Was war das also für ein Projekt?«
»Wenn es nicht um Peter Rabe geht, was hast du … was haben Sie dann überhaupt für ein Interesse an dieser Geschichte?«
Ich stöhnte auf. Dieses ständige Den-Spieß-umdrehen ging mir auf die Nerven.
»Ich habe den Auftrag bekommen, zu ermitteln, wie Vera zu Tode gekommen ist.«

»Von wem?«
»Den Namen meines Auftraggebers kann ich nicht nennen.«
Sie dachte nach. »Hm, für fünf Euro die Stunde machen Sie Ihren Job wahrscheinlich nicht ...«
»Es gelten die üblichen Tarife.« Den Spruch hatte ich meinen Vater oft am Telefon sagen hören, wenn Bekannte anriefen und ihn zu Dumpingpreisen beschäftigen wollten.
»Dann ist Ihr Auftraggeber kein armer Schlucker, nehme ich an. Jemand, der um seinen Ruf fürchtet, hm? Weil die Geschichte ihn auf unangenehme Art tangieren könnte, hm?«
»Sie dürfen gern spekulieren. Aber es wird Ihnen nichts bringen.«
Sie seufzte theatralisch und begann neuen Tabak in die Pfeife zu stopfen. Kurz hielt sie inne, schaute durch das Fenster nach draußen und fing endlich an:
»Diese Häuser hier waren total heruntergekommen, nachdem Anfang der Siebziger die Farbenfabrik, die hier drin war, pleitegegangen war. Damals gingen viele Unternehmen in diesem Viertel den Bach runter, Arbeiter verloren ihren Job, jüngere Leute wanderten ab, der Altersdurchschnitt stieg, die Türken wurden immer mehr, weil sie nichts gegen billige feuchte Wohnungen mit Ofenheizung hatten – und nicht wenige Gebäude standen lange Zeit leer und verkamen. Gleichzeitig wurde bezahlbarer Wohnraum in anderen Vierteln immer knapper. Aber statt die Bausubstanz zu retten, entschloss sich der Senat, das Viertel in weiten Teilen plattzumachen. Das wollten wir und viele andere Initiativen, die sich darum kümmerten, dass der sozialen Verwahrlosung nicht Tür und Tor geöffnet wurden, nicht hinnehmen. Wir gründeten die SMIFA und besetzten die Gebäude hier.«
»SMIFA?«
»Sozial-Medizinische Initiative für Altona. Ich erkläre das schon noch!«, sagte sie ungehalten.
»Gut.«
»Wir wollten nicht folgenlose politische Propaganda betreiben, sondern direkt und sofort für den sozialen Wandel eintreten und, vor allem, uns um die Bedürftigen vor Ort kümmern. Das waren weiß Gott genug. Außerdem ging es darum, unsere Ideale in

Bezug auf die Organisation der Arbeit und des Alltags bereits hier und heute umzusetzen.« Sie hielt inne, als sie merkte, dass die Pfeife ausgegangen war.

»Der Weg ist das Ziel.«

»So ähnlich. Oder nein, nicht so ähnlich. Mittel und Zweck müssen eine Einheit darstellen, so haben wir uns das gedacht. Das Ziel war natürlich eine sozialistische Gesellschaft.« Sie ließ ein Streichholz aufflammen.

»Aha.«

»Ja, aha. Eure Generation hat ja keinen Schimmer mehr von Idealen, ihr seid ja rückschrittlicher als eure Großeltern!«

Ich wollte schon entgegnen, dass ich da unten im Hof wenig von sozialistischen Idealen bemerkt hätte, hielt aber lieber den Mund, um weitere Infos zu bekommen.

»Wir wohnten hier im vorderen Haus, nachdem wir es in Eigeninitiative renoviert und vor dem Verfall gerettet hatten. Teilweise war das ein echtes Kommune-Projekt, später ging es mehr in Richtung Wohn- und Konsumgemeinschaft, na ja ... Die beiden hinteren Gebäude wurden für die Arbeit umgestaltet. Das linke beherbergte dann das Autonome Medizinische Kollektiv, in dem das hierarchische Verhältnis zwischen Ärzten und Patienten aufgehoben wurde, im rechten Gebäude wurde das Solidarische Sozial-Projekt eingerichtet, das für antiautoritäre Sozialarbeit im weitesten Sinne zuständig war. Von AMK und SSP ausgehend, gründeten sich viele weitere Initiativen. Wenn wir nicht gewesen wären, gäbe es jetzt hier betonierte Einkaufszentren, Parkhäuser und Wohnsilos.« Sie nickte vor sich hin, stolz auf ihre Vergangenheit und paffte ein paar dicke Nikotinwolken in die Luft.

Ich schaute mich um. Von WG- und Kommunenleben war in dieser Wohnung nichts mehr zu sehen.

»Und was ist von alledem übrig geblieben?«

»Ein ganzes Stadtviertel ist gerettet worden«, sagte sie schnippisch.

»Ich meine vom kollektiven Zusammenleben. Wer wohnt denn noch hier bei Ihnen?«

»Ich wohne allein! Die Wohnprojekte sind nach und nach gescheitert.«

»Nach Hausbesetzung sah es da unten im Hof auch nicht aus. Und die beiden Häuser scheinen sich inzwischen in den Händen autonomer Individuen zu befinden. Ihr Bruder und seine Frau, nicht?«

»Ja, ja. Nachdem sich die Initiativen aufgelöst hatten, wurde Raum frei, und so nach und nach hat dann jeder sich für ein Gebäude entschieden.«

»Aber das alles ist doch nicht mehr besetzt und illegal.«

»Nein, jetzt ist alles Privatbesitz.« Sie lachte sarkastisch.

»Gerecht aufgeteilt unter den Mitgliedern des Kollektivs?«

»Die meisten sind irgendwann fortgegangen. Die, die blieben, haben es dann unter sich aufgeteilt.«

»Aha. Ihr Bruder und seine Frau haben den Hof und die beiden hinteren Gebäude bekommen. Und hier vorne?«

Sie schüttelte den Kopf: »Das ganze Grundstück gehört Hans-Jochen und Ernestine. Wobei nicht so ganz klar ist, wie die das unter sich aufgeteilt haben, falls überhaupt. Hier im Vorderhaus gibt es größtenteils Mietwohnungen, bis auf zwei Ausnahmen: Die hier gehört mir und im zweiten Stock ist auch noch eine Eigentumswohnung.«

»Dann haben Sie ja ganz gut verdient, wenn Sie sich so eine große Wohnung leisten konnten.«

»Ein paar von uns haben irgendwann geerbt. Manche haben es geschafft, aus viel Geld noch mehr Geld zu machen. Andere haben es verschenkt.«

»Verschenkt?«

»Aus politischer Überzeugung. An revolutionäre Bewegungen in der Dritten Welt.«

»Im Ernst?«

»Ja. Paul Wenner zum Beispiel. Der wohnt jetzt unten im Keller. Mietfrei.«

»Aha. Und wem gehörte das dritte Haus, das jetzt abgerissen wurde?«

»Den Fundamentalisten. Das war sozusagen eine Besetzung innerhalb der Besetzung.«

»Und was stand oder steht im Grundbuch?«

»Heissing.«

»Hans-Jochen?«

»Hm hm.«
»Aber?«
»Er war drauf und dran gewesen, sie rauszuklagen, Paul und seine Anarcho-Freunde. Aber dann sind sie doch freiwillig gegangen.«
»Wieso das?«
»Auch Anarchos müssen von was leben.«
»Sie haben Geld genommen?«
»Manche.«
»Und Paul Wenner?«
»Der nicht. Hält noch immer große Stücke auf seine Moral.«
»Und dann wurde die Leiche entdeckt. Beunruhigt Sie das nicht, dass in dieser Welt der schönen Ideale ein Mädchen ermordet wurde? Können Sie sich das erklären? Und wie es kommen konnte, dass keiner sie vermisste?«
Hanni Heissings Gesichtszüge verdüsterten sich, wurden starr. Sie schaute auf ihren Pfeifenkopf, dessen Inhalt zum zweiten Mal erloschen war. Dann stand sie jäh auf und sagte laut: »Nein, junge Frau. Für irgendwelche Spekulationen ist mir meine Zeit zu kostbar. Kommen Sie ein anderes Mal wieder oder fragen Sie sonst wen.«
Mit einer unwirschen Geste forderte sie mich zum Gehen auf.
Ich stieg die Treppe nach unten und las nichtssagende Namen an den Wohnungstüren. Die Durchfahrten zum Hof waren jetzt mit Eisentoren versperrt. Ich ging zurück ins Haus und in den Keller. Dort drückte ich einen Lichtschalter, Leuchtstofffröhren flackerten auf und verbreiteten hässliches weißes Licht. Ein langer Korridor führte nach rechts und links. An einer Stahltür klebte ein Papierschild mit dem Namen Paul Wenner. Ich klopfte. Niemand öffnete.
Auf dem Weg nach Hause merkte ich, dass ich verdammt viele Informationen bekommen hatte, die ich erst mal sortieren musste.

ELF

Mir fiel auch ein, dass ich vergessen hatte, mich um meinen Peugeot zu kümmern, der noch immer in einer Parkbucht am Bahnhof vor sich hin schlummerte, sehr wahrscheinlich vollgepinnt mit Strafzetteln. Vielleicht war er auch schon abgeschleppt worden.

Also machte ich kehrt und ging in die andere Richtung. Weiter hinten, in der Nähe des S-Bahn-Damms, gab es ein Grundstück, auf dem einige Lagerhallen und viele Garagen standen. Was in den größeren Gebäuden gelagert wurde, wusste ich nicht, die Tore waren meist geschlossen, nur selten sah man einen kleineren Lieferwagen Kisten oder Pakete verladen. Firmenschilder schien man in dieser abgelegenen Ecke nicht für nötig zu halten. Abgesehen von einem Hinweisschild, dass eine Porschewerkstatt in Haus 4 zu finden sei (wo auch immer Haus 4 war, die Nummerierung hatte man sich auch gespart), gab es nur wenige Wegweiser auf Unternehmen, deren Namen wenig aussagekräftig waren: Was machte »Schmid«? Was transportierte der »Lieferdienst«? Wer verbarg sich hinter »Schwarzflut« oder »Mechanik«? Man konnte natürlich den Grundstücksverwalter fragen, der sich hinter der Glaswand eines flachen, kioskartigen Gebäudes verschanzt hatte und aus einem dunklen Raum herauslugte wie ein auf der Lauer liegendes Tier. Aber das erste Mal, als ich mit meinem Peugeot hierher gekommen war, um die Zündkerzen erneuern zu lassen, hatte er das Schiebefenster seines Büros zugeschoben, nachdem ich ausgestiegen und auf ihn zugegangen war.

Besser man wandte sich an einen der schlecht rasierten Männer, die hier und da in Ecken standen und Reifen oder andere Autoteile umschichteten oder ihren Müll in kleinen Blechfässern verbrannten. Das sparte die Stadtreinigungsgebühr. Die redeten zwar auch nicht viel und hielten es nicht für nötig, die Kippen aus dem Mund zu nehmen, wenn sie denn mal was sagen woll-

ten, aber sie nickten in eine bestimmte Richtung oder deuteten sogar ungefähr dahin, wenn man sie nach dem Weg fragte.
Inzwischen wusste ich, wo ich langgehen musste, wenn ich zu Ferdinand, dem genialen Mechaniker, wollte. Seine Werkstatt befand sich in einer der Garagen, die allesamt Fachleute für Autos und Motorräder beherbergten. Weder Ferdinand noch die anderen hier vor sich hin werkelnden Experten hatten einen Gewerbeschein. Falls mal eine Kontrolle kam, hieß es: »Ich mach nur Selbsthilfe, reparier nur mein eigenes Zeug und das hier ist die Maschine von einem Freund. Wir verdienen nix!« Dennoch zahlte sich ihre Tätigkeit aus, was man an den dicken Geldscheinrollen sehen konnte, die sie in den Taschen stecken hatten.
Ferdinand, auch »Schlange« genannt, weil er tatsächlich diesen seltsamen Nachnamen trug, lag unter einem Passat und stöhnte vor sich hin. Ich stieß seinen Fuß an, der in zerfledderten Converse-Turnschuhen steckte, und rief: »Kundschaft«.
»Ich hab zu tun und keine Zeit und nehme keine Aufträge an!«, kam Schlanges nörgelnde Stimme unter dem VW hervor.
Ich stieß wieder gegen seinen Fuß. »Trotzdem Kundschaft. Komm raus!«
»Herrgott Scheiße noch mal, kann man nicht mal in Ruhe arbeiten!«
Es kostete Schlange einige Kraft, sich unter dem Wagen hervorzuwinden. Sein Overall war ölbekleckert, sein Gesicht schwarz verschmiert. Als er mich sah, hellte es sich auf, so weit das möglich war.
»Lenina! Okay, sag schnell, wie viel willst du für deine Schrottkarre. Ich zahle jeden vernünftigen Preis!«
»Jeder Preis wäre unvernünftig, Ferdinand.«
Er stand auf, besser gesagt, entfaltete sich, und überragte mich um mindestens anderthalb Kopflängen. Das war nicht weiter beängstigend, denn er war so schmal, dass man sich von seiner Größe nicht beeindrucken lassen musste.
»Ach, das tut gut«, sagte er und versuchte, die öligen Finger am Overall abzuwischen. »Endlich hör ich mal wieder meinen Vornamen. Immer nur Schlange, das nervt. Und weißt du, wie diese Jugo-Bande mich immer nennt?«
Mit »Jugo-Bande« meinte er seine aus Osteuropa stammenden

Kollegen, von denen meines Wissens keiner aus dem Gebiet des ehemaligen Jugoslawien kam.
»Snake sagen die zu mir. Snake! Wie das schon klingt!«
Er sagte es laut genug, dass die beiden Typen, die neben einem rauchenden Blechfass standen, es hören konnten. Sie grinsten.
»Snake heißt doch Schlange«, sagte ich.
»Echt? Mann, Mädchen, woher weißt du das? Studierst du neuerdings Anglistik oder so?«
»Bin immer noch im Detektivgeschäft.«
»Okay, und wo hast du deinen Tarnkappenbomber gelassen?«
»Steht am Bahnhof ...«
»... und ist im Arsch.«
»Ja, so ungefähr.«
»Und wenn ich ihn abhole, kann ich ihn umsonst behalten.«
»Nee, wenn du ihn abholst, kannst du ihn umsonst reparieren.«
Schlange kniff die Augen zusammen. »Und was hab ich davon?«
»He, Snake, du redest zu viel«, rief einer der »Jugos«, der sich jetzt zu den beiden anderen an der Tonne gesellt hatte, mit zungenbrecherischem Akzent. »Musst du so machen.« Er demonstrierte mit einer Armbewegung, was er und seine Macho-Kumpel für eine gelungene Freizeitbeschäftigung hielten.
»Macht ihr das mal mit euren Autos!«, rief ich ihnen zu.
Jetzt machten sie alle drei diese Armbewegung. Es sah aus, als hätten sie Gelenkbeschwerden.
»Provozier sie bloß nicht, Lenina. Die sind das nicht gewohnt, dass eine Frau so was sagt.«
»Ich bin auch nicht gewohnt, dass Männer so was sagen.«
Schlange kratzte sich nervös hinter dem linken Ohr und verzog das Gesicht. »Puh ... also, was war jetzt mit deiner Kiste?«
»Steht am Bahnhof und will nicht mehr. Es machte Peng und der Motor war aus.« Ich hätte das wohl anders ausdrücken sollen. Die drei Jugos, die jetzt breitbeinig dastanden wie Schwertschlucker, die auf den Moment warteten, wo sie triumphierend ihr Ding rausziehen können, lachten laut und wiederholten: »Peng.«
Dann wieder Gelenkbeschwerden.
Ich schüttelte den Kopf und rief: »Soll ich einen Krankenwagen rufen?«

Den Witz verstanden sie natürlich nicht. Stierten dumpf grinsend herüber.
»Ich geb dir den Schlüssel und du holst ihn ab und bringst ihn wieder in Ordnung.« Ich hielt Schlange den Schlüssel hin.
»Gib mal die Zimmernummer, dann komm ich auch«, rief der Jugo mit der schweren Zunge.
»Jetzt halt bloß den Mund«, zischte Schlange. »Die haben heute schon Wodka getrunken. Da weißt du nie, was kommt.«
»Ist ja schon gut. Und du beeilst dich bitte mit dem Peugeot, okay? Ich hab zwei neue Fälle an der Hacke und brauch ihn.«
Schlange stöhnte. »Weißt du eigentlich, dass ich ein Aussteiger bin? Ich hab mich hierhin verzogen, weil ich 'ne ruhige Kugel schieben will.«
»Denk an das Geld, dass ich dir bezahle und an die vielen verbrannten Döner, die du dir dafür kaufen kannst.«
Er zuckte hilflos mit den Schultern, und ich wandte mich ab. Um aus der Ecke mit den Garagen wieder rauszukommen, musste ich dicht an den drei Jugos vorbei, weil vor mir ein halb auseinandermontiertes Motorrad mit Beiwagen stand. Die drei Spaßvögel blickten mir frech entgegen.
Das Komische an solchen Männern ist, dass sie trotz aller Anmache denken, sie könnten einen überraschen. Der Schwätzer war mir am nächsten, als ich vorbeiging. Keine Ahnung, was er glaubte, was es ihm bringen würde, aber er fasste da hin, wo man nicht hinfassen darf. Und er tat es so langsam, dass es schon mitleiderregend war. Gleichzeitig beugte er sich zu mir hin. Es war eine leichte Übung, seine Bewegung weiterzuführen, an mir vorbei, ihm den Arm zu drehen und ihn dann kopfüber gegen das rauchende Fass krachen zu lassen. Es war weiß Gott kein korrekter Shomen-Uchi-Angriff gewesen, aber ich hatte sauber reagiert.
Das Fass kippte, der brennende Inhalt fiel dem zweiten Jugo auf die Füße. Er brüllte erschrocken irgendetwas in einer Sprache, die zum Brüllen sehr gut geeignet war. Der Dritte sprang zur Seite und ließ ein blitzschnell aus der Tasche gezogenes Klappmesser aufschnappen. Das brachte mich nun doch ein bisschen aus der Ruhe, weil ich gleichzeitig die Wunde an meinem Arm

spürte. Noch so ein paar Schnitte und ich konnte meine neuen Aufträge vergessen.
Der Messer-Jugo warf seine Waffe hoch und fing sie wieder auf, dann in die linke Hand und wieder in die rechte, kam grinsend auf mich zu. So ist das mit unserer schönen Welt, du glaubst, du lebst in zivilisierten Gefilden, aber zwei Straßenecken weiter springen die Neandertaler aus den Höhlen.
Schlange rief: »He! Stopp! Hört doch mal auf!«
Der Jugo achtete nicht auf ihn. Ich wusste genau, wie ich ihn packen wollte und wusste auch, dass ich mir weh tun würde. Zwei Schritte vor, den Arm gepackt, wenn er zustechen will und … aber da waren auch noch die beiden anderen.
Ein Motor heulte auf und ein halbantikes Porsche-Cabriolet kam auf uns zugerast. Die Jugos sprangen zur Seite. Der Porsche fegte die brennende Tonne beiseite und blieb mit kreischenden Reifen neben mir stehen. Ein Mann mit weißen halblangen Haaren und einem sehr gepflegten, ebenso weißen Vollbart schaute mich freundlich an. Er trug ein Polo-Shirt und perforierte Lederhandschuhe.
»Steigen Sie ein, schöne Frau«, sagte er. »Ich fahre Sie, wohin Sie wollen.« Und dabei trat er sachte aufs Gaspedal, um die Potenz seines Motors zu demonstrieren.
»Nicht nötig, ich finde allein nach Hause.«
Das reichte jetzt. Ich spurtete los. Hinter mir hörte ich, wie der Weißhaarige rief: »He, Schlange, hör dir das mal an.« Und dann ließ er den Motor aufheulen. Es klang, wie ich mir einen röhrenden Hirsch vorstelle.
Als ich oben im vierten Stock meines Lofts angekommen war, außer Atem, schweißgebadet, mit schmerzendem Arm, aber wieder halbwegs entspannt, entdeckte ich eine Botschaft, die jemand mit einem dicken schwarzen Stift in großen Buchstaben auf die Tür geschrieben hatte: »HÖR AUF ODER DU STIRBST!« Das Schild mit der Aufschrift »Lenina Rabe, Detektivin« hatte jemand korrigiert und ein »Ex-« vor die Berufsbezeichnung gekritzelt.
An diesem Tag legten es offenbar alle darauf an, sich an mir abzuarbeiten. Ich schloss auf, trat ein, schloss wieder ab und rollte meinen Meditationsteppich im Schlafzimmer aus.

ZWÖLF

Meine Freundinnen ließen sich zum Glück nicht blicken. Wahrscheinlich waren sie wie in alten Zeiten irgendwo in Altona oder auf St. Pauli versackt, auf der Suche nach dem schnellen Glück, der großen Liebe, der ewigen Seligkeit oder einfach nur dem totalen Rausch. War ich traurig darüber, dass ich nicht mitgekommen war? Na ja, ein kleiner Teil in mir vielleicht schon.
Schlafen, aufstehen, duschen, anziehen, Kaffee trinken und dann auf dem Weg zum Bahnhof ein Croissant vom Bäcker, kurz nach dem Peugeot gucken (offenbar hatte Schlange ihn abgeholt, jedenfalls war er weg), und dann rein in den Metrobus und ab nach Eppendorf.
Das Institut für Rechtsmedizin befand sich in einem pavillonartigen Gebäude aus den 60er Jahren auf dem Gelände der Universitätsklinik. Ich war da noch nie gewesen, wollte aber mehr über die Leiche aus der Sozialfabrik und die Todesumstände erfahren. Ich stellte mir vor, dass es im Interesse von Polizei und Justiz sein müsste, wenn sich eine Bürgerin für die Aufklärung eines Mordes einsetzen wollte.
Das funktionierte dann aber doch nicht so einfach. Der Pförtner wollte mich nicht durchlassen und erklärte, es sei sowieso niemand da, mit dem ich sprechen könnte, und selbst wenn, würde niemand mit mir reden wollen. Da er ja gewissermaßen die Pforte ins Jenseits bewachte, konnte ich ihm seine Ernsthaftigkeit nicht übelnehmen. Trotzdem tischte ich ihm eine schräge Geschichte von einer Cousine auf, die vor zwanzig Jahren in Altona verschwunden sei und damals in der Nähe des Fundorts gewohnt habe.
»Sie wollen eine zwanzig Jahre alte Leiche besichtigen, junge Frau? Was glauben Sie, was von der noch übrig ist! Außerdem spaziert man nicht einfach hier herein und schaut sich Leichen an. Da wendet man sich zunächst einmal an die Polizei und vereinbart einen Termin. Und beweisen müssten Sie schon, dass Sie

nicht nur aus Neugier hier reinwollen, sondern ein vernünftiges Anliegen haben ...« In dem Stil redete er weiter und kam zu keinem Ende. Er hatte ja sonst nicht viel zu tun. Ich ließ ihn quatschen und überlegte, ob es nicht noch eine Möglichkeit gäbe, Informationen über die Tote zu kriegen. Der Gang zur Polizei war problematisch, Kommissarin Brand und ihre Kollegen hatten mich schon oft abgeblockt. Und nach meinen schlimmen Erfahrungen mit dem Polizeiapparat während der Ermittlungen über den Mord an meinem Vater war ich vorsichtig genug, um vor einem Besuch des Polizeipräsidiums zurückzuschrecken.

Ein günstiges Karma, das Schicksal oder auch einfach nur der Zufall kam mir zu Hilfe. Über den Steinweg näherte sich mit großen Schritten ein Mann mit Aktenkoffer. Er trug einen weit geschnittenen naturweißen Leinenanzug, darunter ein blaues Hemd, braune Campers an den Füßen und hatte weiße Haare und einen gepflegten weißen Bart. Der Porsche-Fahrer von gestern. Interessant. Was wollte der denn hier?

»Jetzt machen Sie aber, dass Sie wegkommen!«, sagte der Pförtner. »Da kommt der Professor.« Er eilte zur Glastür und zog sie auf.

Der Professor trat ein, warf dem Pförtner einen zerstreuten Blick zu, nickte dankend, sah mich und blieb stehen. Lächelte. Es sollte zweifellos verführerisch und väterlich zugleich wirken.

»Wie haben Sie mich so schnell gefunden?«, sagte er.

Der Pförtner, der eben noch versucht hatte, die Tür so behutsam zu schließen, dass sie nicht das geringste Geräusch machte, wirbelte herum und starrte erstaunt von mir zu ihm, von ihm zu mir.

»Höhere Mathematik, Herr Professor«, sagte ich.

»Den Eindruck habe ich auch. Aber es wäre doch einfacher gewesen, in meinen Wagen einzusteigen.«

Ich blickte über seine Schulter hinweg nach draußen. »Wo haben Sie den kleinen Porsche denn gelassen?«

»Auf dem Parkplatz, aber ... ehrlich gesagt ... er verliert Öl ...« Sein Charme ließ ihn im Stich.

In solchen Fällen ist es gut, wenn man einen Diener hat, der einem zu Hilfe eilt. Der Pförtner war der geborene Untergebene, der sofort spürt, wenn sein Herr einen Blackout hat. Mit einem

gewissen unterwürfigen Eifer erklärte er: »Die Dame möchte die Knochen einer entfernten Verwandten besichtigen.«
Der Professor wusste nicht, ob er lachen durfte oder ernst bleiben sollte. Sein Mund verzog sich zu einem schiefen Grinsen. »Eine Verwandte?«
»Der Leichenfund in Altona, Herr Professor.«
Der Weißhaarige schaute mich erstaunt an. »Sie? Eine Verwandte? Wie kommt es, dass Sie etwas Näheres über eine Tote wissen, die wir noch gar nicht identifiziert haben?«
»Eine Vermisste, Herr Professor«, erklärte der Pförtner. Er war einfach unbezahlbar in seinem Eifer. »Zur gleichen Zeit verschwunden, als der Mord geschehen ist.«
»Zur gleichen Zeit? Was wissen Sie denn über die Mordzeit?«
Der Pförtner wurde kleinlaut: »Nein, nein, nur so viel ... weil die Dame sagte, dass ...«
Der Weißhaarige drehte dem Pförtner den Rücken zu und wandte sich mit halbwegs glaubwürdig gespielter väterlicher Würde an mich: »Sie sind also der Meinung, es könnte sich um eine vermisste Verwandte von Ihnen handeln. Aber vor zwanzig Jahren waren Sie doch erst ...«
»Drei. Aber meine Cousine war älter.«
»Ja, sicher, hm. Vielleicht können Sie ja etwas zu der Angelegenheit beitragen.« Er wandte sich wieder an den Pförtner. »Rufen Sie doch mal die zuständigen Beamten im Präsidium an. Die sollen mal jemanden schicken.« Dann wieder zu mir: »Sie haben doch Zeit?«
Ich nickte.
»Also dann, bitte ...«
Er führte mich in sein Büro im ersten Stock. Viele Bücher, noch mehr Aktenordner, an der Tür ein paar Karikaturen zum Thema »Wir sezieren eine Leiche«, auf dem Schreibtisch das Modell eines Porsche Carrera, an der Wand ein Foto des Professors vor diesem Porsche-Modell in felsiger Landschaft, ein zweites Bild zeigte ihn in jugendlicherem Alter in einem Porsche 911, dahinter eine Frau mit Kopftuch, unter dem rote Haare hervorquollen. Die Frau erkannte ich sofort. Inzwischen war ihr Gesicht kantiger geworden und die Haare hatten einen anderen Rot-Ton.

»Bitte setzen Sie sich doch, Frau äh …«
»Rabe.«
»Frau Rabe, bitte.« Er deutete auf einen gepolsterten Stuhl neben dem Schreibtisch und setzte sich in einen hölzernen Drehsessel, der sehr teuer aussah, aber trotzdem quietschte. Alles hier im Büro sah sehr teuer und antik aus. So wie er.
»Sie haben sich auch noch nicht vorgestellt«, erinnerte ich ihn.
»Professor Lermann«, sagte er ernsthaft und fügte mit durchdringendem Blick hinzu: »Kristian Lermann.«
»Kristian mit K«, sagte ich.
»Oh, Sie sind gut informiert.«
Ich deutete auf das Regal. »Da stehen viele mit K.L. gekennzeichnete Ordner.«
Er beugte sich leicht nach vorn, so dass ich seine weißen Brusthaare erkennen konnte: »Es freut mich, dass wir uns wiedersehen. Auch wenn unsere Begegnung unter einem, nun ja, traurigen Vorzeichen steht.«
»Sie meinen das kleine Handgemenge gestern bei den Garagen?«
Er lachte. »Wenn Sie es dennoch mit Humor sehen können, umso besser.«
»Meine Cousine war viel älter als ich, es ist lange her …«
»Übertriebene Trauer wäre falsch, meinen Sie? Haben Sie sie denn gekannt, Ihre Cousine?«
»Ich war noch klein.«
»Wie alt war sie denn, als sie verschwand?«
»Sechzehn, siebzehn.«
Er nickte. »Ja, das stimmt mit unseren Erkenntnissen überein.«
»Konnten Sie denn herausfinden, wie alt die … Person genau war, deren Überreste in dem Abbruchhaus gefunden wurden?«
»Siebzehn, das habe ich ziemlich exakt klären können.«
»Das geht?«
»Ja, natürlich geht das.«
»Dann haben Sie sicher auch geklärt, woran sie gestorben ist.«
»Schädeltrauma.«
»Ein Schlag auf den Kopf?«
»Ja.«

»Wo genau?«
»Stirn.«
»Womit?«
»Stumpfer Gegenstand. Wir müssen das noch genauer untersuchen.«
»Könnte es nicht ein Unfall gewesen sein? Vielleicht ist sie gestürzt, da im Keller.«
»Ein Unfall? Ja, das wäre möglich. Ein unglücklicher Sturz, eine steile Kellertreppe hinab, ja.«
»Aber dann wäre sie wohl kaum dort verscharrt worden.«
Er kniff die Augen zusammen. »Ja, richtig, das passt nicht.«
»Lag sie in einem Sarg?«, fragte ich.
»Wie bitte?«
»Ob sie in einem Sarg lag.«
»Wieso sollte jemand sich die Mühe machen, sie in einen Sarg zu legen, das wäre doch viel zu aufwändig, umständlich … wenn so ein Unglücksfall geschieht …«
»Oder ein Mord.«
»… dann … ein Sarg? Nein. Wie kommen Sie denn überhaupt darauf?«
»Es wurden Glassplitter bei der Leiche gefunden.« Ich druckste herum, scheinbar verlegen. »Es ist nur, weil … na ja, deswegen komme ich drauf. Wir haben sie früher immer Schneewittchen genannt. Deshalb die Idee mit dem Sarg aus Glas.«
»Aber da war doch gar kein Sarg!«
»Aber Glas?«
»Stand das in der Zeitung?«
»Woher sollte ich es sonst wissen?«
Er starrte mich an. Man sah deutlich, wie es in seinem Gehirn arbeitete.
»Ja, natürlich«, sagte er dann. »Sie haben mir übrigens gar nicht gesagt, wie ihre Cousine hieß.«
»Vera.«
»Und mit Nachnamen?«
Jetzt schnell einen guten, glaubhaften Namen finden. Wie hieß denn das Schneewittchen aus dem Märchen? Na ja, Schneewittchen, das war doch ihr Name. Mehr gab es da nicht.
Hastig klappernde Schritte näherten sich draußen auf dem Flur,

die Tür wurde aufgerissen und Kommissarin Brand stand mit bebenden Lippen da und stieß wütend hervor: »Also, das ist doch … Frau Rabe! Das ist ja unglaublich, eine solche Dreistigkeit …«
Professor Lermann sprang auf und starrte uns beide an. Ich erhob mich und sagte: »Guten Tag, Frau Brand.«
Sie wandte sich atemlos an den Professor: »Ich war in der Nähe, als ich den Anruf bekam. Das mit der Cousine, da hab ich mir meinen Teil zusammengereimt … Das ist eine Detektivin!« Sie deutete anklagend mit dem Zeigefinger auf mich.
Der Professor wurde ein bisschen blass, aber er sagte nichts. Starrte uns nur an.
»Das wird Sie teuer zu stehen kommen, Frau Rabe!«, stieß die Kommissarin hervor.
»Ich habe mich nur mit meinem Nachbarn aus Altona unterhalten«, sagte ich. »Er möchte mir seine Porsche-Sammlung zeigen. Wir haben gemeinsame Interessen. Vor allem an diesem Modell hier.« Ich trat zur Wand und deutete auf das Foto mit dem 911 und der Rothaarigen.
Dann wollte ich an der Brand vorbei nach draußen. Sie fasste nach mir und versuchte allen Ernstes, mir den linken Arm auf den Rücken zu drehen. »So leicht kommen Sie mir nicht davon!«, rief sie. Aber zwei Sekunden später stand sie weit nach unten gebeugt da und ich hielt ihren rechten Arm weit über ihren Kopf. Ein kleiner Ruck und sie wäre zu Boden gegangen. Ich zögerte, dann ließ ich sie los, sprang an ihr vorbei in den Flur und warf die Tür hinter mir zu.
Der Pförtner war erst aus seinem Kabuff raus, als ich schon draußen über eine Hecke sprang und das Weite suchte.

DREIZEHN

Das Gute an Nadine ist, dass man sich schnell mit ihr versöhnen kann. Sie kam einfach wieder vorbei und ich erzählte, was vorgefallen war.

»Na ja, Widerstand gegen die Staatsgewalt«, sagte sie, »das geht zwar in Ordnung mit mir, aber die werden dir als Detektivin doch die Hölle heiß machen.«
»Die hat sich zuerst an mir vergriffen.«
»Wenn das der Weißhaarige mal so bezeugt, Leni.«
»Fällt dir eine elegantere Lösung ein, wie ich diese Situation hätte bereinigen sollen?«
»Hm, Eleganz mit auf den Rücken gedrehtem Arm ist schwierig. Aber ich kann dir sagen, wo das Problem liegt. Du hast kein Backup.«
»Was?«
»Die Brand hat genau den gleichen Fehler gemacht. Sie kam allein. Du kamst auch allein. Wenn man zu zweit ist, ist da noch jemand, der einem den Rücken freihalten kann.«
»Ich weiß schon, wen du mir als Backup empfehlen willst.«
Nadine lächelte schüchtern. »Na klar.«
»Was hättest du denn gemacht in dieser Situation?«
»Mit mir im Raum wäre es gar nicht zu den Handgreiflichkeiten dieser Polizistin gekommen. Reagiert die eigentlich immer so aggressiv, wenn sie dich sieht?«
»Na ja, damals, als sie versuchte, den Mord an meinem Vater zu vertuschen, hat sie den Kampf verloren und wurde degradiert. Die hasst mich.«
»Und du sie.«
»Ich versuche solche negativen Gefühle zu besiegen.«
»Dann wäre es doch toll, wenn dir das auch mir gegenüber gelingen würde.« Sie stand auf und hängte sich die Tasche um. »Du wirst schon noch herausfinden, dass du mich brauchst.«
»Wo willst du denn hin? Annie und Susi haben sich angesagt. Die müssen bald da sein.«
Nadine schüttelte den Kopf. »Ich bin müde.«
»Du kannst mich doch nicht mit diesen beiden vergnügungssüchtigen Tagediebinnen allein lassen!«
»Das sind Nachtdiebinnen. Und du wolltest ja kein Backup.«
Ich wollte ihr noch hinterherrufen, dass sie wieder Berufliches und Privates vermengte, aber da war sie schon draußen und die Stahltür fiel mit diesem satten Rumsen ins Schloss. Na ja, okay,

dann halt bis morgen oder so. Was erwartete sie denn? Dass ich ihr ein Praktikum anbot? Blödsinn.
Zum Glück klingelte das Telefon.
Zu meinem Pech war Frau Schleiz am Apparat. Jetzt, am frühen Abend, arbeitete die natürlich noch. Naiv von mir anzunehmen, sie würde sich erst melden, wenn ich ihren Vorschuss verbraucht hätte.
»Frau Rabe, endlich erreiche ich Sie. Haben Sie eigentlich kein Handy? Die Nummer würde ich mir gern notieren.«
»Nun stellen Sie sich mal vor, das Handy klingelt, während ich mit einem Informanten spreche und der bekommt mit, wer am anderen Ende ist.«
»Na ja.«
»Es gibt ja auch noch die Mailbox, den Anrufbeantworter, das E-Mail-Postfach.«
»Ich hab draufgesprochen. Haben Sie es denn gehört?«
»Bin gerade erst reingekommen, Frau Schleiz. Aber nun können Sie es mir ja persönlich sagen. Gibt es neue Entwicklungen auf Ihrer Seite?«
Zögerliches Schweigen am anderen Ende. »Ich dachte, Sie hätten Neuigkeiten für mich.«
»Ich bin dicht dran«, sagte ich. »Hab einen Informanten ausfindig gemacht und bin diesen Dänen auf der Spur.«
»Der Eine würde uns schon reichen, der Anführer.«
»Jens Jensen.«
»Das ist keine Auskunft, Frau Rabe. Ein Pseudonym hilft uns doch nicht weiter. Wir wollen wissen, wo er sich versteckt hält.«
»Das werde ich alles herausfinden, bevor der Vorschuss verbraucht ist, Frau Schleiz.«
»Darum möchte ich bitten. Und Sie sollten uns über alle Details sofort unterrichten, auch wenn sie Ihnen unwichtig erscheinen.«
»Details sind das Wichtigste.«
»Übrigens hörte ich, Sie arbeiten gleichzeitig an einem anderen Fall.«
»Oh, spricht sich so was herum?«
»Allerdings. Mein Chef ist damit gar nicht einverstanden. Wir zahlen einen guten Preis für eine exklusive Betreuung.«

»Ich bin ja kein Callgirl, Frau Schleiz. Ich habe ein Büro und kann, wenn es nötig ist, Mitarbeiter einsetzen.«
»Tatsächlich?«, fragte sie gedehnt und sehr zweifelnd.
»Ja, tatsächlich.«
»Nun gut. Ich rufe Sie morgen wieder an, sagen wir um die gleiche Zeit? Dann machen wir einen Termin. Mein Chef möchte Sie gern kennenlernen.«
»In Ordnung, Frau Schleiz. Bis dahin gibt's bestimmt eine Menge Neuigkeiten für Sie.«
»Das wäre überaus begrüßenswert«, sagte sie und verschwand aus meinem Ohr.
Wenn du einen Auftrag angenommen hast, solltest du ihn konsequent bearbeiten und zu Ende führen, vor allem, wenn du gut bezahlt wirst. Tja, seltsamerweise hatte ich aber im Augenblick gar kein Interesse an dieser idiotischen Geschichte um die sogenannte Dänische Befreiungsfront. Ich wollte den Schneewittchen-Mord aufklären. Außerdem wurde ich bedroht. Dass es kein Witz war, war offensichtlich, aber von welchem Fall bitte sollte ich eigentlich die Finger lassen?
Wenn ich meinen Arm hob, tat es empfindlich weh. Außerdem juckte es unter dem Verband. Aber wenn ich ihn nicht benutzte, würden die Muskeln schlaff werden, die Gelenke einrosten.
Also auf ins Aiki-Dojo! Ich war schon dabei, meine Sporttasche zu packen, als der Gong ertönte. Dieser Gong, der wie in einem buddhistischen Kloster dröhnte und den ich eigentlich gegen eine normale Klingel austauschen wollte, weil er mir mittlerweile auf die Nerven ging.
Vor der Tür stand Annie.
»Oh, Annie«, sagte ich.
»Schlechter Zeitpunkt, hm?«, stellte sie fest.
»Nee, wieso?«
Sie strich sich die dunklen Locken aus dem Gesicht und lächelte: »Ich seh's deinem Gesicht an. So guckst du immer, wenn du gerade niemanden sehen willst.« Hm, dieses Lächeln erinnerte mich an den Video-Clip, in dem sie als Sängerin aufgetreten war. Ich nehme an, Frauen interpretieren es als geheimnisvoll, Männer als verheißungsvoll, es spielte aber eine leichte Ironie mit,

die meiner hübschen Freundin einen Hauch von Unnahbarkeit, auf jeden Fall aber Souveränität verlieh.
»Ach was. Du bist doch zu Gast.« Ich trat zur Seite und ließ sie rein.
»Wie geht's dir denn eigentlich? Ich meine, der Arm und so.«
»Es geht so. Besser jedenfalls, tut aber noch weh.«
»Und trotzdem gönnst du dir keine Ruhe.« Sie schaute sich um. Da stand nur meine halbgefüllte Sporttasche.
»Ich hab Feierabend, ich wollte zum Training.«
Annie lachte. »Du und Feierabend. Du bist doch immer auf dem Sprung. Ich find das ja toll. Bei mir ist nämlich Feierabend. Absolut. Totaler Abstieg.« Sie ließ sich auf einen Küchenstuhl fallen, die Haare rutschten ihr ins Gesicht, sie stöhnte vor sich hin.
»Ist was passiert?«
Sie lachte abfällig. »Zuerst leider nicht, dann zum Glück nicht.«
»Okay. Willst du Yogi-Tee, Kaffee, Sprudel, Bionade oder ein Bier?«
Sie sah nicht auf. »Bier.«
Ich holte zwei Flaschen aus dem Kühlschrank, öffnete sie und stellte sie hin. Dann setzte ich mich dazu.
»Und?«, sagte ich. »Gehen wir chronologisch vor: Was ist zuerst leider nicht passiert.«
Sie setzte die Flasche an und nahm einen großen Schluck. »Anruf aus Berlin. Gestern. Die Aufnahmen finden nicht statt. Das erste Stück, was mir wirklich wichtig ist, weil ich es selbst geschrieben habe. Die meinen, es hat kein Hit-Potenzial. Als ob das nicht scheißegal ist. Ein guter Song ist ein guter Song. Aber die wollen kein Geld dafür raustun.« Sie trank die Flasche halb leer.
»Und was ist zum Glück nicht passiert?«
Sie lachte kalt, mit einem verächtlichen Unterton. »Gestern Abend. Mit Susi. Du kennst sie ja: ›Ich nehm mir alles, was ich kriegen kann.‹ Wir waren auf St. Pauli, kleine Klub-Tour. Zum Schluss waren wir im Tunnel und haben diese beiden Typen kennengelernt. Die waren wegen ein paar spezieller DJs da. Bisschen älter als das normale Publikum. Stellte sich dann raus, dass die aus der Musikbranche waren. Produzenten und Betreiber eines Internet-Radios, angeblich kurz vorm ganz großen

Durchbruch. Als Typen natürlich zu alt für uns. Der eine war schon ein bisschen grau. Klaus. Den hab ich abgekriegt.«
»Ach Gott!«
»Ja, ja.« Sie trank das Bier leer und schaute die Flasche kurz an. »Carlsberg. Ist ja witzig. Dänisches Bier.«
»Was ist daran witzig? Im ganzen Viertel gibt's nur noch dänisches Bier zu kaufen.«
»Weil ich vorhin im Carlsberg Krug war, deshalb ist es witzig.«
»Du wolltest von Klaus erzählen.«
»Ja, ja. Also, es stellte sich heraus, dass er mich oder besser meine Musik und meine Videos kannte. Und er wollte unbedingt, dass wir über eine Zusammenarbeit sprechen. Tja.«
»Abends volltrunken im Klub«, stellte ich sarkastisch fest.
»Nee, eben nicht. Der verhielt sich ganz seriös. Sein Kumpel machte mit Susi rum, und die verzogen sich dann in eine dunkle Ecke. Aber er war ganz der Gentleman. Musste auch früh nach Hause.«
»Es gibt eben noch Ausnahmen.«
»Wir verabredeten uns. Zu einem ernsthaften Gespräch, wie er meinte. In diesem Hotel oberhalb des Hafens. Wo man so einen tollen Blick hat. Er hat mich sogar zum Mittagessen eingeladen. Und ein Zimmer angemietet. Da wollte er dann mit mir verhandeln … aber erst danach.«
»Danach?«
»Ja, erst danach.«
»Und?«
»Ich bin ja mitgegangen. Aber als er dann in der Unterhose dastand –«
»Und du?«
»Ich war noch angezogen. Das war einer von denen, die sich selbst zuerst ausziehen. Gibt's ja eher selten.«
»Und dann bist du abgehauen.«
»Ich bin an der Elbe entlang zurück nach Altona. Und dann in dieser Spelunke gelandet. Carlsberg Krug. Hast du noch ein Bier?«
Ich holte ihr eins. »Wie viel hast du denn schon getrunken?« Den Carlsberg Krug kannte ich, das war eine Eckkneipe in der Nähe.

»Nur ein Carlsberg und zwei Gammeldansk. Trinken die alle da. Bestellen immer ein Bier und kriegen gleich zwei Schnäpse dazu. Das waren mehr so die Rockertypen, manche in weiß-roten Motorradklamotten. Aber die haben mich in Ruhe gelassen. Die Wirtin war ziemlich nett. Anscheinend eine echte Dänin. Die lachte immer, wenn die Typen ›Danish Dynamite‹ oder so was Ähnliches brüllten. Die haben sich eine Fußball-Übertragung auf dem Bildschirm angeguckt. In der Halbzeit kam dann einer rein, den sie offenbar alle kannten. Auch in Motorradkluft, aber schwarz. Ließ den Helm auf. Warf einen Karton auf einen Tisch, rief den anderen irgendwas auf Dänisch zu und ging wieder. Die anderen brüllten ›Altona skal være dansk!‹ hinter ihm her. Dann haben sie den Karton aufgemacht und da lag ein dicker Stapel Plakate drin. Zwei von den Typen holten einen Eimer mit Kleister und gingen plakatieren. Die anderen schauten sich die zweite Halbzeit an und grölten immer lauter. Da bin ich dann gegangen.«

Ich war wie elektrisiert. »Dieser Kerl, der den Karton brachte, wie sah der aus?«

»Keine Ahnung. Der hatte doch einen Helm auf. Na ja, er war ziemlich groß und schlank.«

»Wie alt?«

»Weiß ich nicht. Der war doch vermummt von oben bis unten, sogar Handschuhe. Aber die Wirtin hat mir zugezwinkert, als er wieder draußen war, und hat gesagt: ›Das war Jens Jensen.‹«

Ich sprang auf. »Scheiße! Das ist der Mann, den ich finden soll!«

»Dann geh doch in den Carlsberg Krug und frag nach ihm.«

»Genau das werde ich tun. Kommst du mit?«

»Nee, ich würde mich am liebsten ins Bett legen. Darf ich?«

»Klar.«

VIERZEHN

Vor dem Carlsberg Krug flatterte die dänische Fahne im sanften Sommerwind und machte sich hübsch. Ein anderes rot-weißes Fähnchen im Lokal daneben wurde gerade eingeholt. Darauf stand ganz schlicht »Eis«. Ich fragte das Mädchen vom Eisladen, ob sie noch zwei Kugeln übrig hätte. Sie sagte »Vanille und Erdbeere«. Ich sagte: »Dänisches Eis?« Sie schüttelte den Kopf: »Italienisch.« Es gab also noch Leute in Altona, die bei rot-weiß nicht gleich an Plunder aus Kopenhagen dachten.

Ich setzte mich auf einen Plastikstuhl vor dem Carlsberg Krug und fragte mich, ob es nicht einfach leckerer wäre, sich den Italienern anzuschließen als den Dänen. Da kam die Wirtin aus ihrer Kneipe, eben jene, die Annie als nett bezeichnet hatte. War sie aber gar nicht.

»Essen Sie Ihr Eis bitte woanders«, sagte sie mit diesem niedlichen skandinavischen Akzent, den ich eigentlich ganz gern höre.

»Entschuldigung?«

»Diese Stühle gehören zu uns und bei uns trinkt man Bier.«

»Ich komme gleich rein und bestelle eins.«

»Trotzdem.«

»Was trotzdem?«

»Solange Sie das Eis essen, müssen Sie aufstehen.«

»Im Ernst?«

»Im Ernst.«

Ich stand auf. »Ich dachte, ihr Dänen seid immer locker drauf.«

»Sicher. Aber es gibt auch Grenzen.« Damit verschwand sie wieder im Innern der Kneipe.

Ich studierte die Plakate, die im Fenster der Kneipe neben und über einer Pyramide aus Carlsberg-Dosen hingen.

»Nieder mit dem preußischen Terror der Eurokraten!« stand da. Oder: »Beendet die Zwangsvereinigung mit Nazi-Hamburg!« Das spielte wohl auf die Zusammenlegung der Städte Hamburg und Altona im Jahr 1937 an. Auch der Slogan »1638 – 1937:

300 Jahre freies Altona der freien deutschen Dänen!« bezog sich darauf, und der darunter stehende: »2037: Altona ist wieder dänisch« auf eine erwartete glorreiche Zukunft. »Tragt euch ein in die Listen zum Volksbegehren!« und »Freiheit für Altona, eine freie dänische Region in einem freien Europa!« waren weitere Parolen.

Ich knabberte meine Eiswaffel zu Ende und betrat den Carlsberg Krug. Die Kneipe war winzig. Der Fernseher über dem Tresen lief, aber der Ton war abgestellt, das Spiel schien zu Ende zu sein. In einer der beiden Nischen vor dem Fenster saßen zwei Typen in T-Shirts, kurzen Hosen und mit Dänen-Käppis auf den verschwitzten Köpfen. Ein dritter Koloss mit rosiger Haut, blonden Haaren und Vollbart stand breitbeinig vor dem Tresen und ließ sich gerade ein Bier von der Wirtin zapfen.

»Na, fertig geschleckt«, sagte sie, halb schnippisch, halb freundlich zu mir.

»Fertig geschleckt?«, fragte der Koloss.

Ich schaute ihn an. Geplatzte Äderchen im Gesicht und eine Säufernase. Was sollte man von so einem schon erwarten.

»Ich suche Jens Jensen«, sagte ich.

Die Wirtin kniff die Augen zusammen. »Wer sind denn Sie? Ne Bullin?«

Der Rotgesichtige lachte. »Bullin! Ha!« Das fand er witzig.

»Keine Polizei«, sagte ich.

Der Rotgesichtige machte das Echo: »Keine Polizei.«

»Und warum suchen Sie ihn dann?«

»Jemand will ihn sprechen.«

»Jemand will ihn sprechen«, wiederholte der Koloss, aber er sah mich nicht an dabei.

Sie schüttelte den Kopf. »Daraus wird nichts. Der ist unsichtbar.«

»Und nicht ansprechbar.«

»Nicht ansprechbar.« Der Rotgesichtige lachte hüstelnd vor sich hin.

»Sie kommen rein und stellen Fragen und haben sich nicht mal vorgestellt«, sagte sie.

»Lenina Rabe, Detektivin«, sagte ich und legte ihr eine Karte hin.

Sie setzte eine Lesebrille auf und las alles genau.
»Lenina Rabe, Detektivin«, kicherte der Rotgesichtige.
»Immer noch besser als ein besoffener Papagei! Kannst du dich nicht mal da drüben hin verziehen!«, schnauzte ich ihn an und deutete auf die leere Nische. Zu meiner großen Überraschung nahm er sein Bier und setzte sich brav. Es gibt eben auch Männer, die sich freuen, wenn Frauen ihnen sagen, wo es langgeht.
»Büro direkt um die Ecke, hm«, stellte die Wirtin fest.
»Genau.«
»Dann kann ich mir ja denken, in wessen Auftrag Sie unterwegs sind.«
»Das können Sie, ja?«
»Na klar.«
»Aber verraten wollen Sie es mir nicht.«
Sie zögerte, aber dann siegte die Eitelkeit und sie wollte ein bisschen triumphieren. »Na, diese Gleichmacher«, sagte sie abfällig. »Diese Markenmafia, die alle unabhängigen Läden weghaben will. Die wollen nur noch Boutiquen, die zu irgendwelchen Ketten gehören und das ganze Viertel zu einem Einkaufsviertel umwandeln. Das ist doch ganz klar: Erst haben sie den Bahnhof abgerissen und ein Einkaufszentrum hingebaut, dann haben sie das Kaufhaus abgerissen und ein Einkaufszentrum hingebaut, dann haben sie das Hallenbad abgerissen, um das Einkaufszentrum zu erweitern und so geht das munter weiter. Normale Einzelhandelsgeschäfte werden rausgeekelt. Und da sind sie sich mit der großen Koalition der Korrupten aus allen Parteien im Rathaus einig. Was die Leute hier im Viertel wollen, ist denen scheißegal, und wovon die kleinen Händler leben sollen, wenn sie dichtmachen müssen, auch. Die Einzigen, die dagegen was sagen, sind die Aufrechten vom Süddänischen Wählerverband. Ich hoffe, dass wir bei der nächsten Wahl die Mehrheit kriegen, damit wir das Viertel vor dem totalen Ausverkauf retten können. Wenn's sein muss, werden wir wieder dänisch«, stieß sie trotzig hervor.
»Altona skal være dansk!«, riefen die beiden Typen und hoben die Krüge. Und der rotgesichtige Papagei wiederholte: »Altona skal være dansk!«
»Und wer steckt hinter dieser Marken-Mafia?«

Sie legte den Kopf schief und schaute mich zweifelnd an. »Soll ich jetzt den Namen Ihrer Auftraggeber nennen? Ist das so eine Art Spiel?« Sie stellte ein überschäumendes Glas vor mich hin. »Bezahlen Sie erst mal das Bier.«

Ich zählte das Geld ab. »Und Jens Jensen, wo finde ich den?«

»Hier bei uns bestimmt nicht. Wenn überhaupt, dann im Blavands Huk drüben in Altona-Altstadt. Mehr sag ich nicht und weiß ich nicht.«

»Danke.«

Ich verließ den Carlsberg Krug und zog das Handy aus der Tasche. Steve, der Allwissende, ging gleich ran.

»Hier ist Lenina, sag mal, gibt's eine Interessengruppe, die gezielt versucht, Markengeschäfte und Filialen großer Einzelhandelsketten im Viertel zu etablieren?«

»Das ist die Hamburg-Altona Entwicklungsgesellschaft. H.A.E.G. Die haben drüben in der Altstadt in einem dieser leerstehenden Betonbauten ihr Büro. Falls du da eine Bombe zünden willst, kleb 'ne Grußkarte von mir mit drauf.«

»Ich geh jetzt erst mal ins Blavands Huk.«

»Na dann viel Spaß. Und vergiss dein dänisches Wörterbuch nicht.«

FÜNFZEHN

Blavands Huk lag an einer unübersichtlichen Kreuzung und passte nicht ins Bild. Straßen aus sechs verschiedenen Richtungen trafen hier zusammen, rundherum standen vierstöckige Wohnhäuser aus der Gründerzeit, nur die Stammkneipe der Dänischen Befreiungsfront wirkte wie aus einer anderen Welt. Es war ein zweistöckiges Eckhaus aus Fachwerk und sah aus wie eine Piratenspelunke in einem alten Hollywood-Schinken, nur dass keine Petroleumlampen draußen hingen und sich im Wind wiegten, sondern Halogenleuchten, die den gotischen Schriftzug »Blavands Huk« und die Unterzeile »Freies Dänen-Territorium« anstrahlten. Natürlich flatterten zwei Fahnen – weißes Kreuz auf rotem Grund – im aufgefrischten Sommerwind. Vor dem Lokal saßen Gäste mit Odense-Pils-Krügen vor sich. Manche trugen rote T-Shirts mit der Aufschrift »Danmark« oder »Altona.dk«, aber alle Sprachen deutsch. Um Politik schien es hier nicht zu gehen. Dachte ich, wurde aber eines Besseren belehrt, als ich das Lokal betrat.

Drinnen war es viel größer, als man von außen gedacht hätte. Es gab einen langen Tresen mit sehr vielen Zapfhähnen und auf der gegenüberliegenden Seite eine Bühne. Darauf stand eine Musikanlage, und als Hintergrund diente die unvermeidliche Fahne. Diese sogar mit Slogan: »Ganz Altona ist besetzt! Ganz Altona? Nein! Blavands Huk ist freies dänisches Territorium!« Auf der Bühne wurde im Moment allerdings nicht Musik gemacht, sondern eine Rede gehalten. Ganz kurz dachte ich: Super, da steht Jens Jensen. Aber irgendwann im Laufe seiner Anti-Hamburg-Tirade nannte der Typ seinen Namen: Lars Larsen. Langsam fand ich diese Pseudo-Dänen witzig. Er trug übrigens ein Sweatshirt mit der Aufschrift »D.B.F.«, was ja nur »Dänische Befreiungsfront« heißen konnte.

Seine Rede kam mir ziemlich weitschweifig vor, aber die Gäste an den langen vollbesetzten Tischen schienen ihm zuzuhören. Jedenfalls wurde ab und zu Beifall gespendet oder zustimmend gejohlt. Nicht gerade wahnsinnig begeistert, aber immerhin. Am lautesten wurde Beifall geklatscht, als der Redner schilderte, auf welche bestialische Weise die Hamburger Polizei den dänischen Vizekonsul misshandelt hatte. Er übertrieb maßlos.

Mir fiel auf, dass nicht wenige der anwesenden Männer sehr kräftig waren und einen durchtrainierten Eindruck machten. Das waren die, die eher schwiegen. Vielleicht fanden sie die Ausführungen von Lars Larsen ja langweilig. Der bemühte jetzt viele geschichtliche Daten, um zu belegen, dass Altona völkerrechtlich zu Dänemark gehören müsste und von Hamburg nur annektiert worden war. Schließlich war er fertig, und es wurde fleißig mit den Bierkrügen geklackert und Bravo gerufen.

Während die Mitglieder der Band auf die Bühne stiegen, drängelte ich mich zum Tresen vor. Die durchweg blonden Männer und Frauen, die dort im Akkord Bier ausschenkten, trugen das gleiche Sweatshirt wie der Redner. Ich fragte eine pausbäckige

Brillenträgerin mit dickem Bizeps, nachdem ich mir ein Alborg-Dunkel hatte zapfen lassen, wie man Mitglied bei ihnen werden könne.
»Mitglied? Wo willst du Mitglied werden?«, fragte sie und stemmte ihre kräftigen Arme auf den Tresen.
»Bei der dänischen Befreiungsfront. Ihr kämpft doch für ein freies Altona. Das will ich auch.« Ich musste fast schreien, weil es um uns herum so laut war. Hinzu kam, dass die Band jetzt ihre Instrumente stimmte.
Sie runzelte die Stirn. »Für ein freies dänisches Altona! Darum geht es.«
»Ja, klar, das ist doch logisch. Also, wie kann man bei euch mitmachen?«
»Du musst auf dänischem Territorium geboren sein.«
»Wie denn das?«
»In Dänemark oder Grönland oder Altona.«
»Na ja, ich bin als Kind hier ins Viertel gezogen.«
Sie schüttelte den Kopf. »Das genügt nicht. Dann kannst du nur in die Partei eintreten. Der Süddänische Wählerbund steht allen offen, die sich zum Dänentum bekennen und in Holstein, Schleswig, Hamburg oder Altona wohnen.«
»Muss man Dänisch können?«
»Wir bieten Sprachkurse an.«
»Und wo kann ich mich eintragen?«
Sie hob den Kopf und ließ ihren Blick durch den Saal schweifen. »Es geht jemand rum und verteilt Antragsformulare. Aber gerade jetzt –« Sie schien ihn nicht zu entdecken.
Ich fragte mich, ob das, was ich hier tat, die richtige Strategie war, um an die Hintermänner dieser eigenartigen Show ranzukommen. Die Muskelfrau schob mir meinen Bierkrug hin und ließ mich einfach stehen. Ich nahm einen Schluck und entdeckte über den Rand des Krugs hinweg Lars Larsen, der sich durch die Menge hindurcharbeitete, und immer wieder Schulterklopfen für seine tolle Rede erntete. Ich arbeitete mich an ihn heran. Als ich vor ihm stand, zückte ich den Presseausweis, den ich mir mal extra für solche Gelegenheiten hatte anfertigen lassen: »Sabine Schröder!«, rief ich, während ich von der in Bewegung geratenen Menge hin und her geschubst wurde. »Von der *FAZ*. Ich

möchte ein Interview mit Ihnen machen.« Die Menge drückte mich gegen seinen Brustkorb. Lars Larsen war ziemlich groß und roch nach Vanille wie ein Kopenhagener.
Ich stemmte mich von ihm weg und sah, wie er die Augen zusammenkniff: »Die *taz* nimmt uns neuerdings ernst?«
»Nicht die *taz*, die *FAZ*, *F.A.Z.*!«, rief ich.
»Oh«, sagte er und schaute sich irritiert um. »Ja, einen Moment mal –«
Irgendwas stimmte nicht mehr. Man hörte lautes Geschrei, tumultartiges Gedrängel. Ein ziemlich kräftiger Typ mit Stoppelhaarschnitt sprang auf einen Tisch und rief: »Altona den Deutschen! Dänenärsche raus!« Andere durchtrainierte Typen zogen sich ihre Dänenshirts aus und trugen Hemden mit Hamburger Wappen und der deutschen Trikolore darunter. Sie begannen wahllos auf alle einzuschlagen, die um sie herumstanden.
Die Musiker auf der Bühne zählten ihr erstes Stück ein, einen Country-Song mit dänischem Text, und brachen nach wenigen Takten ab. Die Sache entwickelte sich zu einer richtigen Schlägerei. Immer mehr Brutalos mit Hamburg-Hemden tauchten auf. Manche hatten Schlagstöcke dabei, andere nutzten die herumstehenden Bierkrüge, um auf die noch immer überraschten Gäste einzuschlagen. Blut floss. Dann baute sich eine zweite Front auf. Dänenhemden, ebenfalls mit Schlagstöcken, rückten vom Eingang her auf die Hamburghemden zu. Das ganze erinnerte mich an einen Nachmittag, als ich am Altonaer Bahnhof eine Schlacht zwischen Fußball-Hooligans beobachtet hatte.
Lars Larsen drehte sich blass, panisch und orientierungslos um die eigene Achse. Es wunderte mich nicht, dass er irritiert war, denn die Dänenhemden waren so kampflustig, dass sie sogar ihre eigenen Leute schlugen. Und je näher die beiden Schlägertrupps zueinanderrückten, um so mehr Mobiliar ging zu Bruch, um so härter und bösartiger wurde auf die Umstehenden eingeprügelt.
Ein Stuhl flog dicht über uns hinweg. Larsen duckte sich und schob sich, so schnell er konnte, durch die Menge hindurch Richtung Toiletten. Ich wollte hinter ihm her, kam aber nicht voran. Die Menge wogte unkontrolliert hin und her. Wer sich nicht an dem brutalen Schauspiel beteiligen wollte, drängte mit

aller Kraft zum Ausgang oder zu den Seiten. Manche kletterten auf die Bühne, wo jetzt allerdings ein Schlägertrupp mit der Zerstörung der Musikanlage begann.
Unter den Gästen entstand Panik. Fenster wurden geöffnet und man versuchte hinauszuklettern. Ich wurde gegen den Tresen gedrückt und stand mit einem Mal neben der muskulösen Barfrau. Sie starrte völlig entgeistert auf das Geschehen.
»Wieso schlagt ihr denn auf die eigenen Leute ein?«, brüllte ich sie an.
Sie schien überhaupt nichts zu kapieren. »Ich weiß nicht, was hier los ist«, war alles, was sie herausbrachte.
Ich wurde hin- und hergeworfen und landete schließlich vor einem geöffneten Fenster, aus dem ich herausklettern konnte. Ich sah noch, wie einer der Hamburghemden nach dem Mikro auf der Bühne griff und den Slogan »Altona den Deutschen!« bellte und dann das Kommando: »Aufhören, das reicht! Los, weg hier!« gab.
Die Schläger beider Lager hörten auf und bahnten sich den Weg nach draußen. Von meinem Platz aus konnte ich sehen, wie sie in Gruppen zu fünf bis sechs Leuten in verschiedene Richtungen liefen.
Ich rannte einer dieser Gruppen hinterher. Das interessierte mich jetzt doch. Hamburghemden und Dänenhemden, die sich eben noch geprügelt hatten, flüchteten gemeinsam? Ich folgte ihnen in gebührendem Abstand um mehrere Ecken. Sie waren schnell. Ziemlich gut trainiert.
Die Flüchtenden beider Couleur stiegen in den gleichen Lastwagen, eine Art Truppentransporter mit Plane, der mit laufendem Motor und geöffnetem Heck am Straßenrand gestanden hatte. Keine Aufschrift, unleserliches Kennzeichen. Der Laster verschwand Richtung St. Pauli.
Ziemlich aus der Puste machte ich mich auf den Weg zurück. Genau jetzt wäre der richtige Zeitpunkt für ein Interview mit Lars Larsen. Das Klima der Verunsicherung, das nach diesem Vorfall herrschte, würde ihn dazu bringen, mehr auszuplaudern als er wollte. Ich atmete tief durch und versuchte mich zu konzentrieren. Festnageln musst du ihn! Er soll dich zu Jens Jensen bringen!

Aber ich hatte Pech. Blavands Huk war zur Wagenburg geworden. Unzählige Blaulichter blinkten, mehrere Streifenwagen, Einsatzfahrzeuge der Bereitschaftspolizei und Krankenwagen verbauten den Zugang zum Lokal. Zwei Löschfahrzeuge der Feuerwehr standen quer auf der Kreuzung und blockierten den Verkehr. Als zwei Bullen mit Schlagstöcken und Helmen auf mich zukamen, wechselte ich die Straßenseite und machte mich auf den Weg nach Hause.

SECHZEHN

Annie schlief, als ich kam, und sie schlief immer noch, als ich mich am nächsten Morgen wieder auf den Weg machte. Ich war kurz vor acht aufgestanden, hatte mir einen Yogi-Tee gemacht, um mich wieder ein bisschen auf den rechten Weg zu bringen, und joggte dann schnurstracks ins Aiki-Dojo zum Training. Nach der Dusche holte ich mir ein Körnerbrötchen beim Bio-Bäcker und machte mich auf zu Paul Wenner.

Ich hatte die halbe Nacht wachgelegen und darüber nachgegrübelt, was ihn dazu gebracht haben könnte, mich mit der Aufklärung des Mordes an Vera zu beauftragen.

Es war ein angenehmer winddurchwehter Sommermorgen mit viel Sonne und ein paar Wolken am Himmel. Genau das richtige Wetter zum – Auto waschen. Ich sah ihn schon durchs Tor durch. Eigentlich hatte ich mir vorgestellt, in den Keller zu steigen, um ihn aus dem Bett zu scheuchen, aber Paul war ganz offensichtlich ein Frühaufsteher. Diesmal allerdings putzte er nicht den Aston Martin von Hans-Jochen Heissing, sondern einen Porsche.

»Guten Morgen«, sagte ich. »Du hast ja viel mit Autos zu tun.«

»Ja, ja, das ergibt sich so. Ich mag Autos. Hab ja selbst keins. Es macht Spaß, sie zu putzen, vor allem das Polieren am Schluss.« Noch war er dabei, mit schäumendem Schwamm den Schmutz von der Motorhaube zu entfernen. Die Pflicht vor der Kür, wenn ich ihn da eben richtig verstanden hatte.

»Macht es sich denn bezahlt?«
»Ich kriege zehn Euro die Stunde. Das ist mehr als in der Altenpflege. Steuern zahle ich nicht. Und diese Autos quengeln nicht herum, sondern erzählen mir ihre Geschichte schweigend. Ich muss sie nur angucken.«
»Du wirst ja richtig poetisch.«
»Früher wurden Autos gebaut, die noch Charakter hatten. Das ist alles vorbei.«
»Diesen Wagen hier kenne ich«, stellte ich fest.
»Den kennt doch jeder. Porsche 911«
»Er gehört Kristian Lermann, dem Professor aus der Gerichtsmedizin.«
Paul schaute kurz auf. »Du hast ja sogar was herausgefunden.«
»Ich habe den Eindruck, ich finde die ganze Zeit Sachen heraus, die du mir auch hättest erzählen können.«
»Meinst du?«
»Ja, klar. In Lermanns Büro hing ein Foto aus früheren Zeiten. Darauf sitzt er in diesem Porsche hier und neben ihm die rothaarige Hexe von nebenan.«
»Was ist daran so erstaunlich? Kristian ist seit vielen Jahren mit den Heissings befreundet, besonders mit Ernestine. Hans-Jochen, sie und Kristian waren die Gründer der Sozialfabrik. Zusammen mit mir.«
»Und Hanni Heissing?«
»Kam später dazu.«
»Jetzt sag bloß noch, dass Lermann auch hier irgendwo wohnt.«
Paul ließ den Schwamm in den Eimer fallen und richtete sich auf. »Ja, klar. Da oben.«
»Ich denke, da wohnt Hanni Heissing.«
»Daneben. Das sind zwei Maisonnette-Wohnungen nebeneinander. Bestehen jeweils aus Obergeschoss und Dachgeschoss. Und dann haben die beiden noch gemeinsam eine Dachterrasse.«
»Ganz schön luxuriös.«
Paul nahm sich ein Tuch, das er auf dem Mäuerchen zu Heissings Garten abgelegt hatte, und begann, die Motorhaube trockenzureiben. »Das sind eben gut verdienende Akademiker. Lermann ist eine Kapazität. Hanni ist Psychotherapeutin und hat sich in ihrem Fachgebiet einen Namen gemacht.«

»Und die Heissings da drüben sind Landlord und Landlady. Nur du bist das Kellerkind.«
Er zuckte mit den Schultern. »So ist das eben.«
»Und das war schon immer so?«
»Nein. Früher war das eine Art Kollektiv. Der Verein Sozialfabrik war eine gemeinnützige Organisation, in der jeder gleichviel zählte. Jeder brachte ein, was er konnte, und nahm heraus, was er brauchte. Zum Wohl von Patienten und sozial Bedürftigen.«
»Und das hat funktioniert?«
»Eine Weile schon. So bis Ende der siebziger Jahre. Dann haben die auf einmal alle angefangen, Karriere zu machen. Dann hat Hans-Jochen geerbt und sich in einem günstigen Moment die Immobilie unter den Nagel gerissen.«
»Eine Kehrtwende um 180 Grad.«
»Genau.«
»Von einem Moment auf den anderen?«
»So hat es jedenfalls ausgesehen. Er trat aus dem Verein aus, nachdem es Streit gegeben hatte –«
»Mit dir und Lermann und –«
»Nein, mit uns kaum, wir hatten es ja kommen sehen. Mit den anderen. Damals waren ja sehr viele Leute in dieses Projekt involviert. Viele wohnten hier, aber nicht alle. Nachdem der Verein nichts mehr zu sagen hatte, gingen viele. Das Projekt starb einen schnellen Tod. Und Hans-Jochen legte seinen Garten an. Das war vorher ja ein Projekthof mit Werkstätten und Seminarräumen gewesen.«
»Er reißt gern ab, der Herr Heissing, wie es scheint.« Ich deutete auf die Schutthalde, die einmal ein Haus gewesen war und wo Schneewittchen gefunden wurde.
»Ja. Da drüben soll auch ein Garten hin. Irgendwas Mediterranes. Ernestine hat sich das gewünscht. Und was sie wünscht, ist Hans-Jochen Befehl.«
»Mediterran war auch die Landschaft auf dem Bild, wo sie im Porsche sitzt. Aber zusammen mit Lermann.«
»Mal sitzt sie in Kristians Porsche, mal in Hans-Jochens Aston Martin. Das war früher so und das ist bis heute so geblieben.«
»Aber sie ist ja nicht mit beiden verheiratet.«

»Na ja, in gewisser Weise schon.«
»Im Ernst? Und das läuft so seit Jahren?«
»Ja, ja«, sagte er düster. »Alles läuft hier so seit Jahren.« Sein Blick schweifte über die Rückseite des Vorderhauses und blieb an einem Balkon im oberen Stockwerk hängen. Der Balkon, der zu Hanni Heissings Wohnung gehörte.
»Wie ist denn dein Verhältnis zu Hanni Heissing?«
»Das geht dich gar nichts an!«, blaffte er.
Ich zuckte zusammen. »Aber die nächste Frage geht mich was an: Wie war dein Verhältnis zu der toten Vera?«
Paul ging um den Wagen herum und begann mit dem Trockenreiben der Heckpartie des Porsche. Ich dachte schon, er würde gar nichts mehr von sich geben, da sagte er: »Vera war ein liebes Mädchen – wenn sie wollte. Ich hab sie sehr gemocht.«
»Hat sie bei dir gewohnt? Da –« Ich deutete auf die Überreste des abgerissenen Hauses.
»Gewohnt hat sie da, ja, aber nicht bei mir, also nicht in dem Sinne. Aber ich hab sie gern um mich gehabt. Das traf allerdings auch auf viele andere zu.«
»Klingt nach komplizierten zwischenmenschlichen Beziehungen.«
»Kompliziert ist es immer noch.« Pauls Blick wanderte wieder zu Hanni Heissings Wohnung. Da stand sie am geöffneten Fenster und winkte uns zu. Paul winkte zurück.
»Ich muss rüber«, sagte er nicht gerade enthusiastisch.
»Zu Hanni?«
»Ja, ich hab versprochen, ihr beim Umbau der Küche zu helfen.«
»Entschuldige, wenn ich so indiskret frage, aber: Seid ihr irgendwie zusammen?«
Paul biss die Zähne zusammen. »Das hab ich mir längst abgeschminkt. Hanni steht nur auf ihresgleichen.«
»Auf Reiche?«
»Quatsch! Auf Frauen!«, stieß er hervor. Und es klang so, als hätte er mit dieser Tatsache lange Zeit arg zu kämpfen gehabt. Nun nahm er Eimer und Schwämme und Tücher und murmelte vor sich hin: »Polieren kann ich auch später noch.« Er war schon

beim Weggehen, drehte sich aber um und fragte: »Was hast du denn jetzt vor?«
»Das Ehepaar Heissing interessiert mich.«
»Wenn du zu Ernestine gehst, nimm einen Dosenöffner mit.« Damit ließ er mich stehen. Allmählich wurde mir mein Auftraggeber ein Rätsel.

SIEBZEHN

Ich drehte mich um, und da stand sie schon auf ihrem Balkon, die Arme aufs Geländer gestemmt. Wer weiß, wie lange Ernestine Heissing uns schon beobachtet hatte. Ich winkte ihr zu. Sie regte sich nicht. Ich stieg auf das Mäuerchen, das den Garagenhof vom Garten abgrenzte und betrat die moosige Wiese.
Sie schrie mir entgegen: »Gehen Sie weg da! Runter vom Rasen!«
Ich brauchte keinen Dosenöffner, nicht mal einen Rasenmäher, sie sprach auch so schon mit mir. Aber als sie sah, dass ich einfach weiter auf sie zuging, holte sie ihre Geheimwaffe aus der Tasche ihres recht bunten, irgendwie japanisch aussehenden Kittels: das Handy. Tipp, tipp, tipp, horch – aber Hans-Jochen war offenbar nicht zu sprechen. Ihr Blick ging Richtung Nebenhaus, aber da war er nicht zu sehen. Die arme Frau war ganz allein auf sich gestellt, und dieses Monster namens Lenina Rabe stapfte unbeirrt mit großen Schritten auf sie zu.
Sie brüllte mir irgendeine unklare Beschimpfung entgegen, ich erreichte den Treppenabsatz ihrer Veranda und stieg die breite Holztreppe hinauf.
»Das ist Hausfriedensbruch!«, rief sie und wich einige Schritte zurück, als ich oben ankam.
»Bislang stören nur Sie hier den Frieden, Frau Heissing. Wir können uns gern leiser unterhalten. Darf ich mich vorstellen?« Ich hielt ihr meine Visitenkarte entgegen.
»Was soll das denn, ich rede doch nicht mit Ihnen.« Sie wollte

die Karte nicht haben, lugte aber neugierig hin.
»Oh, das sollten Sie aber tun, Frau Heissing. Mein Name ist Lenina Rabe, ich bin Detektivin. Paul Wenner –«, ich deutete vage in Richtung Porsche, »– kannte meinen Vater, haben wir gerade festgestellt. Vielleicht kannten Sie ihn ja auch. Er engagierte sich früher in allen möglichen sozialen Projekten, so wie Sie. Peter Titus Rabe.«
»Ach, Peter Rabe?«
»Ja, genau.«
»Ich erinnere mich an ihn. Aber der hat politische Arbeit gemacht, an der Sozialfabrik war er nicht beteiligt.«
»Ich hab sein Detektivbüro übernommen.«
»Ja, aber … trotzdem …«
»Und nun habe ich den Auftrag, den Mord an dieser Vera aufzuklären, deren sterbliche Überreste beim Abbruch des Hauses da drüben gefunden wurden.«
»Wer hat Sie denn beauftragt? Paul Wenner? Hat der Geld für so was?«
»Nein«, log ich, »der gehört zu meinen Verdächtigen. Und Sie übrigens auch.«
Ich hatte erwartet, dass sie jetzt wieder zu krakeelen anfangen würde, aber sie stutzte, wurde ein bisschen weiß um die Nase und das Grau unter dem Rot ihrer Haare schien etwas mehr hervorzutreten.
»Ich? Wie kommen Sie denn auf so etwas?«
»Wenn wir uns vielleicht kurz mal zusammensetzen könnten, würde ich versuchen, Ihnen zu erklären …« Ich deutete auf die Tür, die nach drinnen führte.
Sie schüttelte heftig den Kopf. »Nein, nein … aber da …« Sie deutete auf die sehr nobel nach Tropenholz aussehenden Gartenstühle mit Rundtisch. Da setzten wir uns hin.
»Darf ich Ihre Karte noch mal …«, fragte sie.
Ich gab sie ihr. Sie studierte sie und ich ließ ihr Zeit. Dann schaute sie mich an, immer noch verunsichert. »Sie können mich doch nicht verdächtigen. Und was für ein Motiv? Diese Vera –«
»Wie war sie denn, diese Vera?«
Frau Heissing drehte die Karte herum und wieder herum. »Ein kleiner Teufel war sie. Sie hat das ganze Projekt kaputt ge-

macht.« Sie verzog das Gesicht. Zornig? Wehmütig? In ihrem eher hölzern wirkenden Gesicht war schwer zu lesen.
»Wie hat sie das denn geschafft?«
»Wir hatten hier so ein Projekt zur Betreuung jugendlicher Trebegänger.«
»Jugendlicher was?«
»Junge Leute, die auf der Straße leben. Die von zu Hause abgehauen sind.«
»So wie Vera.«
»Nicht so wie sie. Das hier war ein Anlaufpunkt, aber kein Heim oder so was. Unterkommen mussten die woanders, aber hier gab es Werkstätten mit verschiedenen Projekten, wo sie was Sinnvolles machen konnten. Vera hat nichts Sinnvolles gemacht. Aber sie hat sich hier eingeschlichen und dann hier gewohnt.«
»Wie hat sie sich denn eingeschlichen?«
Ernestine Heissing lachte abfällig. »Sie hat sich bei den Männern eingeschmeichelt. Das war dann ganz einfach. Das wurde dann so eine Art Wettbewerb. Wer kriegt sie als Erster ins Bett.«
»Aber gewohnt hat sie eigentlich bei Paul Wenner da drüben.«
»Ja, ja, eine Weile hat sie bei ihm herumgefaulenzt. Hat sich die Haare gebürstet, die langen dunkelbraunen, die Lippen rot geschminkt und sich dann auf den Liegestuhl in die Sonne gelegt. Braun geworden ist die nie. Aber das war die einzige Arbeit, die sie geleistet hat, wenn man mal davon absieht, dass sie offenbar Spaß daran hatte, Männer wie Motten um sich schwirren zu lassen. Aber Paul, na ja Paul, der hat sie als Tochterersatz gesehen oder so was.«
»Hat sie was mit ihm gehabt?«
»Nee, der war ja anders orientiert.«
»Schwul.«
Wieder lachte sie übertrieben hämisch. »Nee, bestimmt nicht, der hat am Rockzipfel von Hanni gehangen. Junges Gemüse ist nichts für den, der braucht was Mütterliches. Hat er nie gekriegt. Also hat er selbst ein bisschen Mutter gespielt, bei Vera.«
»Und Sie waren damals schon verheiratet?«
Sie fuhr auf. »Wie meinen Sie denn das?«
»So wie ich es sage: Sie waren schon verheiratet damals, vor zwanzig Jahren.«

»Vor einundzwanzig Jahren war das«, korrigierte sie und fügte mehr für sich selbst hinzu: »Zwanzig Jahre mit Hans-Jochen, das haben wir im letzten Jahr gefeiert.«
»Professor Lermann meint, es sei vor zwanzig Jahren passiert. Der Mord, meine ich.«
»Vor zwanzig Jahren war er doch gar nicht mehr da.«
»Als der Mord passierte, war Professor Lermann nicht mehr hier? Aber er wohnt doch da vorn im Haus.«
»Aber erst seit letztem Jahr wieder. Von 1986 bis '96 war er in Amerika und danach hat er in Eppendorf gewohnt, nah bei der Klinik.«
»Und der Mord ist im Jahr 1985 passiert?«
»Wieso reden Sie überhaupt von Mord? Niemand hat je von Mord gesprochen. Auch die Polizei nicht. Ich weiß nicht, was mit Vera passiert ist. Sie war eines Tages verschwunden.«
»Aber das war 1985, dass sie verschwunden ist, nicht 1986?«
»Ja, das sage ich doch die ganze Zeit.«
»Ich frage nur deshalb, weil ich davon ausgegangen bin, dass Vera im Jahr 1986 verschwunden ist, weil Professor Lermann herausgefunden hat, dass die Leiche, beziehungsweise die Knochenreste, die noch übrig sind –«
»Jetzt hören Sie aber auf mit diesen Details!«
»Entschuldigung, aber die Untersuchung der sterblichen Überreste hat offenbar ergeben, dass der Mord vor zwanzig Jahren, also 1986, passiert ist.«
»Ja, und? Hören Sie endlich mit dieser Mord-Fantasie auf! Und was Vera betrifft – ich werde Blumen auf ihr Grab pflanzen, wenn sie hoffentlich bald beerdigt wird. Man muss auch mal vergeben können.«
»Ist das viel, was Sie ihr vergeben müssen?«
Ich merkte, dass sie kurz davor war, zornig zu werden, aber gleichzeitig schien irgendein Gefühl von Trauer sie zu bremsen.
»Sie hat hier vieles durcheinander gebracht«, murmelte sie.
»Könnten Sie ein bisschen mehr –« Ins Detail gehen, wollte ich sagen, aber hinter mir trampelte jemand die Treppe zur Veranda herauf. Stöhnend oder besser gesagt hechelnd.
»Ernestine!«, rief Hans-Jochen Heissing und schnappte gleichzeitig nach Luft. »Was tust du denn da?«

Sie schaute auf und schien zu realisieren, dass sie tatsächlich etwas getan hatte, was sie gar nicht hatte tun wollen, nämlich mit mir zu reden.
Ernestine: »Sie ist hier einfach hochgekommen.«
Hans-Jochen: »Du lässt doch nie jemanden hier hoch.«
Ernestine: »Ich wollte ja auch gar nicht.«
Hans-Jochen: »Warum hast du mich nicht alarmiert?«
Ernestine: »Du hast dein Handy ausgeschaltet.«
Hans-Jochen: »Hab ich nicht. Natürlich nicht!«
Ernestine: »Wenn ich dich brauche, stellst du es ab.«
Hans-Jochen: »Was will die denn hier?«
Ernestine: »Na, wegen Vera.«
Hans-Jochen: »Vera? Du hast doch nichts über Vera gesagt?«
Ernestine: »Hör bitte auf, mich zu bevormunden.«
Hans-Jochen: »Bevormunden? Wir hatten doch eine Vereinbarung.«
Ernestine: »Schrei mich nicht so an.«
Hans-Jochen: »Ich schreie nicht. Aber wir hatten vereinbart, dass du nicht mit dieser, dieser … Frau hier sprichst.«
Ernestine: »Jetzt reicht es. Hör auf, sonst geh ich zu Kristian.«
Hans-Jochen: »Ach ja? Ist es mal wieder soweit?«
Ernestine: »Weil du schreist, deshalb gehe ich!«
Hans-Jochen: »Ich schreie nicht. Du schreist!«
Ernestine sprang auf, warf den Stuhl um und rauschte an ihm vorbei die Treppe hinunter und trampelte über den Rasen auf das Vorderhaus zu.
Hans-Jochen Heissing drehte sich zu mir herum. Die Arme hingen an ihm herab, aber die Fäuste waren geballt. Seine Lippen bebten. Er machte einen Schritt auf mich zu und brüllte so laut es ging: »Hauen Sie endlich ab, Sie Unruhestifterin!« Und ging wieder einen Schritt zurück.
Er sah nicht gerade aus, als wollte er mir noch irgendetwas von Wert mitteilen. Also stand ich auf und ging.
Unten angekommen wollte ich schon ganz brav den Kiesweg zur Durchfahrt nehmen, da entdeckte ich eine Frau mit einer Gießkanne, die ein Beet wässerte. Der Lärm der Heissings schien sie nicht zu interessieren. Das fand ich bemerkenswert. Über den Rasen ging ich auf sie zu.

ACHTZEHN

Sie trug eine Art Jeanskleid, eine Schürze mit Blümchenmuster und ein ähnlich gemustertes Kopftuch, das sie mit einem Knoten auf der Stirn zusammengebunden hatte. Während ich näher kam, stellte sie ihre grüne Metallkanne ab und ging in die Hocke, um Unkraut zu rupfen.

Als ich bei ihr angekommen war, sagte sie mit ruhiger Stimme, ohne sich umzudrehen: »Na, hat es wieder Streit gegeben?« Und zupfte ein Pflänzchen aus der Erde.

»Kommt das denn öfter vor?«, fragte ich.

Umdrehen und aufrichten war eine einzige geschmeidige Bewegung. Lächeln, Guten Tag sagen, die Hand geben und sich vorzustellen: »Ich bin Ines Struwe«, ging ebenso freundlich vonstatten.

Ich nannte meinen Namen. Sie musterte mich, ich musterte sie. Sie war ungefähr zehn Jahre jünger als die Heissings, Mitte bis Ende vierzig, und wirkte im Gegensatz zu denen nicht im Geringsten verhärmt. Sie hatte was katzenartig Gemütliches, war braungebrannt und hatte viele Sommersprossen.

»Wohnen Sie auch hier?«, fragte ich.

Sie lächelte verschmitzt. »Dachten Sie, ich bin die Gärtnerin?«

»Das hätte ich nicht gedacht. Aber es wundert mich schon, dass die Heissings Sie hier frei herumlaufen lassen.«

Sie lachte und es klang fröhlich. »Frei herumlaufen klingt wirklich amüsant.«

»Denen gehört das doch alles hier. Und sie haben mich schon mehrmals angepflaumt, weil ich über den kostbaren Rasen gegangen bin.«

»Ich darf hier ein kleines Beet haben.« Sie deutete dahin, wo sie eben noch gezupft hatte. »Aber für mehr als ein paar Kräuter und Blümchen reicht es nicht.«

»Immerhin. Scheint ein Privileg zu sein in diesem Hof.«

»Da haben Sie Recht. Es ist ein Privileg. Wenn man bedenkt, dass ich nur im Vorderhaus wohne.«
Sie legte den Kopf etwas zur Seite, wie ein Vogel, der einen anderen Vogel ansieht, um herauszufinden, ob er zu seiner Art oder einer anderen gehört. »Sie sind die Tochter von Peter Rabe, nicht?«
»Ja, woher wissen Sie das?«
»Oh, es hat sich herumgesprochen, dass Sie hier ermitteln.«
»Es wundert mich allmählich, wie viele Leute ihn kannten. Zur Beerdigung kam niemand.«
»Das hatte ja kaum jemand mitbekommen. Wie lange ist das her?«
»Drei Jahre.«
»Er gehörte auch nie richtig dazu. Er war viel engagierter als alle, die hier in der Sozialfabrik gearbeitet hatten. Dies war ja eher so eine auf Teufel komm raus zusammengezimmerte Idylle inmitten der bösen Welt. Und dann kam ein kleiner Teufel in Engelsgestalt dazu.« Sie lachte wieder, nahm die Kanne und leerte sie über dem Beet aus.
»Vera.«
»Ja, ja, Vera. Die hat hier für Verwirrung gesorgt. Manche Menschen haben ja ein Talent für so was.«
»Vielleicht können Sie mir ja ein bisschen was von damals erzählen.«
»Das möchten Sie gern, nicht, Frau Rabe?«
»Deshalb bin ich hier. Um herauszufinden, was damals passiert ist.«
»Dann setzen Sie sich mal hin, auf Hans-Jochens guten Rasen. Er selbst nutzt ihn viel zu selten.«
»Ist eigentlich vor allem Moos, oder?«
»Moos ist für mich der schönste Rasen!«
»Das hat er zu mir auch gesagt.«
»Da sieht man, dass er Humor hat. Leider nur unfreiwillig.«
Wir setzten uns hin, im Schneidersitz. In der Vormittagssonne war es wirklich angenehm hier.
Ines Struwe zeigte auf einen Rosenbusch, der sich an der Mauer des Vorderhauses emporreckte. Er war übersät mit roten Blüten. »Den darf ich auch gießen. Aber sonst: niente!«

»Und so gehören Sie auch zu denen, die Hans-Jochen Heissing nicht besonders mögen.«
Sie machte eine abwehrende Handbewegung: »Ach was, ich lasse ihn. Mit den Menschen ist es wie mit den Pflanzen: Minderwertiges Saatgut, schlechter Boden, missgünstige Nachbarn, die neben einem Wurzeln schlagen, und schon ist die ganze Existenz ein einziges Gewürge. Wie sehr ist man selbst dafür verantwortlich, dass man krumm wächst oder vor sich hinkümmert. Meist reicht genügend Sonne, um kleine Fehler auszumerzen. Aber wenn einer eine schwarze Sonne um sich hat ...«
»Eine schwarze Sonne?«
»Die dir keine Energie gibt, sondern sie wegnimmt.«
»Hans-Jochen Heissing hat eine schwarze Sonne? Seine Frau?«
»Der arme Mann ist selber schon ziemlich energiearm und dann kreisen auch noch zwei schwarze Sonnen um ihn. Der kann ja nicht zur Ruhe kommen.«
»Ernestine und Kristian Lermann«, stellte ich fest.
Sie lächelte zustimmend und ließ ihre Hand über das Moos gleiten. »Sie kennen sich ja schon ganz gut aus.«
»In Lermanns Büro hängt ein Foto mit ihm, seinem Porsche und Ernestine Heissing.«
»Ich kenne das Bild. Kristian hat mal mächtig damit angegeben. Aber verschwiegen hat er, dass auf dieser, wie er sagte, ›Rallye Monte Carlo‹ – sie machten Urlaub an der Riviera –, dass da auch Hans-Jochen dabei war. In seinem Volvo. Bei dem konnte man das Verdeck nicht abnehmen. Das war natürlich unbequem im Sommer am Mittelmeer. Das kommt davon, wenn man das Auto wichtiger nimmt als die Frau. Als er zurückkam, hat er den gerade erstandenen Wagen schnell wieder verkauft. Aber da war es schon passiert.«
»Was genau war passiert?«
»Haben Sie mal darauf geachtet, in welcher Höhe die Schaltknüppel in diesen altmodischen Sportwagen angebracht sind?«
»Nein, wieso?«
»Genau in Kniehöhe der Beifahrerin.«
»Ja, und?«
»Ein sportlicher Fahrer muss sehr viel schalten.«
»Wann war denn das mit dem Riviera-Urlaub?«

Ines Struwe stützte sich mit beiden Armen ab und legte den Kopf in den Nacken, um in den Himmel zu schauen. »Oh, lassen Sie mich mal nachdenken. Das war kurz nachdem hier alles zu Bruch gegangen war. Nach der großen Privatisierungswelle, wie ich immer sage, als der gemeinnützige Verein zum eigennützigen Wirtschaftsunternehmen wurde. Sommer 1986. Danach ist Kristian dann nach Amerika gegangen. Zum Glück für Hans-Jochen. Kristian fragte Ernestine noch, ob sie mitkommen will, aber sie krallte sich an ihre Scholle –« Sie machte eine weit ausholende Armbewegung. »– das alles hier. Das war bei ihr so ähnlich wie bei Scarlett O'Hara in *Vom Winde verweht*. Der Boden ist ihr wichtiger als die Menschen. Man kann auch sagen der Besitz.«
»Und so ist Lermann allein nach Amerika gegangen und Heissing hatte seine Frau wieder.«
»Er hatte sie wieder mal wieder. Das war ja vorher auch dann und wann so gegangen und nachher ebenso.«
»Die beiden klammern sich an die gleiche Frau.«
»Aber auch aneinander. Es ist wirklich herzzerreißend.«
»Und Sie? Mit wem leben Sie zusammen?«
Sie kniff die Augen zusammen. Mehr aus Spaß, wie mir schien. Na ja, sie tat amüsiert, um kurz nachdenken zu können. »Frau Rabe, gerate ich jetzt etwa auch in Ihr Fadenkreuz?«
»Wenn Sie es so nennen wollen. Ist doch mein Job.«
»Mit diesem Satz ist schon viel Unheil gestiftet worden.«
»Ich will aufklären.«
»Mit diesem Satz auch.«
»Sie versuchen abzulenken, Frau Struwe.«
Sie lachte leichthin. »Ja, ja, ganz recht. Aber bitte: Ich lebe allein. Mit mir hat es niemand bisher lange ausgehalten.«
»Das kann ich mir nicht vorstellen.«
»Ich bin sehr herrisch.«
»So wirken Sie aber gar nicht.«
»Nein?« Sie blickte träumerisch über den Hof hinweg, rüber zur Abrisshalde. »Einmal gab es einen, da war ich drauf und dran, meine Freiheit zu verlieren.« Sie nickte vor sich hin. »Ja, es hat mal einen gegeben, der hätte mich fesseln dürfen, selbst wenn er angedroht hätte, mich in die Elbe zu werfen. Ein einziges Mal

gab es den. Da drüben hat er gewohnt, einen Sommer lang. Ein unglaublicher Unruhestifter. Ein Provokateur. Meine Oma hätte gesagt: Ein Galgenstrick.«
»Paul Wenner?«
Sie bekam einen Lachanfall.
»Paul? Aber nein! Paul, der ewige Verlierer? Niemals! Ach, na ja, Paul ist ein lieber Kerl, aber, mein Gott –«
»Wer war es denn?«
Sie hörte abrupt auf zu lachen, sah mich durchdringend an und sagte mit bitterernster Miene: »Das werde ich Ihnen gerade auf die Nase binden.«
Sie stand auf und reckte sich. Die Bewegungen waren geschmeidig wie bei einer Balletttänzerin.
»Ich muss jetzt los.«
»Sind Sie auch Professorin, wie Kristian Lermann?«
»Ja, aber ich seziere keine Leichen, sondern lebendige Menschen.«
»Psychologie?«
»Oh nein, so schlimm ist es nicht. Ich bin Anthropologin.«
»Und was hatten Sie damals mit der Sozialfabrik zu tun?«
»Das war mein Praktikum.«
»Und jetzt?«
Sie deutete auf das Beet und auf die Blumen an der Hauswand.
»Ein paar Kräuter, ein paar Rosen, sonst nichts.«
Damit ließ sie mich stehen.

NEUNZEHN

Es war an der Zeit, wieder mit Kristian Lermann zu sprechen. Ich überquerte den Rasen zur Durchfahrt und zog das schwere Eisentor auf. Vor dem Haus war es schattig. Ich fröstelte.
Vor dem Hauseingang drückte ich auf den Klingelknopf neben dem Schriftzug »Prof. K. Lermann«. Die Gegensprechanlage war neu und sah protzig aus. Zu viel Glas und Chrom. Passte gar nicht zu dem alten Haus.

Lermanns Stimme: »Ja, bitte?«
»Lenina Rabe, Herr Lermann. Ich hab noch einige Fragen.«
»Tut mir leid, ich habe jetzt keine Zeit.«
Es knackte und das leise Brummen im Lautsprecher erstarb.
Ich klingelte noch einmal. Keine Reaktion. Ich wartete ein paar Minuten und überlegte. Ich wollte schon weggehen, da ging die Tür auf und Frau Struwe trat heraus, am Arm einen Einkaufskorb.
»Na? Was haben Sie denn noch vor?« Sie schaute mich interessiert an. Wahrscheinlich war sie immer an allem interessiert. Wissenschaftliches Interesse oder so.
»Eigentlich wollte ich mit Lermann reden, aber der lässt mich nicht rein.«
Sie lächelte verschmitzt. »Rufen Sie ihn doch an. Er geht immer ans Handy. Ist immer auf Abruf wegen seiner Leichen. Eine frische Leiche lässt er sich nur selten entgehen.« Sie gab mir seine Nummer und ging los, das Geschehen auf dem Wochenmarkt aus anthropologischer Sicht zu studieren.
Ich wählte Lermanns Nummer. Er ging sofort dran.
»Hier Lermann.«
»Lenina Rabe. Ich hab da eine Unstimmigkeit in Ihrer Aussage entdeckt.«
»Wie bitte?«
»Ich würde gern für fünf Minuten zu Ihnen hochkommen.«
»Nein.«
»Es geht um die Leiche von Vera. Sie haben den Todeszeitpunkt falsch berechnet.«
»Was habe ich?«
»Sie haben mir doch erzählt, sie sei vor zwanzig Jahren gestorben. Das wäre dann das Jahr 1986 gewesen. Aber ich habe inzwischen gehört, dass Vera schon im Jahr 1985 verschwunden ist. Also ein Jahr früher.«
»Ja, und? Was spielt das für eine Rolle. Zwanzig Jahre, einundzwanzig Jahre?«
»Vor zwanzig Jahren waren Sie, Herr Lermann, nicht mehr hier. Sehr wohl aber vor einundzwanzig Jahren.«
»Was wollen Sie damit sagen?«
»Dass auch Sie zu den Verdächtigen gehören.«

»Sie sind doch nicht ganz bei Trost!«
Im Hintergrund zischelte eine Frauenstimme. Unverständlich. Lermann deckte das Handy ab und zischelte unverständlich zurück. Wahrscheinlich war das Ernestine Heissing, die da auf ihn einredete. Das Gebrabbel wurde langsam lauter und klarer. Lermann rief: »Wie kannst du mich denn in so eine Sache hineinziehen, Ernestine!« Die Angesprochene gab empört zurück: »Was heißt hier hineinziehen? Du steckst doch mitten drin. Schon immer hast du mitten drin –« Sie wurde von Lermanns lauter Stimme unterbrochen, der jetzt in meine Richtung brüllte: »Hören Sie, Frau Rabe, wenn Sie mich noch mal anrufen oder mir nachstellen, werde ich die Polizei verständigen und Sie wegen Freiheitsbelästigung verklagen!« Klick, weg war er.
Ich musste lachen. Freiheitsbelästigung war wirklich ein toller Versprecher.
Eine Tür weiter kam Paul Wenner aus dem Haus, wandte sich nach links und schlurfte leicht gebeugt die Straße entlang, ohne mich zu bemerken. Wollte er wieder zu seinem Pflegeauto? Nein, er ging weiter. Ich rannte hinter ihm her.
Als ich ihn eingeholt hatte, fragte ich: »Wo soll's denn hingehen?«
»Bier trinken«, sagte er, ohne mich anzusehen.
»Frühschoppen«, stellte ich fest.
»Hauptsache Bier«, brummte er.
»Ich dachte, du wolltest klempnern oder so was, bei Hanni Heissing.«
»Die Alte hat doch 'ne Schraube locker.«
»Oh, hat es Ärger gegeben?«
»Ärger!«, schnaubte er verächtlich.
»Ihr habt ja ein tolles Verhältnis miteinander.«
»Verhältnis! Lächerlich! Ich bin doch kein Masochist! Ich lass mich doch nicht verarschen!«
»Was war denn los?«
»Könntest du eine Wasserleitung reparieren, wenn neben dir eine Frau nur mit Bademantel bekleidet herumgeistert?«
Paul klebten die Haarsträhnen im verschwitzten Gesicht, der Vollbart war zottelig, nicht gerade ein Frauenheld. Es erschien mir ziemlich realitätsfern, dass er offenbar glaubte, Hanni, die

Lesbe, würde sich nach all den Jahren doch noch mit ihm einlassen.
Er schnaubte verächtlich: »Ich hab sie gebeten, sich anzuziehen, aber sie hat mich ausgelacht.« Er überquerte die Straße und steuerte die Tür einer kleinen Eckkneipe an. Ich trat ihm in den Weg.
»Nur eine Frage noch: Diese Anthropologin Frau Struwe –«
»Die interessiert mich nicht.« Er versuchte, an mir vorbeizukommen.
»Du bist doch mein Auftraggeber. Soll ich mit den Ermittlungen aufhören?«
Er blieb stocksteif stehen. »Nein.«
»Also musst du mit mir reden! Die Struwe hat einen Typen erwähnt, der ihr wohl mal wichtig gewesen ist. Einen Unruhestifter und Provokateur hat sie ihn genannt. Er soll bei dir im Haus gewohnt haben. Einen Sommer lang. So hat sie sich ausgedrückt.«
»Ja, und?«, fragte er störrisch.
»Wer war das?«
»Karl X.«
»Willst du mich jetzt verarschen?«
»Nein! Er hat sich so genannt, verdammt! Karl X. Wegen Malcolm X. und irgendwelchem revolutionären Blödsinn.«
»Der muss doch auch einen richtigen Namen gehabt haben!«
»Ja, ja. Blaustein. Karl Ludwig Blaustein. Eigentlich von Blaustein, aber er war kämpferischer Republikaner und weigerte sich, dieses Adels-Von zu tragen.«
»Und was war an ihm so provokant?«
»Er stellte alles in Frage, zog alles in Zweifel, kritisierte alle und alles, bis nichts mehr standhalten konnte. Er war der Geist, der stets verneint oder so was in der Art. Besonders konstruktiv kam uns das damals nicht vor. Aber witzig war er schon. Und so ein bisschen machomäßig. Er hatte so eine Art, die Frauen anzumachen, da sind sogar die härtesten Emanzen weich geworden.«
Sein Blick verdüsterte sich wieder.
»Er wohnte bei dir, aber du fandest nicht gut, dass er da war.«
»Was heißt, er wohnte bei mir? Das war nicht mein Haus. Wer da wohnte, wurde von allen bestimmt. Gäste kamen meist bei mir unter, weil ich Platz hatte.«

»Zum Beispiel auch Vera.«

Paul riss zornig die Augen auf und sah mich an, als wollte er mir an die Gurgel gehen: »Ja, ja, Karl und Vera, genau! Die beiden! Da hatten sich zwei gefunden!«

»Was war denn mit Karl und Vera?«

»Ach, Scheiße –« Er starrte zu Boden. »Die haben alles aufgemischt. Dieses ganze Beziehungsgeflecht, was damals herrschte. Das war ja schon kompliziert genug. Fast jeder hatte mit jeder irgendwann mal irgendwas am laufen gehabt oder eben nicht, hier und da lief was Heimliches oder es gab undurchsichtige Eifersüchteleien. Wie soll ich dir denn das erklären, du hast ja keine Ahnung.«

»Alle waren verkorkst. Und was war mit Karl und Vera?«

»Die beiden kamen zusammen und brachten das Fass zum Überlaufen. Keiner von den Männern hat Karl gegönnt, dass er Vera bekommen hat. Und keine Frau hat Vera verziehen, dass sie sich Karl geangelt hat, den Charmeur und Herzensbrecher.«

»Hanni Heissing vielleicht?«

»Na, die gerade! Die war doch scharf auf junges Blut wie nix Gutes.«

»Klingt nach einer aufreibenden Zeit.«

»Das war irrsinnig, es gab nur Ärger. Binnen kurzer Zeit war jeder mit jedem verfeindet. Nur wegen eines Mädchens, das gar nicht wusste, wie ihr geschah.«

»Wurde das Problem denn nicht diskutiert? Ihr wart doch ein Kollektiv oder so was.«

»Es war doch schon alles in Auflösung begriffen. Und das, was wegen Vera passierte, wäre sowieso früher oder später so gekommen.«

»Und du, warst du auch in Vera verliebt?«

Er wurde bleich und seine Lippen bebten. »Was? Was soll das denn jetzt?«

»Ich versuche nur, mir ein Gesamtbild zu machen. Und da gehörst du auch dazu.«

»Ach ja? Für wen arbeitest du eigentlich, hm?«

»Inzwischen vielleicht nur noch für Vera«, sagte ich, aber er hörte gar nicht zu.

»Hat dir jemand mehr geboten, ja? Bin ich dir nicht gut genug?

Hast du dich von Hans-Jochen oder Kristian kaufen lassen?«
»Was heißt mehr?«, wollte ich sagen, denn er hatte mir ja noch gar nichts gegeben.
Aber Paul schob mich beiseite und stieg hastig die drei Treppenstufen zum Eingang der Eckkneipe hoch.
»Nein, hab ich nicht!«, rief ich ihm hinterher.
Und genau in dem Augenblick klingelte das Handy. Annie war dran. Sehr aufgeregt.
»Leni, du musst sofort kommen!«
»Was ist denn los?«
»Hier ist eine Bombe hochgegangen.«
»Was denn für eine Bombe?«
»Eine echte, Leni, der ganze Scheiß ist mir um die Ohren geflogen. Komm bitte schnell!« Sie fing an zu schluchzen.
»Ich bin in fünf Minuten da«, sagte ich und trabte los.

ZWANZIG

Völlig außer Atem erreichte ich den vierten Stock, nachdem ich in meiner Aufregung beinahe nicht durch das Gewirr der Bauzäune vor dem Loftgebäude gefunden hätte.
Die Tür stand offen. Annie saß am Küchentisch, von oben bis unten blutbesudelt – dachte ich zunächst. Doch das Rot auf ihren Klamotten, an ihren nackten Armen und in ihrem Gesicht war nur Farbe. Offenbar war eine Farbbombe explodiert, jedenfalls waren sämtliche Wände und Möbel im Küchen- und Bürobereich bespritzt.
Neben Annie stand Nadine. Sie hatte einen Arm um sie gelegt. Annie rang noch nach Atem, hatte ihren Heulanfall aber offenbar überstanden. Nadine bemerkte mich und rief: »Leni, kannst du nicht mal diese Idioten da verscheuchen? Das hier ist keine Reality Show fürs Fernsehen und schon gar nicht für Gaffer.«
Die Idioten, die sie meinte, waren drei Typen, die ihre Hände und die halben Arme in den Taschen ihrer Cargo-Hosen mit Tarnfarben-Muster vergraben hatten. Alle drei trugen Che-Gue-

vara-T-Shirts, allerdings in verschiedenen Farben. Sie arbeiteten in dem Büro direkt unter mir, »Soft Heads Inc.« nannten sie sich und verdienten ihr Geld im Internet.
»He, he«, sagte Soft Head 1. »Wir sind nur besorgte Nachbarn.«
»Ja, genau«, sagte Soft Head 2. »Wenn's hier rumst, will man doch wissen, was abgeht.«
»Stimmt«, sagte Soft Head 3, der wahrscheinlich der Boss war, jedenfalls hatte er die längsten Koteletten. »Also, was ist hier eigentlich los? Gasexplosion?«
»Quatsch«, sagte Nadine. »Verzieht euch mal lieber, ihr stört.«
»Erst mal will ich wissen, was passiert ist«, sagte Soft Head 3. »Wir haben superteure Geräte da unten. Und empfindlich sind die auch. So eine Erschütterung kann ihnen echt schaden.«
Soft Head 1 drehte sich einmal um die eigene Achse. »Bei mir zu Hause hat es auch mal so ausgesehen«, sagte er. »Da hatte ich die Espressokanne nicht richtig zugeschraubt.«
»Wenn ich weiß, was passiert ist, sag ich Bescheid«, erklärte ich. »Aber jetzt ist hier Schluss mit gaffen.«
»Ich warte lieber, bis die Bullen da sind«, sagte Soft Head 3. »Ich will genau wissen, was hier anliegt. Risiko-Nachbarn können wir uns nicht leisten. Und wenn ich genau weiß, was passiert ist, kann ich vielleicht eine Mietminderung rausschlagen. Das ist nur recht und billig.«
»Die Bullen?«, fragte ich. »Wieso das denn?«
Soft Head 3 wandte sich an Soft Head 2: »Du hast doch die Bullen angerufen.«
»Ja, klar hab ich das gemacht, du hast doch gesagt, ich soll's machen, also hab ich's gemacht.«
»Gut, okay, also warten wir«, sagte Soft Head 3.
»Aber bitte draußen«, sagte ich.
»Nee, hier«, sagte Soft Head 3. »Wir haben ein mittelständisches Unternehmen. Das ist heutzutage echt kein Spaß, Mädchen. Ich weiß ja nicht, was ihr hier veranstaltet, aber ich hab schon finanzielle Risiken, da kann ich keine risikobehaftete Nachbarschaft gebrauchen.«
»Genau«, sagte Soft Head 1, »wir werden natürlich den Vermieter informieren.«

»Eventuell könnten wir auch Anzeige erstatten wegen Ruhestörung …«, sagte Soft Head 2.
»… und Gefährdung der Geschäftsabläufe …«, ergänzte Soft Head 3.
»Geschäftsschädigung, darauf läuft es hinaus«, meinte Soft Head 2.
»Jedenfalls wollen wir, dass im Polizei-Protokoll steht, dass die Erschütterung die Stärke eines mittleren Erdbebens hatte, wegen eventueller Schadensersatzforderungen«, sagte Soft Head 3.
»Genau«, sagte Soft Head 1, »wir arbeiten nämlich in einem ganz sensiblen Bereich.«
Annie hielt es nicht mehr aus. »Könnt ihr nicht endlich mal aufhören mit diesem dämlichen Geschwätz!«, schrie sie laut mit sich überschlagender Stimme. Dann bekam sie einen Heulanfall.
»Was ist denn mit der?«, sagte Soft Head 2. »Die ist ja total fertig.«
»Die muss in die Klapse«, stellte Soft Head 1 fest.
»Genau«, sagte Soft Head 3. »Ruf mal den Krankenwagen an.«
Soft Head 1 zog ein Handy aus seiner tiefen Tasche.
Das war jetzt endgültig zu viel der Provokation. Ich nickte Nadine zu: »Kommst du mal.«
Sie strich Annie sanft übers Haar, ging um den Küchentisch herum und trat neben mich. Gemeinsam rückten wir diesen Wirtschaftsidioten auf die Pelle.
»Raus jetzt«, sagte ich, als ich dicht vor Soft Head 3 stand.
Er schüttelte den Kopf. »Erst wenn die Polizei gekommen ist.«
Head 1 und 2 traten neben ihn.
Nadine hob die Arme in Kampfposition.
»Letzte Warnung«, sagte ich.
»Ha, ha«, lachte Soft Head 3. Seine Kumpels stimmten ein: »Ha, ha.«
»Was macht euch denn so sicher?«, fragte ich freundlich. »Könnt ihr boxen?«
»Nö«, sagte Nummer 3.
»Karate?«
»Nö.«
»Jiu-Jitsu?«
»Nö.«

»Judo?«
»Nö.«
»Taekwondo?«
»Nö.«
»Eine andere Kampfsportart?«
»Ham wir gar nicht nötig, Fräulein«, sagte Nummer 3. »Wir ham nämlich das hier.« Triumphierend zog er seine Platin-Kreditkarte aus der Hose. Die anderen beiden taten es ihm gleich. Sie grinsten uns an. Mir kam der Werbeslogan der Kreditkarten-Firma in den Sinn: Meine Freiheit kauf ich mir!
»Meine Freiheit heißt Aikido«, sagte ich und tat so, als wollte ich Nummer 3 die Karte wegschnappen. Er reagierte entsprechend mit einer heftigen Armbewegung und trat einen Schritt zurück. Damit hatte er sich selbst genug Schwung gegeben, dass es für mich ein Leichtes war, seinen rechten Unterarm zu packen, nach unten zu ziehen und dann den linken hinter ihm hochzuhebeln, woraufhin er gar nicht anders konnte, als sich zu überschlagen. Der Holzfußboden bebte, als er auf dem Rücken landete.
Soft Head 2 wollte sich auf mich stürzen, aber Nadine hatte ihn schon mit dem Fuß an der Brust erwischt und er taumelte nach hinten. Soft Head 1 bekam einen relativ harmlosen Faustschlag von ihr verpasst und bewegte sich aus eigenem Antrieb Richtung Tür. Nummer 3 erhob sich ächzend und folgte seinen Freunden.
Wir gingen auf sie zu und sie zogen sich zurück ins Treppenhaus.
»Unsere Karten!«, sagte Soft Head 1 und deutete ins Büro.
Ich drehte mich um. Da lagen alle drei Platinkärtchen auf dem Boden. So schnell kann man seine Freiheit verlieren. Ich ging kurz rein, klaubte sie vom Boden auf und kam zurück. Sie wollten danach schnappen, aber ich streckte den Arm aus, hielt die Hand übers Geländer und ließ die Plastikdinger durchs Treppenhaus nach unten fallen.
Die Soft Heads drehten sich um und rannten fluchend nach unten.
»Na ja«, stellte ich fest. »Sich Feinde in der Nachbarschaft zu machen, ist eigentlich keine gute Idee.«

»Die sind doch selber schuld«, sagte Nadine. »Verdammte Spießer! Diese Idioten haben mich doch glatt dazu gebracht, Che Guevara einen Tritt ins Gesicht zu verpassen. Wieso tragen die überhaupt solche Hemden?«

Annie erschien in der Tür. »Seid ihr jetzt endlich fertig?«, fragte sie mit matter Stimme.

Wir gingen zurück, setzten uns mit ihr zusammen an den Küchentisch und sie erzählte stockend, was passiert war: Ein Paketbote hatte das Päckchen gebracht. Annie hatte die Annahme quittiert und das Päckchen, das ihr ziemlich schwer vorkam, auf den Küchentisch gestellt.

»Komisch fand ich«, sagte Annie, »dass da in dicken schwarzen Buchstaben drauf geschrieben stand: Hände weg! Es hat mich beunruhigt. Mir fiel natürlich ein, dass du neulich überfallen worden bist. Was ist eigentlich mit den Schnittwunden?«

Ich wehrte ab: »Ist nicht mehr schlimm. Ich muss bloß mal zum Arzt, damit der Verband abkommt.«

»Na ja, jedenfalls hat mich das nervös gemacht. Und ich hab versucht, dich anzurufen. Aber es war besetzt. Ich hab Nadine angerufen. Die war gerade in der Nähe und wollte hochkommen. Aber – aber als sie kam, war es schon zu spät. Das … das Ding da ist einfach explodiert. Ich stand da vor dem Fenster und guckte raus, ob sie kommt, und als ich mich umdrehe, weil ich dachte, da klickt was oder so, kommt mir dieser Schwall Rot entgegen und spritzt durch die Gegend und bleibt an den Wänden kleben –«

Wir bemühten uns, so gut es ging, sie zu beruhigen. Es gelang mehr schlecht als recht. Als sie wieder halbwegs beieinander war, sagte Annie: »Nimm's mir nicht übel, Leni, aber ich kann hier nicht bleiben. Ich hab echt Schiss gekriegt.«

Nadine bot ihr an, dass sie mit zu ihr kommen könnte.

Ich stand auf und wollte uns einen Beruhigungstee machen, als jemand gegen die Tür klopfte. Na ja, klopfen ist nicht der richtige Ausdruck. Es war das dumpfe Dröhnen einer schweren Faust, die gegen die Eisentür pochte.

Ich machte auf und da standen zwei Bullen in Dunkelblau. Ich kannte sie. Es waren die beiden, die ich kürzlich am Bahnhof kennengelernt hatte.

»Oh, die Herren Kollegen, guten Tag. Was kann ich für euch tun?«
»He«, sagte der Jüngere grinsend, »das ist doch die –«
»Privatbullin«, ergänzte ich.
»Dürfen wir mal reinkommen.«
Ich schüttelte den Kopf. »Ist leider nicht aufgeräumt.«
»Hier soll 'ne Bombe hochgegangen sein«, sagte der Ältere, ohne mit der Wimper zu zucken.
»Eine Bombe? Draußen vielleicht. Da wird ziemlich viel gebuddelt. Ist sehr laut.«
»Nee«, sagte der Ältere, »hier drin im Haus. Beschwerde der Nachbarn von unten.«
»Da weiß ich nichts von.«
»Die wollen Sie anzeigen wegen Ruhestörung und –«
»Geschäftsschädigung, Körperverletzung, Freiheitsberaubung und Diebstahl und noch einiges mehr.«
Die beiden Polizisten sahen mich verblüfft an.
»Ja, so ungefähr«, sagte der Jüngere.
»Die sind ein bisschen überspannt, die drei da unten. Sitzen den ganzen Tag vor dem Computer. Wenn ich dann einmal vom Tisch auf den Fußboden springe, denken die, die Welt geht unter.«
»Wieso springen Sie vom Tisch auf den Boden?«, fragte der Jüngere.
Den Älteren schien das nicht zu interessieren: »Die behaupten, Sie hätten sie tätlich angegriffen.«
»Alle drei?«, fragte ich.
»Ja.«
»Seh ich so aus, als würde ich drei Männer tätlich angreifen? Sind sie denn verletzt worden?«
»Verletzungen haben wir keine festgestellt.«
»Sonst irgendjemand oder irgendwas zu Schaden gekommen?«, fragte ich.
»Anscheinend nicht.«
»Na seht ihr, Kollegen, es ist gar nichts weiter passiert. Die da unten sind 'n bisschen nervös wegen des Baulärms, das ist alles.«
»Ich würde trotzdem gern mal Ihren Ausweis sehen«, sagte der Ältere.

Ich holte ihn aus dem Portemonnaie. Er schrieb die Daten gewissenhaft ab. Der Jüngere schaute mich währenddessen neugierig an. Er versuchte wohl zu flirten.
»Schreib die Telefonnummer dazu«, forderte er seinen Kollegen auf.
Da es kein Geheimnis war und ich sie loswerden wollte, gab ich ihnen die Nummer.
»Ich meld mich mal nach Feierabend«, sagte der Jüngere zum Abschied.
Sie stiegen die Treppe hinunter.
»Das wird nichts«, rief ich ihm hinterher. »Zur Zeit arbeite ich rund um die Uhr.«
»Wir können uns auch rund um die Uhr treffen«, rief er grinsend zurück.
Sein Kollege packte ihn am Arm und zog ihn mit sich.

EINUNDZWANZIG

»Lenina Rabe, guten Tag. – Ja? Selbstverständlich, Frau Schleiz, ich bin in zwei Minuten bei Ihnen.«
Sie wollte einen Bericht über meine Fortschritte. Den konnte sie haben, ich stand bereits vor dem Eingang des Betonkomplexes, in dem sich die Büros der H.A.E.G. befanden. Annie hatte ich der Obhut von Nadine übergeben und anschließend einen Bekannten angerufen, der die rote Farbe im Büro weiß übertünchen sollte. Nach der wahnsinnigen Bombengeschichte verspürte ich einen aggressiven Tatendrang. Diese Energieaufwallung wollte ich nutzen.
»Hamburg-Altona Entwicklungsgesellschaft GmbH« stand in goldenen Buchstaben auf schwarzem Schild neben den Glastüren. Ich schob sie auf und trat in ein Foyer, dem man ansah, dass es nachträglich mit Marmor und Art-deco-ähnlichen Leuchtern aufgepeppt worden war. Früher war hier eine pleitegegangene Versicherungsgesellschaft und eine Hoch-und-Tiefbau-Holding ansässig gewesen, nebenan gab es mal eine

Kaufhalle. Die ganze Straße wurde von leeren Geschäftsräumen, verlassenen Büros in acht bis zwölf Stockwerken, stillgelegten Parkhäusern, kahlgefegten Parkdecks, verrammelten Pavillons und vor sich hinvegetierenden Billigwaren-Läden gesäumt.
Im Foyer der H.A.E.G. sollten Marmor, Chrom und Halogen über diese augenfällige Tatsache hinwegtäuschen. Der Aufzug war aus Edelstahl und wirkte kugelsicher. Im sechsten Stock lag ein roter Teppich im Flur und führte sehr weit Richtung Westen und Osten.
Frau Schleiz kam aus dem Osten und schien unsicher, ob sie freundliche Floskeln oder ein vorwurfsvolles Lächeln zur Schau tragen sollte. Das nasale Sächseln brach sich Bahn, als sie sagte: »Guten Tag, Frau Rabe. Es ist ja schön, dass Sie uns gefunden haben, aber es wäre nicht nötig gewesen, dass Sie sich herbemühen. In dringenden Fällen ist es mir durchaus möglich, sehr kurzfristig Ihr Büro aufzusuchen.«
»Mein Büro ist verwüstet. Wir hatten gerade einen Bombenanschlag.«
Sie blickte mich entgeistert an. »Hat das etwas mit unserem Fall zu tun?«
»Das würde mich auch interessieren. Ich frage mich aber, ob wir das klären können, ohne Ihren Chef zu belästigen.«
»Meinen Chef? Nein, das geht nicht, also wirklich –« Das klang ein bisschen ängstlich.
»Wissen Sie, ich finde das eigenartig, dass hier ein regelrechter Krieg herrscht. Dieser dänische Karneval wird von Ihrer Seite und vom Senat erstaunlich ernst genommen. Ich würde sogar sagen, hochgespielt, vielleicht sogar überhaupt erst inszeniert. Und das –«
»Inszeniert? Wie meinen Sie das?« Sie bemühte sich um einen strengen Gesichtsausdruck, wurde dadurch aber leicht schiefgesichtig und wirkte mit einem Mal wie eine überführte Hochstaplerin.
»Die Schlägertrupps neulich in Blavands Huk, dem Hauptquartier der Dänen, die waren angeheuert, beide Seiten. Das war ein Konflikt, der Wellen schlagen sollte. Für mich sah es so aus, als sollte dieser dänische Unfug zu einer staatsgefährdenden Sache

aufgeblasen werden. Wenn das so ist, dann frage ich mich natürlich warum. Und noch mehr frage ich mich, wer dahinter steckt!«
Ich war ziemlich laut geworden, weil mir während des Redens die skandalöse Dimension meines Falls selbst gerade erst klar wurde. Frau Schleiz hob beschwichtigend die Hände.
»Bitte, nicht so laut«, sagte sie. »Wir können das doch in meinem Büro besprechen.« Sie linste an mir vorbei in den Korridor, als fürchtete sie, jemand könnte aufgeschreckt werden.
»Und dann frage ich mich natürlich, was für Ziele Ihre Firma in diesem Zusammenhang verfolgt, und warum Sie mich beauftragt haben. Und überhaupt, was kommt als nächstes? Soll Altona von der Polizei besetzt werden, damit Sie Ihre Geschäftspläne besser verwirklichen können?«
»Frau Rabe, ich bitte Sie –«, sagte Eirin Schleiz und starrte mit weit aufgerissenen Augen an mir vorbei.
»Wissen Sie was, Frau Schleiz? Ich kann nicht glauben, dass dieser ganze Irrsinn auf Ihrem Mist gewachsen ist. So überkandidelt sind Sie doch gar nicht, dass Sie sich so was ausdenken können. Das muss ein anderer –«
Frau Schleiz rang die Hände.
Hinter mir tönte eine tiefe sonore Stimme: »Ganz recht. Der Verrückte, das ist ein anderer.«
Ich wirbelte herum.
Da stand ein etwas dicklicher Typ mit grauer Mähne, großer eckiger Brille in schwarzem Leinenanzug und schwarzen Campers, dazu eine lässig gelockerte metallicgrüne Krawatte. Er war ein Scheinzwerg. Wenn man näher an ihn heranging, wurde er größer als zunächst gedacht. Auch breiter. Und so dicklich wie auf den ersten Blick wirkte er dann auch nicht mehr. Womöglich ging er ja einmal pro Woche ins Fitness-Studio. Er hatte leicht wulstige Lippen und etwas zu große Ohren, hinter die er immer wieder seine widerspenstigen Locken schob.
»Herr Kalenko«, beeilte sich Eirin Schleiz zu sagen, »die Dame ist unaufgefordert hier eingedrungen.«
»Den Eindruck hab ich auch, Eirin. Aufgefordert eindringen ist zweifellos besser.« Er grinste süffisant. »Da haben deine Ab-

wehrmechanismen wohl mal wieder nicht ausgereicht, hm? Na ja, Diskretion war nie deine Stärke.«

Frau Schleiz wurde blass. »Ich habe nichts getan, was wir nicht abgesprochen hätten, Herr Kalenko.«

»Kreative Mitarbeiter denken mit, Eirin. Denken weiter. Und handeln aus eigener Initiative.«

»Aber wir hatten doch vereinbart, dass ich alles mit Ihnen …«

»Ja, ja, sicher. Aber ich hätte mir gewünscht, dass du mich positiv überraschst. Statt dessen stelle ich fest, dass hier eine hübsche junge Dame hereinmarschiert, die alles zu verkörpern scheint, wonach wir uns beide bei dir sehnen, hm?« Er musterte mich unverhohlen. Dann sagte er eiskalt: »Schleiz, mach uns einen Kaffee!«

Und zu mir mit ironisch höflicher Geste: »Darf ich Sie in mein Büro bitten, Frau …«

»Rabe, Lenina Rabe.«

»Ha! Ist das ein Pseudonym?«

»Ist Ihr Name ein Pseudonym?«, konterte ich.

Er stutzte. »Wieso?«

»Kalenko klingt nach Russen-Mafia.«

»Oho, eine Frau mit Humor. Und mutig. Wir bezahlen Sie doch, oder? Und da können Sie sich solche Frechheiten rausnehmen?« Er grinste und deutete in sein Büro.

»Danke. Lieber nach Ihnen.«

Auch das fand er witzig. Er hielt die Hände hoch. »Sie fesseln mich, Frau Rabe.«

Drinnen war alles Mega-Design, Schreibtisch, Regale und Schränke sahen aus, als wären sie aus Edelstahl und Panzerglas zusammengebaut. Kalenko deutete auf eine Sitzecke mit schwarzen und weißen kubischen Sesseln. Man saß sehr niedrig darin. Kalenko lachte, als wir uns hingesetzt hatten.

»Eirin rutscht immer der Rock hoch, wenn sie sich da hinsetzen muss. Schade, dass Sie eine Hose tragen.«

»Sie sind ein richtiger Macho, hm?«, sagte ich. »Und auch noch stolz drauf.«

»Ich sage nur, wie es ist. Das ist ehrlicher, als wenn ich verklemmt tue. Die Kerle, die immer höflich sind, wollen auch nichts anderes als ich. Und Frauen lieben klare Verhältnisse.«

»Sie sind ja ein Mann von Welt.«
»Ja, eben. Und deshalb leiste ich mir, mich so zu benehmen, wie ich will. Die meisten Leute sind mir dankbar dafür. Das bringt frischen Wind rein.«
»Nett, dass Sie das so locker sehen können.«
»Genau das tue ich, Frau Rabe. Aber nun sagen Sie mir mal, was ich für Sie tun kann, auch wenn es wahrscheinlich nicht das ist, was ich gern tun würde.«
»Erklären Sie mir mal, warum Sie mich beauftragt haben.«
»Oh, das war Eirin, die Sie ausgesucht hat. Wenn ich Sie engagiert hätte, dann wahrscheinlich für was anderes. Aber das kann ja noch kommen. Haben Sie heute Abend Zeit? Ich lade Sie ins Atlantic ein. Vorher können wir noch nach Eppendorf und in einer Boutique ein kleines Schwarzes für Sie besorgen. Das rechne ich Ihnen gar nicht an. Sie können es behalten und den Tausender obendrauf. Na, läuft Ihnen das Wasser im Mund zusammen?«
»Nein. Ich bin nicht käuflich, Herr Kalenko. Und es ist mir egal, ob jemand nach Fisch oder Kaviar riecht, beides stinkt.«
Das brachte ihn kurz aus dem Konzept. Seine Nase kräuselte sich. Er war versucht zu schnüffeln, ob er tatsächlich nach Kaviar roch.
Frau Schleiz kam herein und stellte die Kaffeetassen vor uns hin, ebenso Zucker und Sahne.
»Nicht käuflich gibt es nicht. Es ist immer eine Frage des Preises«, sagte Kalenko. »Zum Beispiel Eirin hier.« Er gab ihr einen Klaps auf den Hintern. »Früher hatten wir mal einen Konflikt wegen sexueller Belästigung, weißt du noch, Eirin?«
Sie schwieg und ließ zwei Zuckerstücke in seine Tasse gleiten.
»Jetzt haben wir eine Vereinbarung. Immer wenn ich ihr einen Klaps auf den Po gebe, bekommt sie zehn Euro extra. Das ist es mir wert, denn es ist ein schöner Hintern. Und Eirin behält ihren Job.«
»Sollten Sie so was mit mir vorhaben, trete ich Ihnen in die Eier«, sagte ich scharf.
Frau Schleiz verschwand eilig aus dem Raum.
Kalenko lachte. »Der Geschlechterkrieg ist der zweitschönste Krieg.«

»Und der schönste?«
»Wirtschaftskrieg. Kapitalismus. Man muss nur akzeptieren, dass mit harten Bandagen gekämpft wird und das Recht des Stärkeren gilt. Das ist ein einfaches Naturgesetz. Die Einstellung setzt sich immer mehr durch. Es liegt dem Menschen im Blut. Seit dem ersten Kampf um eine dreckige Wasserstelle in der Wüste herrscht Wirtschaftskrieg. Und es liegt in der Natur der Natur, dass diejenigen, die verlieren, auf der Strecke bleiben und verdursten. Das ist mein Rezept und es ist kein Geheimrezept.«
»Klingt für mich nach einem Rückschritt in die Barbarei.«
»Ja! Weiter zurück noch! Steinzeit von mir aus! Ganz egal. Wir hätten keine Überbevölkerung, keine Umweltverschmutzung, keine abgeholzten Urwälder im Amazonas und keine leergefischten Ozeane, wenn der Mensch das Prinzip der natürlichen Auslese nicht zerstört hätte. Dieses ganze humanistische Getue bewirkt nur, dass die Menschheit sich selbst ausrottet. Wenn jeder gegen jeden kämpft, bleiben die wenigen Starken übrig – so ist die Welt gedacht, nicht anders.«
»Von wem?«
»Von wem, was heißt von wem?«
»Wo ist das höhere Prinzip, dass Sie legitimiert?«
Kalenko lachte höhnisch. »Sie sind auch so eine Idealistin, hm? Höhere Prinzipien gibt es nicht. Nur niedere Beweggründe.«
»Ich verstehe jetzt, warum Sie mich beauftragt haben.«
»Tatsächlich, Frau Rabe? Darf ich übrigens Lenina sagen?«
»Nein!«
»Nun, bitte, dann beglücken Sie mich mit Ihren Erkenntnissen.«
»Es ist genau so, wie ich dachte. Sie benutzen die Dänische Befreiungsfront für Ihre Ziele. Erst wird ganz Altona mit dänischen Etablissements überzogen, weil es modern ist, dann wird die Dänische Befreiungsfront in die Illegalität gedrängt. Anschließend gibt es jede Menge freie Geschäftsräume in Altona, weil die dänisch angehauchten Firmen schließen müssen, und Sie verhökern die Läden an Ihre Kunden und das Viertel wird zu einem einzigen großen Einkaufszentrum.«
»Donnerwetter, Frau Rabe! An Ihnen ist ein Machiavelli verloren gegangen. Ich ziehe mein Angebot zurück und mache Ihnen ein neues: Steigen Sie bei uns ein! Wir brauchen eiskalte Stra-

tegen. Die Klausel mit dem Klaps auf den Hintern können wir ja streichen.«
»Nein, danke. Ich hab schon eine eigene Firma.«
»Überlegen Sie es sich. Statt dem kleinen Schwarzen gibt's halt ein Business-Kostüm. Würde Ihnen auch schick stehen.«
»Bin nicht interessiert.«
»Okay. Dann mal im Klartext: Schöne Theorie, aber leider falsch. Es verhält sich nämlich umgekehrt. Wir hier von der H.A.E.G. versuchen ganz brav unsere Investoren zu unterstützen. Wer aber quertreibt und querschießt und provoziert und zerstörerisch wirkt, das sind diese wahnsinnigen Dänen. Die machen das Viertel kaputt, weil sie mit ihrem degenerierten Schwachsinn Investoren abschrecken. So sieht das aus! Aber genau das ist ja das Ziel. Die wollen diesen piefigen, kleingeistigen alternativen Mief von Anno dazumal konservieren. Dieser dänische Quatsch ist nur vorgeschoben. Die Leute, die dahinter stehen, haben mit Dänemark nichts zu tun. Das sind einfach nur Terroristen, die ihren Vorgarten gegen die unausweichliche Übernahme verteidigen wollen!«
»Sie argumentieren ja moralisch. Ich bin erstaunt.«
»Nein! Tue ich nicht. Sie haben gesagt, wir wollen das Viertel zu einem Einkaufszentrum machen. Na klar, warum auch nicht! Die Leute wollen konsumieren. Ist doch das Einzige, was Sinn macht in ihrem Leben. Kaufen, kaufen, kaufen! Kohle machen, Kohle ausgeben! So läuft das. Bis der ganze Planet ein Einkaufsparadies ist. Na klar! Das ist ein Naturgesetz.«
»Und wenn's die Erde ruiniert?«
»Dann ist die Erde selber schuld. Sie hat die Menschen und ihre Triebe ja schließlich hervorgebracht.«
»Sie sind ja ein echter Nihilist.«
»Natürlich! Der Kapitalismus ist seinem Wesen nach nihilistisch. Nur sagen darf man es nicht, weil es allen peinlich ist. Mir aber nicht. Und ich weiß, wovon ich rede, wenn ich dieses ganze alternative Sozialgesäusel verurteile. Ich hab da lange genug mitgemacht. Ich kenne diese verlogenen Weltverbesserer. Alle sollen auf den gleichen fadenscheinigen Lumpen liegen. Das will ich aber nicht, ich will goldene Badezimmer-Armaturen und weiche Betten und einen Rolls-Royce und alles mögliche ande-

re, was ich hoffentlich noch kriege. Das ist normal! Alles andere ist purer Schwachsinn!«
»Wo haben Sie sich denn sozial betätigt?«, fragte ich skeptisch.
»Na, hier in Altona! Vor zwanzig, fünfundzwanzig Jahren, damals, als alle jungen Leute geistig umnachtet waren und glaubten, sie müssten die Welt verbessern, wo sie doch schon perfekt war! Sozialfabrik hieß das Projekt. Es war von vornherein zum Scheitern verurteilt. Ein Kollektiv!« Er schüttelte sich, als würde es ihn ekeln. »Basisdemokratisch, gutmenschlich, fürsorglich, allumsorgend, menschelnd, mitleidend – letzten Endes war das nichts weiter als eine Gehirnwäsche. Jeder Funken individueller Kampfgeist sollte aus uns rausgequetscht werden. Danach waren alle nur noch Ameisen. Als ich endlich raushatte, was da im Gange war, hab ich mich abgeseilt.«
»Die Sozialfabrik?«, fragte ich überrascht. »Dann kennen Sie die Heissings?«
»Na klar. Aber ich kann nicht behaupten, dass das Freunde von mir wären.«
»Und Paul Wenner?«
»Der schlaffe, willenlose Paul, ja, ja.«
»Professor Lermann?«
»Der Scheinheilige. Der hat Karriere gemacht. Weiß ein bisschen besser, wie es läuft. Ist schon ziemlich früh Porsche gefahren, der Schlaumeier.«
»Erinnern Sie sich an ein junges Mädchen, Vera, die war dort so eine Art Gast. Sie ist eines Tages verschwunden und kürzlich hat man ihre Leiche gefunden. Im Keller eines Abbruchhauses auf dem Gelände der ehemaligen Sozialfabrik.«
Er schaute mich irritiert an. »Ist das ein Kriminalfall? Was hab ich denn damit zu tun? Aber es passt doch zu dem, was ich sage: Nach außen hin wurde Friede-Freude-Eierkuchen zelebriert und alle waren unheimlich lieb zueinander. Und dann werden Leichen im Keller verscharrt!«
»Sie kannten Vera also nicht?«
»Ich hab doch gesagt, ich hab mich abgeseilt.«
»Wann genau?«
Er hob die Schultern, dachte nach. »Was weiß ich. Vor über zwanzig Jahren. Vor fünfundzwanzig vielleicht.«

»Genauer können Sie das nicht sagen?«
Er brauste auf: »Soll ich jetzt meine Tagebücher rausholen und nachschauen? Ich bezahle Sie dafür, dass Sie diesen Jens Jensen für mich finden, damit ich ihn unschädlich machen kann.«
»Wie wollen Sie das denn tun?«
»Ich übergebe ihn der Polizei. Ich hoffe doch, dass Sie mir Beweise für seine kriminellen Machenschaften liefern, Frau Rabe?«
»Jetzt erweitern Sie den Auftrag.«
»Sie wollen mehr Geld, hm? Können Sie haben. Gehen Sie zu Eirin.« Er wedelte mit der Hand Richtung Tür, was wohl signalisieren sollte, dass die Audienz beendet war.
»Ich weiß noch nicht, ob ich den Auftrag weiterhin bearbeite, Herr Kalenko.«
»Wenn nicht, kriegt ihn ein anderer. Das können Sie selbst entscheiden.«
Ich stand auf. »Danke für das Gespräch.«
Er blieb sitzen. Höflichkeit war ja eine überflüssige Errungenschaft degenerierter Zivilisationsdeppen für ihn.
»Sie soll Ihnen einen Tausender geben«, sagte er.
Ich schaute ihn überrascht an.
»Das motiviert Sie doch, oder? Geld motiviert alle. Und wenn Sie sich einen zweiten Tausender verdienen wollen, können Sie ja auf meinen Vorschlag von vorhin zurückkommen. Das eine schließt das andere nicht aus.«
Ich war schon auf dem Weg zur Tür, blieb aber stehen und drehte mich um. »Ich werde was anderes tun«, sagte ich. »Ich gebe Ihnen den Vorschuss zurück.«
Er schaute überrascht auf. »Im Ernst?« Er schüttelte den Kopf. »Sie sind ja dumm.«
Draußen auf der kahlen, verlassenen, halb verfallenen Fußgängerzone zwischen den leeren Betonkomplexen angekommen, gab ich ihm Recht: Ich war tatsächlich so dumm zu glauben, dass die Welt nach anderen Gesetzen als seinen funktionieren sollte. Leider wurde ich immer seltener in dieser Ansicht bestätigt.
Auf dem Weg zurück zum Büro rechnete ich aus, dass der Vor-

schuss, den ich von Frau Schleiz bekommen hatte, eigentlich schon verbraucht war. Eine formlose Kündigung würde es auch tun.

ZWEIUNDZWANZIG

»He, Leni, wie findest du das. Sieht geil aus, was?«
»Wieso hast du denn alles blau gestrichen?«
»He, blau beruhigt. Und genau das hast du jetzt nötig, ist doch klar.«
Da hatte Tom, mein ehemaliger Assistent und jetzt noch gelegentliches Männchen für alles, Recht. Als ich die Treppe zu meinem Büro hochgegangen war, hatte ich gemerkt, dass ich mit jedem Treppenabsatz langsamer geworden war. Ich hatte versucht, die Sache mit der Bombe durch Aktivität zu überspielen, hatte, gleich nachdem Annie und Nadine verschwunden waren, Tom beauftragt, alle Spuren zu beseitigen.
Zum Glück war er jetzt da, die schiefste, morscheste und unzuverlässigste Stütze meines Lebens. Tom hockte oben auf einer Leiter und sah wie immer aus, als könnten ihm jeden Augenblick ein paar Gliedmaße abfallen, weil alles an ihm nur lose zusammengesetzt und provisorisch wirkte. Er trug einen Papierhut gegen die Farbspritzer auf dem Kopf und sah damit aus wie ein Junge, der Ritter oder so was spielen möchte, nur dass er einen langstieligen Pinsel in der Hand hielt.
Perfekt sah das alles nicht aus, aber ich war trotzdem froh, dass die roten Flecken und Spritzer zum größten Teil verschwunden waren.
»Du hast ja sogar die Küchenmöbel abgewischt«, stellte ich fest.
»Super, oder?« Tom grinste stolz. »Und weißt du, was das Tollste ist?«
»Hm?«
»Ich hab den Sixpack Bier im Kühlschrank entdeckt und nicht angerührt.«
»Wahnsinn.«

»Finde ich auch. Ich nehm ihn dann nachher mit, als Belohnung.«
»Ich dachte, du trinkst nicht mehr.« Tatsächlich hatte Tom sich, seit er seinen letzten Job verloren hatte, schwer zusammengerissen, um beim Arbeitsamt einen soliden Eindruck zu machen. Genützt hatte ihm das nichts, aber es hatte sein Selbstbewusstsein gestärkt, das nach einem kürzeren Gefängnisaufenthalt und der Entlassung bei seiner Sicherheitsfirma total in den Keller gerutscht war.
»Ich trink nicht mehr bei der Arbeit«, sagte er. »Übrigens hat Nadine angerufen, und ich soll dir ausrichten, dass sie Annie mit nach Hause genommen hat. Es geht ihr wieder besser, und wenn du Hilfe brauchst, sollst du sie anrufen.«
»Ich brauch keine Hilfe.«
»Ja, eben, du hast ja mich.«
»Wieso gehst du eigentlich an mein Telefon?«
»Es hat doch geklingelt.«
»Du sollst trotzdem nicht –«
»Weißt du, Leni, du brauchst einen Leibwächter.«
»Ich kann ganz gut auf mich selbst aufpassen.«
»Das hier sah aber nicht danach aus. So 'ne Bombe ist kein Spaß.«
»Was hättest du als Leibwächter denn dagegen tun können?«
»Ich hätte mich in den Weg gestellt, dich abgeschirmt.«
Ich seufzte. Tom war ein hartnäckiger Kindskopf. »Und ich hätte deine Beerdigung zahlen müssen.«
»Das wär echt super, wenn du die Kosten übernehmen könntest, Leni. Du weißt ja, dass ich immer ziemlich klamm bin.«
Er ging mir auf die Nerven. Beerdigungen waren das Letzte, woran ich jetzt denken wollte. Mir war sowieso schon flau im Magen. »Hör auf mit dem dummen Geschwätz.«
Ich setzte mich hinter den Schreibtisch.
»Fertig«, sagte Tom nach einer Weile und kletterte die Leiter herunter.
»Nimm dein Sixpack und zisch ab!«
»Soll ich den Krempel da in den Müll werfen?« Er deutete in die Ecke neben der Tür, wo die Überreste der Bombe lagen.
»Lass das liegen! Das ist ein Beweismittel.«

»Echt? Na gut. Also dann …« Er ging zum Kühlschrank, holte den Sixpack heraus und trug ihn in seinen Armen wie ein schlafendes Baby zur Tür und verschwand mit den Worten: »Du rufst mich natürlich an, wenn du mich brauchst.«
Ich starrte auf die weiße Klappe meines iBook. Darauf hatten sich ganz feine Tröpfchen roter Farbe festgesetzt. Es sah wirklich aus wie getrocknetes Blut. Mir kroch ein kalter Schauer über den Rücken. Die Telefonanlage hatte glücklicherweise nichts abbekommen, vielleicht hatte Tom sie auch abgewischt.
Ich griff nach dem Hörer und wählte die Nummer von Steve.
Er meldete sich gähnend. Ein schabendes Geräusch war auch zu hören, als würde er sich an allen möglichen Körperteilen kratzen.
»Was gibt's denn schon so früh am Tag?«, fragte er mit müder Stimme.
»Es ist Abend«, stellte ich fest.
»Ja, eben, noch nicht mal dunkel. Ich werd blind von so viel Licht, Mann!«
»Nicht Mann, Frau. Lenina Rabe. Du erinnerst dich vielleicht.«
»Ja, klar, Mann, aber es ist trotzdem zu früh zum Reden, echt.«
»Ich hab's aber eilig. Bei mir im Büro ist heute eine Bombe hochgegangen.«
Er schwieg. »Wie jetzt?«, fragte er dann. »Im übertragenen Sinn oder was?«
»Nee, im realen Sinn. Eine Explosion.«
»Ach du Scheiße. Jemand verletzt?«
»Es war nur so eine Art Farbbombe. Hat alles eingesaut. Rot.«
»Hm, das tut mir leid. Aber was hab ich damit zu tun?«
»Du kannst mir helfen.«
»Scheiße, wieso denken eigentlich alle immer, dass ich ihnen helfen kann. Jetzt hab ich schon meinen Tagesrhythmus umgestellt, damit mir nicht andauernd jemand auf die Pelle rückt, aber scheiße … Was glaubt ihr eigentlich …«
»Ich bin bei der H.A.E.G. gewesen.«
»Dachte mir schon, dass du da hinwolltest. Sag mir was Neues.«
»Ich hab mit dem Boss gesprochen. Ich hab selten einen so üblen Mistkerl getroffen.«

»Echt? Dann lebst du ja im Land der Traumtänzer. Die Hälfte der Wirtschaftsleute, mit denen ich zu tun hatte, war so. Und die andere Hälfte lässt sich von denen fertig machen. Schöne neue Welt. Aber du arbeitest ja für die.«
»Nicht mehr, ich hab den Job zurückgegeben. Hab so das Gefühl, ich sollte eher für die Gegenseite arbeiten.«
»Die Feinde meiner Feinde sind meine Freunde, oder was?«
»Das ist zu einfach.«
»So funktioniert Politik.«
»Ich mache keine Politik, ich kläre einen Mordfall auf.«
»Ja, ja, die Schneewittchen-Sache. Da stöberst du ganz schön herum. Hat sich rumgesprochen.«
»Um so besser. Jedenfalls ist in diesem Zusammenhang interessant, dass der Kalenko von der H.A.E.G. auch mal in der Sozialfabrik engagiert war. Bevor er sich um 180 Grad gedreht hat und zum Asozialen wurde.«
»Ja, und?«
»Kalenko hat einen wahnsinnigen Hass auf alle, die noch den alten Idealen nachhängen, und anscheinend ganz persönlich auf Jens Jensen von der Dänischen Befreiungsfront. Er glaubt wohl, die sei nur gegründet worden, um ihn persönlich zu ärgern.«
»Was willst du mir denn nun damit sagen?«
»Dass ich gute Gründe habe, dich zu bitten, mir einen Kontakt zu Jens Jensen zu vermitteln.«
»Ausgeschlossen, den kenn ich nicht!«
»Glaub ich nicht.«
»Was du glaubst, ist mir egal, aber ich werde am Telefon nicht anfangen, mich zur Dänischen Befreiungsfront zu bekennen.«
»Sollst du gar nicht. Du sollst mir nur helfen, Jensen zu finden.«
»Da kann ich gar nichts machen.«
»Vielleicht ja doch.«
»Nein!«
»Jedenfalls vielen Dank und vorab schon mal herzliche Grüße!«
»Du spinnst doch!«
Ich legte auf. Ich war ziemlich zuversichtlich, dass Steve sich für mich einsetzen würde.
In der Vega-Bar in der Hauptstraße, auf halbem Weg zum Bahn-

hof, setzte ich mich auf einen Hocker am Tresen und bestellte das Tagesgericht. Es gab Blumenkohl-Curry-Plätzchen auf geschmortem Kopfsalat mit Paprika-Ragout, besser kann man gar nicht vegetarisch essen. Ich bestellte ein Bier dazu.
Ein uraltes Punk-Stück dröhnte aus den Lautsprechern. Der Typ hinterm Tresen diskutierte mit einem Stammgast darüber, dass das ja damals noch ein Scherz gewesen sei, »No Future« zu singen. Heutzutage gäbe es nicht nur keine Zukunft, sondern auch keine Gegenwart, nur noch mehr Arbeitslose und noch weniger Geld, alles stünde auf der Kippe, bald würden Terroristen mit Atombomben werfen, die Polkappen schmelzen und die Meere alles überfluten, die Amerikaner einen Krieg um Rohstoffe mit China anzetteln, die Afrikaner Europa erobern und die Umleitung des Golfstroms eine neue Eiszeit verursachen.
Ich aß zu hastig, weil mich dieses Gerede total nervös machte, und war beinahe erleichtert, als ich Kommissarin Brand hereinkommen sah. Heute im sandfarbenen Denim-Kostüm mit Sandaletten.
Sie steuerte auf mich zu, setzte sich auf den Hocker neben mir.
»Na, Frau Rabe«, sagte sie spöttisch. »Haben Sie den Mörder von Schneewittchen gefunden?«
»Ist das nicht eigentlich Ihre Aufgabe?«
»Wir arbeiten daran.«
»Merkt man gar nicht.«
»Doch, doch. Zwischen all den aktuellen Fällen ist ab und zu doch Zeit, sich um eine alte Geschichte zu kümmern. Eine Leiche, die schon zwanzig Jahre lang begraben war, muss sich in Geduld üben.«
»Ist man nach zwanzig Jahren toter als nach zwanzig Stunden?«
»Natürlich. Der Täter ist weit weg, die Angehörigen schwer zu finden, die Erinnerungen verblasst, die Spuren verwischt.«
Ich deutete auf den Typ hinterm Tresen und seinen Gast. »Sie können mit denen weiterreden. Die sind ähnlich optimistisch.«
Sie ignorierte meine Bemerkung. »Ich habe gehört, es gab da einen Zwischenfall in Ihrem Büro?«
»Ja.«
»Schon wieder.«
»Ganz recht. Was beweist, dass eine Leiche, die schon zwan-

zig Jahre begraben ist, doch eine Menge Aufruhr verursachen kann.«

»Sie glauben doch nicht etwa an Gespenster«, sagte sie spöttisch.

»Gespenster sind Tote, deren Geschichten noch nicht zu Ende gebracht wurden.«

Sie schüttelte den Kopf. »Es wundert mich immer wieder, dass jemand wie Sie so einen Beruf ausübt.«

»Jemand wie ich?«

»Sie sollten sich besser einer Therapie unterziehen, anstatt unter dem Deckmantel detektivischer Arbeit Leute zu belästigen.«

»Dieses Kompliment kann ich zurückgeben, Frau Brand.«

»Professor Lermann wird Anzeige gegen Sie erstatten, wenn Sie ihn weiter behelligen.«

»Ach Gott, der arme Mann.«

»Er ist nicht arm, sondern eine ziemliche Autorität. Sie können sicher sein, dass eine Anzeige von seiner Seite sehr ernst genommen wird.«

»Er will nur verhindern, dass die Wahrheit ans Licht kommt.«

»Was soll das heißen?« Sie lachte hüstelnd. »Sie wollen ihn doch nicht etwa verdächtigen?«

»Ihn und die anderen, die vor einundzwanzig Jahren unter dem Deckmantel des sozialen Engagements eine Kollektivtherapie mit tödlichem Ausgang durchgeführt haben.«

»Was ist denn das für eine Fantasterei?«

»Sehen Sie mal hier –« Ich hielt ihr meinen immer noch verbundenen Unterarm hin. »Ich wurde mit einem Messer angegriffen. Drohungen wurden an meine Tür geschmiert. Eine Bombe ist in meinem Büro explodiert. Klingt alles fantastisch, nicht? Ist aber zufälligerweise die Wirklichkeit.«

Sie sah mich abschätzig an. »Solche Verletzungen kann man sich selbst beibringen. Das Geschmier kann auch von Ihnen stammen. Und eine Bombenattrappe und verspritzte Farbe … na ja. Für mich sieht das alles nach krankhaftem Geltungsbedürfnis aus.«

Ich legte einen Zehn-Euro-Schein auf den Tresen, um meine Rechnung zu begleichen, und sagte: »Passen Sie mal auf, ich zeig Ihnen was.«

Ich hielt ihr mein Messer und meine Gabel hin: »Hier, halten Sie das mal.« Sie nahm jedes Besteckteil in eine Hand. »Und jetzt den Teller.« Ich hielt ihn ihr hin. Sie nahm ihn. »So, und jetzt bringen sie das alles zur Geschirrablage da drüben. Vielen Dank.«
Ich sprang vom Hocker und verließ das Lokal. Langsam wurden wir so was Ähnliches wie ein Komikerduo.

DREIUNDZWANZIG

Am nächsten Morgen war ausgiebiges Training angesagt. Als ich gegen Mittag wieder ins Büro kam, hatte Schlange mir auf dem Anrufbeantworter eine Nachricht hinterlassen: »Schlachtschiff wieder flottgemacht. Jetzt günstig für dich zu verkaufen. Denk mal drüber nach. Aber mach schnell, der nimmt hier Platz weg!«
Kein Problem, dachte ich, es wird Zeit, dass du wieder mobil bist. Ich war schon aus der Tür, da fiel mir ein, dass ich Schlange um einen Gefallen bitten könnte. Ich ging zurück, suchte mir einen Schuhkarton und packte die Überreste der Bombe rein. Dann schloss ich sehr sorgfältig ab und ging los.
Auf dem Garagenhof brannten schon die Blechtonnen. Eine ältere Frau im Pelzmantel und mit dünnen weißbestrumpften Beinen in roten Pumps ging vor dem Kiosk des Verwalters auf und ab und rauchte eine Zigarette.
Ein Rastamann, dessen Tonne besonders gut qualmte, grinste mir fröhlich zu, als ich auf die Garagenzeile zuging, wo Schlanges Werkstatt lag. Zwei meiner Jugo-Bekannten standen vor einer anderen Tonne, aus der Flammen züngelten, und warfen Papierfetzen und Kartonstücke hinein. Sie erkannten mich, stießen sich mit den Ellbogen an, hatten heute aber keine Armbeschwerden und blieben ruhig.
Mein Peugeot stand vor Schlanges geöffnetem Garagentor, neben ihm das Motorrad mit Beiwagen, dass ich neulich schon gesehen hatte. Es schien wieder komplett zusammengebaut zu

sein. Der Motor knatterte im Leerlauf vor sich hin. Schlange stand im Halbdunkel seiner Garage im Blaumann, neben einem niedrigen Sportwagen. Bei ihm ein Mann, der nur wenig kleiner war, aber kräftiger gebaut, im hellen fleckigen Overall mit einer ledernen Motorradkappe auf dem Kopf und einer auf die Stirn geschobenen Motorradbrille. Geldscheine wechselten zwischen flinken Händen, es sah aus, als würden sie Karten spielen: Einer gab, der andere nahm, gab was zurück, der nahm wieder und gab was zurück – und dabei murmelten sie irgendwas. Vielleicht war das ihre Art, eine Abrechnung durchzuführen, ohne Internetbanking, ohne fortlaufende Rechnungsnummern und weder sieben, noch sechzehn, noch neunzehn Prozent Mehrwertsteuer. Eine Entlastungsaktion für die überarbeiteten Beamten im Finanzamt.
Als der Motorradfahrer mich bemerkte, setzte er die Brille auf, legte sich einen Schal um den Hals, der auch Kinn und Mund verdeckte und ging grußlos zu seinem Fahrzeug. Er hinkte. Wieder so einer von diesen schrägen Typen, auf die man stößt, wenn man in einem vergessenen Winkel der Stadt rumstöbert. Wie Kellerasseln hocken sie unter Steinen und scheuen das Licht.
»Guten Tag, Ferdinand!«, rief ich ins Halbdunkel der Garage. Schlange kam mir entgegen.
»Mensch, Lenina, bist du gut erzogen: Guten Tag, Ferdinand! Das hab ich seit der Schule nicht mehr gehört.«
Aus dem Augenwinkel sah ich, wie der Kellerassel-Typ sich aufs Motorrad setzte und knatternd davonfuhr.
»Wer war das denn?«
»Dein Wagen ist fertig«, sagte Schlange. »Läuft wieder wie 'ne Eins. Wäre jetzt genau der richtige Moment, ihn zu verscherbeln. Ich hätte da einen Kunden an der Hand, der steht auf diese 404s. Hat schon 'ne ganze Sammlung in verschiedenen Farben. Blau fehlt ihm noch.«
Ich schüttelte den Kopf. »Das wäre zu traurig. So eine Museumsexistenz ist doch nichts für ein aufgewecktes Auto.«
»Der zahlt doppelt so viel, wie das Ding wert ist.«
»Wie viel ist er denn wert?«
»Na ja, nicht viel.«
»Ich hänge an ihm. Man kann ihn gar nicht bezahlen.«

»Na, okay, dann kannst du die Reparaturkosten halt nicht davon abziehen.«
»Ich bezahl dich schon, keine Angst. Wie viel?«
»Ein Hunni, weil du's bist.«
»Wie setzt sich der Betrag denn zusammen?«
Er sah mich überrascht an. »He, du weißt doch, wie ich abrechne. Streng nach Gewerkschaftslohn.«
Ich kannte Schlanges Tarif. Er orientierte sich an den Richtlinien der Freien Arbeiter-Union, der anarchosyndikalistischen Gewerkschaft, in der er Mitglied war. Die forderten die Fünfundzwanzig-Stunden-Woche und einen Mindestlohn von 15 Euro.
»Mehr als drei Stunden hast du doch nicht rumgebastelt, oder?«
»Na ja ...«
»Also fünfundvierzig, aufgerundet auf fünfzig. Das ist fair.«
»Aber die Ersatzteile kommen noch dazu. Zündkerzen, Ventile, die Batterie war hinüber, die Lichtmaschine so gut wie im Eimer und dies und das. Ist praktisch wieder alles wie neu in dem Ding.«
»Wo hast du die Ersatzteile denn herbekommen?«
»Hier stand mal ein halb ausgeschlachteter Vetter von deinem Prachtstück. Den hab ich dann ganz ausgebaut.«
»Also haben die dich nichts gekostet.«
»Arbeit hat mich das gekostet.«
»Sechzig Euro auf die Hand.«
»Das ist Ausbeutung.«
»Siebzig, wenn du mir noch einen Gefallen tust.« Ich nahm den Deckel von meinem Karton ab und hielt ihm das Ding hin. »Sag mir mal, wer so was bauen kann und woher die Teile kommen könnten.«
Schlange schaute skeptisch hinein. »Was ist das denn für ein verkokelter Schrott?«
»Die Reste von einer Bombe.«
»Echt?« Er nahm den Karton und ging damit nach draußen ins Licht. »Wo ist die denn hochgegangen?«
»In meinem Büro.«
Er blickte überrascht auf: »Im Ernst?«
»Jemand hat sie abgegeben, als ich nicht da war. Sie ist explodiert und hat eine Menge roter Farbe verspritzt.«

Schlange sah mich beunruhigt an: »Ist jemand verletzt worden?«
»Meine Freundin Annie hat einen Schock gekriegt. Sonst ist nichts passiert, außer dass mein Büro frisch gestrichen werden musste.«
»Na, ein Glück«, sagte Schlange erleichtert.
»Nett, dass du dir um mich Sorgen machst. Vielleicht kannst du ja was über die Herkunft dieser Schweinerei rauskriegen.«
»Ja, klar, ich meine, vielleicht, mal sehen.«
»Das wäre nett. Das Geld zahl ich dir dann das nächste Mal.«
»He, Lenina, das ist nicht fair. Geleistete Arbeit muss bezahlt werden.«
»Okay. Kannst du rausgeben?« Ich hielt ihm zwei Fünfziger hin. Jetzt spielten wir das gleiche Spiel, wie Schlange eben noch mit dem Motorradtypen gespielt hatte: Er nahm die beiden Scheine, steckte sie in die Brusttasche, kramte dann in den Hosentaschen seines Blaumanns, gab mir zwei Zwanziger zurück, holte dann einen Fünfziger wieder heraus, steckte ihn in die Gesäßtasche, holte fünf Zehner raus, nahm mir die zwei Zwanziger ab, gab mir drei Zehner, sagte dann: »Nee, warte mal, lieber so«, und nahm mir die Zehner wieder ab, für die er mir einen Zwanziger gab, den er sofort in einen Zehner und zwei Fünfer wechselte: »So, jetzt stimmt's.«
Ich musste lachen. »Du bist ein Schlitzohr, Ferdinand, ich werde dich in Zukunft auch nur noch Schlange nennen.«
»Schlangen haben keine Ohren«, sagte er und hielt mir den einbehaltenen Zehner hin: »Hier, für Ferdinand.«
Ich nahm den Schein und fragte: »Hast du das mit dem Motorradheini auch so gemacht? Wie viel hat der denn draufgelegt?«
»Ach der, nee, der passt auf wie ein Schießhund, der schafft es glatt, mich zu bescheißen.«
»Rufst du mich an, wenn du was über diese Bombe weißt?«
»Ja, klar, aber jetzt muss ich den Volvo hier auf Vordermann bringen.« Er deutete auf den langgestreckten Sportwagen.
Ich schaute mir den grauen Flitzer genauer an. »Das ist ein Volvo?«
»Ja, sicher«, sagte Schlange ungeduldig.
»Kann man das Verdeck abmachen?«
»Nee, nicht beim P 1800 ES. Das war ein Spezialmodell, wur-

de Anfang der siebziger Jahre gebaut. Es gab nur knapp über achttausend Stück davon.«
»Sieht ein bisschen aus wie ein kleinwüchsiger Lieferwagen.«
»Der hat so eine lange Heckpartie, weil da eine Golfausrüstung reinpassen sollte. Und damit es trotzdem hübsch aussieht, wurde jede Menge Glas verwandt. Die Heckklappe ist nur Glas. Ganz nett. Und deshalb hat die Kiste auch den Spitznamen Schneewittchensarg bekommen.«
»Was?«, fragte ich alarmiert.
»Schneewittchensarg.« Schlange lachte. »Ich weiß ja nicht, ob das eine Anspielung auf das sein sollte, was die Besitzer mit ihren Beifahrerinnen gemacht haben –«
»Halt mal den Mund!«
»Schon gut, entschuldige, war nicht so gemeint.«
»Das ist ein Volvo P 1800 ES, er wurde Anfang der Siebziger gebaut und hatte den Spitznamen Schneewittchensarg, richtig?«
»Ja, das ist doch nichts Besonderes. Was ist denn los? Wieso bist du auf einmal so wütend?«
»Gib mir meine Autoschlüssel.«
Schlange fischte sie aus der Beintasche seines Overalls.
Ich verabschiedete mich und fuhr los. Ich war so sauer auf Paul Wenner, meinen angeblichen Auftraggeber, der es offenbar darauf anlegte, mich zu verarschen, dass ich beinahe die kettenrauchende Alte im Pelzmantel über den Haufen fuhr, die seelenruhig über den Garagenhof stöckelte. Sie sprang nicht aus dem Weg, als ich heftig abbremste, starrte mich nur an, aus einem maskenhaft überschminkten Gesicht, als wollte sie sagen: Gib dir keine Mühe, umbringen kann ich mich auch selbst.

VIERUNDZWANZIG

Diesmal stand er nicht mit einem Schwamm in der Hand auf dem Garagenhof, diesmal musste ich in den Keller gehen, um Paul Wenner zu sprechen. Da Pauls Name nirgendwo zu finden

war, klingelte ich bei Hanni Heissing und bat sie, mir aufzumachen.
»Ach, Lenina Rabe«, sagte sie durch die Gegensprechanlage, »kommen Sie doch lieber zu mir rauf.«
»Vielleicht später, Frau Heissing.«
»Das wäre wirklich nett.«
Sie betätigte den Summer. Ich trat ein, die Kellertür neben der Treppe war offen und ich stieg hinab.
Ich klopfte an Pauls Tür und wartete, klopfte ein zweites Mal. Ich wollte schon gehen, da wurde die Tür aufgeschoben und Paul stand da in Jeans, mit Pantoffeln, nur mit einem T-Shirt bekleidet.
»Oh, Entschuldigung«, sagte er, »was gibt's?«
»Unsere Geschäftsgrundlage geht langsam flöten.«
»Was?«
»Wir müssen miteinander reden.«
»Also jetzt ist das schlecht, ich hab mich gerade hingelegt.«
»Bist ja schon wieder auf.«
»Nein, wirklich, ich fühl mich jetzt nicht –«
»Ich hab das Gefühl, dass an deinem Auftrag was faul ist. Und da ich sowieso noch kein Geld gesehen habe, kann ich ihn guten Gewissens zurückgeben.«
Hinter seinem Vollbart machte sich Verunsicherung breit. Er bewegte nervös die Lippen, die Augen rollten hin und her, er strich sich mit den Händen übers T-Shirt.
»Also, pass auf, wenn es das Geld ist. Ich kann dir gleich einen Vorschuss geben und geh nachher zur Sparkasse. Das –«
»Es ist nicht das Geld, es ist das Gefühl, dass ich verarscht werde, Paul!«
»Von wem?«
»Von dir. An deinem Auftrag ist was faul. Ich hab das Gefühl, ich soll was rauskriegen, was du sowieso schon weißt.«
»Wie kommst du denn auf so was?«
»Schneewittchensarg. Damit bist du zu mir gekommen. ›Finde mir den Sarg von Schneewittchen.‹ Warum hast du nicht gleich gesagt, dass es um das Auto geht?«
»Aber das weiß doch jeder, dass dieser Volvo diesen Spitznamen trägt.«

»In deiner Generation vielleicht. Aber ich wurde erst ein Jahrzehnt nach diesem Sportwagen geboren. Und auf meine Unwissenheit hast du doch gebaut! Du wolltest, dass ich hier herumschnüffle und bestimmte Personen aufscheuche. Hab ich gemacht. War das jetzt schon alles, oder willst du wirklich einen Mord aufklären?«

»Nicht so laut, das hallt bis ins Treppenhaus von hier!«

»Weiß doch sowieso jeder, was ich hier tue.«

»Aber doch nicht, dass du in meinem Auftrag ermittelst.«

»Wenn du mir nicht endlich erzählst, warum du mich beauftragt hast, sag ich's allen.«

Er packte mich am Arm. »Nicht so, Lenina, bitte.«

»Doch.«

»Aber wenn ich hier rausfliege, hab ich keine Bleibe mehr, ich bin doch abhängig von denen.« Er seufzte und schob die Tür noch ein kleines Stück weiter auf. »Dann komm halt rein.«

Ich hatte eine finstere Katakombe erwartet und wurde überrascht. Die Kellerbehausung von Paul Wenner sah aus wie eine ganz normale Wohnung. Eine kleine allerdings. Man trat direkt in den Wohnraum mit kleiner Küchenzeile. Durch eine Tür sah man ins Schlafzimmer, wo ein Waschbecken und eine schmale Duschkabine zu sehen waren. Durch schmale weit oben angebrachte Fenster fiel erstaunlicherweise sogar Sonnenlicht.

»Ist ja hell hier«, stellte ich fest.

»Ja, das ist jetzt die Zeit, wo die Sonne direkt in die Straße scheint und dann schafft sie es im Sommer bis hier runter. Für eine halbe Stunde.« Er lachte verschämt.

»Immerhin.« Ich schaute mich weiter um. Zwei Sessel, ein dreieckiger Couchtisch, beides sah altertümlich aus, kein Sofa, aber ein Esstisch mit einem Stuhl davor, ein Fernsehapparat auf dem Kühlschrank, an der gegenüberliegenden Wand Holzregale mit vielen Taschenbüchern.

»Der frühere Hausmeister hatte sich das hier zurechtgemacht. Das war so ein Naturtalent, im Gegensatz zu mir. Aber der ist schon längst wieder nach Polen zurück.«

»Und jetzt bist du der Hausmeister?«

»Na ja, wie gesagt, ich bin kein besonderes Talent.«

»Aber du wirst dafür bezahlt, dass du hier und da was ausbesserst.«

»Ach … weißt du, das ist alles nicht so richtig abgesprochen, weil … aber setz dich doch. Willst du was trinken?«

»Nein, danke. Ich will Informationen. Eigentlich die Wahrheit, aber ich hab das Gefühl, dass genau das dein Problem ist.«

Wir setzten uns in die Sessel.

Er griff nach einer Tabakspackung und einem Drehapparat, füllte gleich mehrere Zigarettenhüllen mit Tabak und legte sie nebeneinander auf den Tisch. Die Krümel fegte er mit der Hand zusammen und ließ sie in den Aschenbecher fallen.

»Draußen rauch ich Richtige«, erklärte er entschuldigend, »aber zu Hause drehe ich, das ist billiger.«

Das Feuerzeug schnippte, der Rauch quoll aus seinem Mund und seiner Nase, und ich fragte mich mal wieder, wo der Sinn dieses Rituals lag.

»Es stimmt nicht, dass ich dich belogen habe, Lenina«, sagte er. »Ich weiß nicht, ob der Volvo was mit dem Tod von Vera zu tun hat. Und selbst wenn … es käme doch darauf an, wer ihn gefahren hat.«

»Das macht für mich noch immer keinen Sinn. Wie kommst du denn darauf, dass dieser Volvo überhaupt etwas mit dem Tod von Vera zu tun haben könnte?«

»Weil die beiden zur gleichen Zeit verschwunden sind.«

»Aha«, sagte ich wenig überzeugt.

»Und dann pass mal auf.« Er stand auf und ging zum Bücherregal. Dort nahm er ein kleines Holzkästchen und stellte es auf den Tisch vor mich hin. »Da.«

Es war so ein kleines Kästchen, wie man es in Nippesläden bekam. Man konnte ein paar Ringe hineinlegen oder eine Kostbarkeit wie getrocknete Rosenblätter oder Halbedelsteine. Kinder machen so was gern. In diesem Kästchen lagen nur ein paar Glasscherben. Solche, die entstehen, wenn die Windschutzscheibe eines Autos zerbricht. Nicht viel davon, nur ein paar Stückchen, die den Boden des Kästchens bedeckten.

»Tja«, sagte ich. »Und was beweist uns das jetzt?«

»Erst mal nichts«, sagte Paul, »das ist ja mein Problem.«

»Wo hast du die denn her?«

»Im Keller gefunden. Hinten in meinem Haus.« Er lachte hilflos vor sich hin, seine Hand mit der Zigarette fing heftig an zu zittern.
»Was ist daran jetzt so bemerkenswert?«, fragte ich ungeduldig.
»Die Zufälle oder Zusammenhänge oder Schicksalsfügungen.« Er lachte wieder.
»Es nervt, wenn jemand in Anspielungen redet. Und Wortgeklingel hilft der Wahrheit auch nicht auf die Beine. Zufall und Schicksal sind ein und dasselbe.«
»Ja, vielleicht.« Wieder dieses hilflose Lachen, ich wurde langsam genervt. »Dein Vater hat auch immer so geredet.«
»Was soll der Quatsch? Mein Vater hat hiermit nichts zu tun.«
»Doch, hat er. Er hat dich nämlich hierher gebracht. An diesem Nachmittag. Er musste auf irgendeinen Kongress in Berlin und wollte dich unterbringen. Die Sozialfabrik war da ein naheliegender Ort. Hier gab's auch eine Kindergruppe. Da bist du dann aber nicht gewesen, sondern bei mir. Die andern Kinder waren älter. Du warst ja erst drei oder vier. Hast dich trotzdem selbstständig gemacht und bist da drüben im Hinterhaus in den Keller gestiegen. Und da hast du die Glasscherben aufgesammelt. Und hast sie mir gezeigt und wir haben sie in dieses Kästchen gelegt. Als dein Vater dann kam, um dich abzuholen, hast du das Kästchen mir geschenkt.« Er lachte wieder verlegen. »Hat dir wohl ganz gut gefallen bei mir.«
»Das hast du dir doch jetzt ausgedacht!«, rief ich ungläubig.
Er zündete sich noch eine Zigarette an. Die Hände zitterten immer noch.
»Nein! Und die Scherben hast du genau an der Stelle gefunden, wo dann später gegraben wurde und …«
»Wo Vera verscharrt worden ist?«
Er nickte.
Ich lehnte mich zurück und musste erst mal tief durchatmen, trotz des Zigarettendunstes. »Das gibt's doch gar nicht.«
»Doch, das gibt's. Und dann wird die Leiche gefunden. Und dann höre ich, du bist Detektivin und dann denke ich darüber nach und … alles nur Zufall.«
»Scheißzufall«, stellte ich fest.

»Wenn ich dir das alles gleich erzählt hätte, hättest du den Auftrag nie übernommen, oder?«
»Keine Ahnung, wahrscheinlich nicht, das ist jetzt nicht mehr wichtig. Kommen wir zu den eigentlichen Fragen. Sind das hier wirklich Glassplitter von dem Volvo? Kannst du das beweisen?«
Er hob die Schultern.
»Nehmen wir mal vorläufig an, die wären es: Warum sollten die Glassplitter etwas mit Veras Tod zu tun haben.«
»Weil sie auch bei der Leiche lagen, im Grab drinnen. Das hat Lermann erzählt.«
»Es könnte also sein, dass jemand mit dem Volvo einen Unfall hatte und die Leiche vergraben hat. Aber wo ist der Volvo geblieben? Ein Auto kann doch nicht einfach verschwinden?«
»Ich weiß nicht.«
»Das kann nur der wissen, der ihn gefahren hat. Da liegt es doch nahe, den Besitzer zu fragen. Soweit ich weiß, gehörte der Volvo Hans-Jochen Heissing. Das hat jedenfalls Frau Struwe erzählt. 1986 sind die Heissings mit Lermann an die Riviera gefahren. Frau Heissing saß aber immer im Wagen von Lermann, weil man da das Verdeck abnehmen konnte. Das hat Hans-Jochen Heissing offenbar so gefuchst, dass er nach dem Urlaub den Volvo verkauft hat.«
Paul Wenner blies den Zigarettenrauch zur Decke: »Ja, ja, das war ein tolles Drama. Die drei kamen zurück und keiner redete mehr mit dem anderen. Kristian ist dann kurz darauf nach Amerika gegangen.«
»Wann genau? War er noch hier, als Vera und der Volvo verschwanden?«
»Verdächtigst du ihn?«
»Er hat sich interessanterweise beim Todesjahr verrechnet. Will schon in Amerika gewesen sein, als es passierte. Aber im Moment verdächtige ich jeden hier.«
»Mich auch?«
»Immerhin wäre es für dich am naheliegendsten gewesen, die Leiche ausgerechnet im Keller des Hinterhauses zu verbuddeln. Du hast ja da gewohnt. Hast du dir den Volvo ausgeliehen, um Vera zu imponieren?«
»Vera konnte man nicht so einfach imponieren. Jedenfalls nicht

ich. Aber ich hätte mir den Wagen gar nicht ausleihen können. Ich kann nicht Auto fahren.«

»Du hast keinen Führerschein?«

Er schüttelte den Kopf. »Ich musste ihn zurückgeben. Hinterm Steuer bekomme ich sofort Panikanfälle. Ist krankhaft, aber ich hab's nicht therapiert bekommen.«

»Na gut, kommen wir wieder auf das Wesentliche: An welchem Tag sind Vera und der Volvo verschwunden? Wenn wir das genaue Datum nicht herausfinden, hat alles keinen Zweck.«

»Ich weiß es nicht genau. Ist schwierig zu rekonstruieren nach so langer Zeit. Es muss jedenfalls kurz nach der Rückkehr von Hans-Jochen, Ernestine und Kristian gewesen sein. Ich schätze mal so August, vielleicht auch früher. Aber Kristian müsste ja noch wissen, wann er nach Amerika gegangen ist.«

»Der redet nicht mehr mit mir.«

»Dann weiß doch Hans-Jochen bestimmt, wann er den Volvo verkauft hat. Das wäre doch auch ein Hinweis.«

»Und an wen wäre noch interessanter. Dann werde ich ihm also gleich mal auf die Pelle rücken.«

»Das wird nichts, Lenina, er ist heute Morgen mit Ernestine aufs Land gefahren. Die haben ein Häuschen an der Ostsee.«

»Vielleicht weiß Hanni Heissing ja was dazu zu sagen. Sie wollte, dass ich zu ihr hochkomme.«

»Du gehst zu Hanni?«, fragte er zaghaft. »Darf ich mitkommen?«

»Ich glaube nicht, dass das was bringt.«

»Wahrscheinlich nicht«, sagte er düster.

Ich sprang auf. »Na dann, danke für das Nikotin, das ich einatmen durfte.« Ich ging zur Tür. Der Qualm war einfach zu viel für mich.

An der Tür holte er mich ein und streckte die Hand aus. »Hier.« Er hielt mir das Kästchen hin.

»Was soll ich denn damit?«

»Das gehört doch dir.«

Ich seufzte und nahm es mit.

FÜNFUNDZWANZIG

»Na, hat er Schlechtes über mich erzählt?«, fragte Hanni Heissing, nachdem sie mich in ihr Wohnzimmer gebeten hatte. Wieder trug sie Kittel und Hose und hielt die langstielige Pfeife in der Hand.

»Wer? Paul Wenner? Nein, eigentlich nicht.«

»Er beißt die Zähne zusammen, wenn er von mir spricht, stimmt's?«

»So könnte man es vielleicht beschreiben.«

»Was hat er denn erzählt?«

»Ich habe ihn nicht nach Ihnen ausgefragt.«

»Na schön. Setzen Sie sich doch.« Sie deutete mit ihren langen Armen auf das Jugendstilsofa. Also setzte ich mich. Mein Blick fiel auf ein Fotoalbum, das auf dem Tisch lag. Ledergebunden. Dick. Überformat. Jemand, der so große Hände hatte wie Hanni Heissing, brauchte für seine Erinnerungen Überformat. Sie legte die Pfeife daneben.

»Wie wäre es mit etwas zu trinken?«, fragte sie beinahe zuckersüß. »Kaffee, Tee, Mineralwasser?«

»Ein Kaffee wäre nett, Frau Heissing.«

»Sie haben bemerkt, dass ich Ihnen ein Album bereitgelegt habe?«, fragte sie.

»Fotos?«

»Eine Bildergalerie aus der Geschichte unseres Projektes.«

»Das interessiert mich natürlich.« Ich wollte nach dem dicken Wälzer greifen, aber Hanni Heissing legte ihre breite, knochige Hand auf meinen Arm.

»Ich wäre Ihnen dankbar, wenn wir das gemeinsam durchgehen könnten.«

»Wie Sie wollen, Frau Heissing.«

»Hanni für dich«, sagte sie und versuchte säuselnd ihren herben Tonfall zu überdecken. »Ich duze alle Menschen, wenn ich sie zum zweiten Mal treffe.«

Na, wenn's weiter nichts ist, dachte ich, während ich auf den Kaffee wartete. Aber Frau Heissing hatte sich unser Treffen im Vorfeld wohl etwas persönlicher ausgemalt. Sie spazierte mit dem Tablett herein und setzte sich direkt neben mich. Dabei schien ihr wichtig zu sein, dass unsere Oberschenkel sich berührten. Ich beugte mich nach vorn und wuchtete das schwere Fotoalbum auf ihren Schoß. Sie lachte.
Ich rechnete damit, dass sich in dem Wälzer nur Fotos von Hanni Heissing befinden könnten, aber es war anders: Es war tatsächlich eine Sammlung von Bildern aus der Vergangenheit der Sozialfabrik, das meiste in Schwarzweiß. Offenbar hatten eine Menge Leute hier zu tun gehabt, viel Handwerkliches geleistet, die Häuser renoviert, in Werkstätten gearbeitet. Es war schwer zu erkennen, wer die Betreuer waren und wer die Betreuten, aber bei genauerem Hinsehen konnte ich unter den vielen langhaarigen Latzhosenträgern Frauen und Männer unterscheiden und schließlich die jugendlichen Gesichter der jetzt alt, grau und bürgerlich gewordenen Hausbewohner ausmachen.
»Es wurden wohl viele Partys gefeiert?«, fragte ich.
»Ja, in den ersten zwei Jahren, nach der Besetzung der Häuser, herrschte fröhliche Anarchie. Das hat sich dann geändert, mit der Vereinsgründung und den Gremien. Es wurde alles so gut organisiert, dass es schon keinen Spaß mehr machte. Aber das war allen sehr wichtig. Viel Organisation ohne Hierarchie. Das war dann im Alltag sehr aufwändig, weil alles von allen durchdiskutiert werden musste. Irgendwann wurde die Gleichberechtigung der Betreuten und der Betreuer aufgegeben und die Demokratie galt nur noch für die Betreuer. Dann bildete sich ein harter Kern der Gründungsmitglieder heraus, die sich zunächst monatlich, später nur noch jährlich rechtfertigen mussten. Dann begannen manche, sich ein privatwirtschaftliches Standbein zu suchen und machten Praxen auf oder übernahmen Aufträge von Institutionen oder Firmen oder stiegen beim Staat ein – schließlich herrschte unter den Verbliebenen ein schreckliches Durcheinander, Kompetenzgerangel und viel Konkurrenz. Und da hat dann Hans-Jochen sich aufgeopfert und den ganzen Komplex gekauft.«
»Aufgeopfert?«

»Er hat sein ganzes ererbtes Vermögen eingebracht, um die Gebäude und Projekte zu retten.«
»Wieso haben Sie eigentlich nichts geerbt?«
»Ich bin nur seine Halbschwester. Von dem Teil der Familie hatte ich nichts zu erwarten.«
»Er hat alles gekauft und war mit einem Mal der Chef?«
»Ja, sicher. Alle wollten das so. Und die, die es nicht wollten, sind weggegangen. Wer sein Projekt unter eigener Regie weiterführen wollte, bekam von Hans-Jochen die Räumlichkeiten vermietet.«
»Klingt nach Ausverkauf der Ideale.«
»Ach, Ideale, die ändern sich doch im Laufe der Zeit. Hat man nichts, will man die Unterstützung anderer, hat man was erreicht, will man nicht mehr, dass jemand einem reinredet. Das ist der Gang der Welt.«
»Aber bei dieser Entwicklung gibt es immer einige, die dann als Verlierer dastehen. Paul Wenner zum Beispiel wohnt im Keller und lebt von der Hand in den Mund.«
Sie lachte abfällig. »Das ist seine eigene Schuld. Er hat ja auch eine Erbschaft gemacht. Aber die musste er ja irgendwohin in die Dritte Welt spenden. Weil er es als unmoralisch empfand, nicht selbst Erarbeitetes zu besitzen. Jedenfalls war das der vorgeschobene Grund.«
»Vorgeschoben?«
»In Wahrheit befand er sich in einer schrecklich destruktiven Phase.«
»Weil Sie ihn nicht erhört haben.«
»Ich? Nein, mit mir hat das nichts zu tun.«
»Mir scheint, Paul verzehrt sich geradezu nach Ihnen.«
Sie lachte laut auf. »Nach mir? Ach Gott, das sollte er doch wirklich besser wissen. Im Übrigen ist es ganz egal, was manche Leute hier in der Nachbarschaft so erzählen. Ich bin für ihn doch nur eine Ersatzprojektionsfläche. Diese Vera, die hat ihm den Boden unter den Füßen weggezogen damals. Und seither ist er nicht mehr so richtig auf die Beine gekommen. Hier, das ist sie.«
Sie deutete auf das Foto eines jungen Mädchens mit langen, dunklen Haaren, sinnlichen Lippen und einem provokanten

Blick. Sie sah aus, wie viele Mädchen heutzutage auch aussehen. Für einen Mann wahrscheinlich verführerisch. Und ein bisschen zu frech.

»Die kam aus einer gescheiterten Familie. Gut situiert, bürgerlich, irgendwo in Süddeutschland. Wahrscheinlich ein gestörtes Verhältnis zu den Eltern. Und damit zu Älteren überhaupt, besonders zu Männern. Aber wer weiß, ob ihr das klar war, dass sie durch ihre Gegenwart, durch so eine bestimmte Art, die Männer provoziert hat. Die wollten sie alle beschützen. Und was das heißt, wissen wir ja. Alle sind sie ihr hinterhergestiegen. Sie hat beinahe die Ehe von Hans-Jochen und Ernestine kaputt gemacht, das Verhältnis von Ernestine und Kristian zeitweise gestört und Paul in tiefste Depressionen gestürzt. Er wollte sie wahrscheinlich retten oder so. Die haben viel gemeinsam unternommen. Und Paul hat immer abgelehnt, daraus eine sexuelle Beziehung zu machen. Dann wollte er doch, aber da war es für Vera unmöglich geworden. Es gab viele Tränen und Vera lief davon. Später kam sie wieder und hat ihn links liegen gelassen. Das hat ihn beinahe umgebracht. Sie hat sich dann andere Vaterfiguren gesucht. Sie wäre mal besser zu mir gekommen.«

»Sie waren also auch von ihr fasziniert?«

»Ich bin von allen hübschen Mädchen und Frauen fasziniert.«

Ich spürte ihren Oberschenkel an meinem.

»Männer wollen besitzen, vereinnahmen, eindringen in eine Person, sie mit dem eigenen Ego erfüllen. Es heißt doch erobern. Eroberung ist ein kriegerisches Wort. Wenn Männer lieben, ist das Krieg. Frauen haben aber ganz andere Interessen.«

Ich gab ihr das Album zurück und stand auf: »Können Sie eigentlich Auto fahren?«

»Auto fahren? Natürlich kann ich Auto fahren.«

»Können nicht alle. Paul Wenner zum Beispiel sagt, er kann es nicht mehr.«

»Paul ist ein Versager, auf allen Gebieten«, sagte sie.

»Diesen Volvo, den Ihr Bruder mal fuhr – haben Sie sich den mal ausgeliehen?«

»Den Schneewittchensarg? Nein, Hans-Jochen hat ihn nie weggegeben. Bis er ihn verkauft hat.«

»An wen denn?«

»An Viktor.«
»Welchen Viktor?«
»Viktor Kalenko.«
»Kalenko? Den Chef der Hamburg-Altona Entwicklungsgesellschaft?«
»Die gab's ja damals noch nicht. Damals hat er noch kleine Brötchen gebacken. In seinem Pressebüro. Das war so eine Art PR-Agentur. Hat er sich da hinten in dem Haus eingerichtet, das abgerissen wurde.«
»Da, wo auch Paul Wenner wohnte.«
»Ja, ja. Viktor hatte das Dachgeschoss, aber nur für seine Agentur. Paul beklagte sich immer darüber, dass da bis spät in die Nacht gearbeitet wurde. Aber das ist lange her. Viktor sitzt jetzt mit seiner Firma in einem Betonsilo drüben in ...«
»Ich weiß. Danke für die Informationen.« Ich wandte mich zum Gehen.
»Bleib doch noch«, sagte Hanni Heissing.
Das Fotoalbum fiel polternd auf den Fußboden.

SECHSUNDZWANZIG

Auf dem Weg durchs Treppenhaus nach unten rief ich bei der H.A.E.G. an, meldete mich unter falschem Namen und verlangte Viktor Kalenko.
»Da müssen Sie aber früher aufstehen, Frau Rabe, ich erkenne Ihre Stimme«, sagte Eirin Schleiz hochnäsig. »Wie ich von Herrn Kalenko hörte, haben Sie den Auftrag storniert. Ich hoffe, Sie denken auch daran, den Vorschuss zurückzuzahlen.«
»Nach Abrechnung aller Kosten und Spesen, Frau Schleiz. Auf Wiederhören.«
Irgendwie würde ich den Kerl trotzdem noch mal zu fassen kriegen.
Unten auf dem Gehsteig stand Ines Struwe auf einer Leiter und beschnitt die Rosenstöcke, die rechts und links des Eingangs wucherten.

»Ach, sieh an, Sie streichen ja immer noch hier herum«, sagte sie. »Guten Tag.«
»Tag, Frau Struwe, ich dachte, Sie dürfen nur hinten im Garten ihr kleines Fleckchen beackern.«
»Na ja, hier vorne kümmert sich ja niemand. Und wenn die Zweige mit den Dornen weit auf den Weg ragen, könnte das zu Verletzungen bei Passanten führen.«
»Sagen Sie mal, Frau Struwe, kannten Sie eigentlich diesen Viktor Kalenko, der hier mal ein Büro hatte?«
»Viktor? Ja, natürlich. Der gehörte doch eine Zeitlang dazu. Dann hat er sein Büro im Hinterhaus eingerichtet. Niemand hat geglaubt, dass er Erfolg damit hat. Alle hielten ihn für einen Schwätzer. Aber es scheint Berufsfelder zu geben, in denen so was gefragt ist.«
Sie stieg von der Leiter und griff nach der bereitstehenden Gießkanne, um die Rosenstöcke zu wässern. Dann deutete sie auf die Leiter.
»Könnten Sie mir kurz helfen, die Leiter nach hinten in den Garten zu tragen, ich muss da auch noch was schneiden.«
Ich klappte die Leiter zusammen und schleppte sie hinter ihr her durch die Einfahrt in den Innenhof und über den Rasen hinweg bis zur Hauswand, vor der ihr Beet lag.
Nachdem ich sie abgestellt hatte, fragte ich: »Dieser Kalenko, der hat ja offenbar Hans-Jochen Heissing den Volvo abgekauft.«
»Sie meinen den kleinen Sportwagen? Ja, stimmt, er fuhr eines Tages damit hier vor und ich wunderte mich, dass Hans-Jochen ihn überhaupt auslieh.« Sie stellte die Gießkanne ab, ließ ihren Blick über den Garten schweifen, hinüber zum Garagenhof, zu den Überresten des abgebrochenen Hauses und dachte kurz nach. Dann schüttelte sie den Kopf: »Aber Viktor hat ihn nicht gekauft. Der wollte ihn unbedingt, aber er konnte ihn nicht bezahlen. Darum gab es Streit, weil Viktor Hans-Jochen eine Ratenzahlung angeboten hat, aber der wollte alles auf einmal. Da ist dann Karl eingesprungen und hat den Wagen für Viktor gekauft und der sollte ihn dann bei Karl abstottern. Was für ein Aufwand nur wegen diesem verdorbenen Gör.«
»Wie bitte?«
»Na, weil Viktor der kleinen Schlampe imponieren wollte. Mit

dem Wagen. Aber dann hat sich der ganze Aufwand eben doch nicht gelohnt, die Kleine hat sich nämlich auf einmal an Karl rangehängt. Und dann hat der wieder den Volvo gefahren.« Ihr Blick verdüsterte sich. »Die haben Ausflüge gemacht. Sie hat an Karl geklebt wie eine Klette. Und was der nun eigentlich an ihr fand, weiß ich nicht. Aber Jugendlichkeit ist ja wohl immer ein Argument und ein leeres Geheimnis hinter einem Vorhang dunkler Haare und Alabasterhaut gepaart mit naiver Flittchenhaftigkeit. So raffiniert muss man erst mal sein.«

»Vera wäre heute viel älter«, sagte ich. »Wer weiß, was aus ihr geworden wäre.«

Ines Struwe griff nach der Heckenschere und ließ sie schnippen, als wollte sie imaginäre Äste oder Gliedmaßen abschneiden: »Sie war damals halb so alt wie ich. Und hat mir meine Liebe gestohlen. Nur weil sie jünger war. Und niedlich. Und scheinbar hilfsbedürftig.« Sie lachte abfällig. »Ich wollte immer stark sein und den Männern mit meiner Stärke imponieren. Das war kontraproduktiv. Hätte ich eigentlich wissen müssen.«

»Was heißt jetzt, Vera hat Ihnen Ihre Liebe gestohlen? Sie meinen Karl?«

»Karl Hinrich Blaustein, der sich selbst Karl X nannte, der tolle Hecht. Ja. Mit ihm hatte ich Pläne geschmiedet. Wir wollten nach Papua-Neuguinea. Zu Forschungszwecken. Vielleicht auch, um was Anderes, was Neues auszuprobieren. Uns ausprobieren in einem ganz anderen Rahmen, ohne den ganzen kulturellen Ballast der westlichen Zivilisation. Nur ein Mann und eine Frau und die Natur und eine natürlich gewachsene Gemeinschaft, nicht diese kalten sozialen Mechanismen, denen wir hier ausgeliefert sind.«

»Aber daraus wurde nichts?«

»Nein. Ha! Es war wirklich ironisch. Statt mit mir in die Südsee ging er mit Vera in die Disko!«

»Wie haben Sie darauf reagiert?«

Sie lachte hämisch. »Mit Voodoo-Zauber.«

»Wie bitte?«

»Haben Sie schon mal vergeblich geliebt? Sind Sie schon mal so sehr von einem anderen abhängig gewesen, dass Sie in Ihrer Verzweiflung an nichts anderes mehr denken konnten?«

»Nun ja.«
»Kann ja noch kommen. Aber ich wünsche es Ihnen nicht. Verzweiflung setzt alle logischen Gedankengänge außer Kraft. Ich habe mir ein kleines Automodell gekauft. So ein Spielzeug für Kinder oder was weiß ich, für Sammler. Einen Volvo P 1800 ES. So groß war der ungefähr.« Sie deutete eine Länge von etwa zwanzig Zentimeter an. »Dann hab ich Püppchen gebastelt, eine für Vera, eine für Karl.« Sie lachte verlegen vor sich hin. »Ich kann's kaum noch glauben.«
»Und was haben Sie dann damit gemacht?«
»Versenkt. Wir hatten damals einen kleinen Teich hier im Hof. Da drüben, wo das Beet so ein Stück vom Rasen wegnimmt. Mit Goldfischen drin und einem Springbrunnen. Die sind dann eingegangen, der Springbrunnen versiegte und der Teich verschwand wieder. Eine typische Hans-Jochen-Aktion – viel Aufwand und dann schlecht realisiert. Jedenfalls war er schon ziemlich veralgt und trübe. Da hab ich dann den Wagen reingeworfen. Wohl in der Hoffnung, dass die Insassen des echten Volvo in die Elbe rasen würden oder so. Wie gesagt, ich war nicht mehr ganz zurechnungsfähig. Und dann bekam ich Angst vor der eigenen Courage, falls man das Wort Courage in diesem Zusammenhang überhaupt benutzen kann. Mitten in der Nacht bin ich dann aufgestanden und in den Garten und hab das Auto wieder rausgefischt. Aber es war nur noch eine Figur drin. Die von Vera.«
Sie schaute an mir vorbei Richtung Abbruchhalde oder darüber hinweg hinauf zum Blau des Himmels. Ihre Mundwinkel zuckten leicht.
»Ich hab dann am anderen Tag versucht, die zweite Figur wiederzufinden, aber vergeblich. Was für ein Unfug! Aber so etwas tun Menschen dann und wann. Da Voodoo-Zauberei in unserer Kultur kein strafrechtlicher Tatbestand ist, kann man mich, hoffe ich, für den Tod von Vera nicht verantwortlich machen.«
Ich schaute sie an. Ines Struwe wirkte überhaupt nicht wie eine, die so einen Unsinn machte.
»Was glotzen Sie denn so?«, fuhr sie mich an. »Was ist das überhaupt für ein lächerlicher Beruf, den Sie ausüben? Leute ausfragen über längst vergangene dumme Vorfälle, die keine Be-

deutung haben! Jetzt gehen Sie endlich und lassen Sie mich in Ruhe!«

Ich dankte ihr und verließ das Grundstück, während sie wütend mit der Heckenschere auf die Rosenstöcke losging, die sich an der Hauswand emporrankten.

SIEBENUNDZWANZIG

Ich fuhr mit dem Peugeot kurz auf dem Garagenhof vorbei, um Schlange das Kästchen mit den Glasscherben zu bringen. Viel Hoffnung, dass sich diese Splitter als Beweismittel in meinem Fall erweisen könnten, hatte ich nicht, aber man soll nichts unversucht lassen.

Immerhin hatte er sich die Überreste der Bombe angesehen. Sein Urteil lautete: »Professionelle Arbeit! Da wusste jemand genau, was er tat.« Das war nicht gerade beruhigend für mich, aber ich bemühte mich, Schlange gegenüber cool zu bleiben.

Anschließend fuhr ich im China-Restaurant von Yun-Fat vorbei und ließ mir die obligatorische Fastenmahlzeit der buddhistischen Mönche zum Mitnehmen einpacken. Yun-Fat machte wieder seine Witze mit mir: Ob ich nicht zur Abwechslung lieber mal Kutteln süß-sauer oder gepeitschte Garnelen oder dreimal verdorbenen Gelbfisch nehmen wollte. Ich lehnte wie immer ab mit Hinweis auf mein religiöses Bekenntnis, worauf er sich verbeugte und zu seiner Lieblingserklärung ansetzte, warum er überlege, zum Christentum überzuwechseln: Eine Religion, in deren Zentrum ein Menschenopfer stünde, könnte ihm neue kulinarische Horizonte eröffnen. Ich versuchte, ihm zu erklären, dass er da was falsch verstanden habe. Das Ganze endete wie immer in einem beiderseitigen Lachanfall und wir spielten Tangram um die Rechnung, ein Ritual, bei dem ich natürlich verlor.

Eigentlich war es jetzt Zeit Feierabend zu machen. Aber während ich am Küchentisch saß und vor mich hinkaute, versuchte ich, mir ein Bild von dieser Vera zu machen. Es wollte mir nicht gelingen. Wie soll man nach zwanzig Jahren einen

Menschen rekonstruieren, den man selbst nicht gekannt hat? Ich hatte nur fragwürdige, unzuverlässige, unzureichende und sehr lückenhafte Informationen von Personen bekommen, die Vera als selbstgefertigtes Klischee in ihrem Kopf abgespeichert hatten. Das war nicht mehr als die Hülle eines Menschen, die da übrig geblieben war. Ein liebes Mädchen, ein Flittchen, eine Verführerin, ein Schneewittchen. Alles nur leere Beschreibungen.
Da war es also wieder, dieses Rätsel: Wo ist die Schönheit eines Menschen zu finden? In seinem Innern? Sensei sagt nein. Es ist alles außen zu finden. Vielleicht hat er ausnahmsweise einmal nicht Recht und es verhält sich so: Du findest das Wesen eines Menschen im Innern eines anderen.
Sensei würde sagen: Sieh dir die Rosen an und versuche, die Schönheit der einen Rose in einer anderen Rose zu finden. Mit welchem Erfolg? Ganz einfach: Es ist die Schönheit der Rose an sich, die man finden kann. Es gibt keine individuelle Schönheit, nur eine allgemeine, weil der Begriff Schönheit allgemein ist. Auf ein Individuum übertragen funktioniert der Begriff nicht, weil er nur im Vergleich funktioniert. Schönheit existiert nur im Vergleich zweier Wesen. Oder man vergleicht etwas Reales mit einer Idee. Dann ist es bestenfalls so, dass die individuelle Schönheit eine Spiegelung der Idee ist, also auch keine Wirklichkeit. Es ist alles nur von außen zu betrachten.
Und Vera? Da war dieses Foto. Auch nur ein Bild. Es wurde von einem Fotoapparat gemacht. Trotzdem ist es nicht wahrer oder wahrhaftiger als die Beschreibung aus der Erinnerung. Eine hundertstel Sekunde im Leben von sechzehn oder siebzehn Jahren. Wie groß sind die Chancen, dass es eine der vielen Millionen Hundertstelsekunden war, in der Vera wie Vera aussah und nicht wie irgendeine andere?
Vera ist verschwunden. Sie ist also nicht mehr zu fassen. Ich versuche, den Mord an einem Phantom aufzuklären. Was für einen Sinn soll das machen? Der Täter ist wahrscheinlich auch nicht wirklich fassbar, auch nur die Reflexion der Idee eines bösen Menschen, der die Idee eines anderen Menschen ausgelöscht hat …
Ich stocherte im kalt gewordenen Essen herum. Ein eisiges Gefühl kroch mir den Rücken hoch. Wenn du jetzt in den Spiegel

schaust, Lenina, was siehst du dann? Vielleicht bleibt der Spiegel leer? Dann liegt es nur am Spiegel, oder? Der kleine Sensei in meinem Ohr fing an zu kichern: Wenn du dein Spiegelbild suchst, Leni, sagte er fröhlich, dann geh doch einfach um den Spiegel herum und schau mal, ob es dahinter zu finden ist!
Ich stand auf und ging zum Schreibtisch, nahm mir ein Blatt Papier und einen Stift und versuchte, eine Skizze von Vera anzufertigen. Vera ohne Nachnamen. Als ich fertig war, schrieb ich »Vera X« darunter.
Das Telefon klingelte. Schlange war dran.
»Hallo Ferdinand, jetzt sag bloß, du weißt schon ...«
»Es ist ein absolut idiotisches Unterfangen, anhand einiger weniger Glassplitter ein Automodell zu identifizieren.«
Es ist absolut unmöglich, anhand einiger weniger Erinnerungssplitter einen Menschen zu identifizieren, dachte ich. Und überhaupt, gab es ein Modell Vera?
»He, Leni, hörst du mir zu?«
»Was ist denn?«
»Wenn du noch dran bist, sag ruhig mal so was Schlichtes wie ja, okay? Ich sagte gerade ... hörst du zu?«
»Ja.«
»Ich sagte gerade, es ist ein absolut idiotisches Unterfangen, anhand einiger weniger Glassplitter ein Automodell zu identifizieren, aber es ist mir dennoch gelungen.«
»Ja, bei Autos ist das leicht zu machen.«
»Leicht zu machen? Ich musste mit dem Mikroskop ran, um dieses Muster überhaupt erkennen zu können.«
»Welches Muster denn?«
»Der Aufdruck. Schwedisches Sicherheitsglas. Trempex. Ganz bestimmter Schriftzug. Überreste dieser Silhouette eines angriffslustigen Stiers, das Firmenlogo. Und so wie die hier aussieht, gehört die zu diesem speziellen Modell. Da war ja die ganze Heckklappe einfach nur aus Glas. Ich hab's hier mit 'nem Fachmann besprochen. Mit an Sicherheit grenzender Wahrscheinlichkeit gehörten diese Glassplitter, die du mir gegeben hast, einmal zur Heckklappenverglasung bei einem Volvo P 1800 ES. Hilft dir das jetzt weiter?«
»Na klar«, antwortete ich mechanisch. »Mit an Sicherheit gren-

zender Wahrscheinlichkeit bringt mich das jetzt ein ganzes Stück weiter.«
»Dann hab ich was bei dir gut.«
»Na klar, Ferdinand.«
»Aber denk nicht, dass es reicht, mir mit meinem Vornamen zu schmeicheln.«
»Nein, Ferdinand.«
»Okay, also bis dann.«
Ich legte auf und der Apparat klingelte sofort wieder. Steve war am Apparat. Mit meinem Feierabend schien das heute nichts zu werden.
»Hallo, Steve, was kann ich für dich tun?«, fragte ich müde.
»Frag nicht, was du für Steve tun kannst, sondern frage lieber, was Steve schon für dich getan hat.«
»Du hast was für mich getan?«
»He, wie klingt das denn jetzt? Hast du mich nun gebeten, dir einen Termin mit Jens Jensen zu vermitteln?«
»Oh, ja, klar, das hatte ich vergessen.«
»Als du mich gefragt hast, klang es wichtig.«
»Ja, wahrscheinlich könnte es wichtig sein.«
»Du hast eine seltsame Art, die Arbeit anderer Leute wertzuschätzen.«
»Entschuldige, Steve, ich hatte einen anstrengenden Tag.«
»Der wird noch anstrengender für dich. Du sollst Jens Jensen um 23 Uhr unten am Anleger Neumühlen treffen. Du weißt schon, auf dem Ponton.«
»Ja, ich weiß.«
»Viel Glück.«
»Danke, kann ich gebrauchen.«
Ich legte im gleichen Moment auf, als der Gong an meiner Bürotür ertönte. In meinem psychischen Zustand war das, was hier stattfand, kalter Terror.
Ich schlurfte zur Tür, schob sie träge auf und hoffte auf einen leeren Spiegel.
Meine Hoffnung wurde fast erfüllt. Es war Susi. Viel Schminke, wenig Textil. Aber eigenartigerweise nicht aufgedreht, überschwänglich oder fröhlich.
»Hallo, Leni. Entschuldige, dass ich so reinplatze, aber ich hat-

te kurz angerufen und es war besetzt, da dachte ich, du bist da und wollte nur kurz …«
»Komm rein.«
»Ja, aber ich muss gleich wieder weg. Wir fahren zusammen mit dem letzten Zug nach Berlin. Also Annie und ich. Sie muss hier raus. Aus der Stadt, meine ich. Das mit dieser Bombe hat ihr ganz schön zu schaffen gemacht. Sie wäre auch gern gekommen, aber sie meint, sie schafft das nicht hierher –« Sie schaute sich um. »Ist ja alles schon wieder in Ordnung gebracht.«
»Ja. Tom hat das –«
»Ich treff mich mit ihr am Bahnhof. Haben wir so verabredet. Nadine bringt sie hin. Ich muss nur noch mal eben ein paar Sachen bei einem Freund abholen.« Sie lachte. »Na ja, bei dem Typen von neulich, aber der ist wahrscheinlich auch froh, wenn er mich los ist. Nett, aber, hm. Beruht wohl auf Gegenseitigkeit. Eigentlich schade, dass wir nicht so viel zusammen machen konnten, aber du bist ja hier irgendwie … eingespannt.«
»Ist halt mein Beruf.«
»Meint Nadine auch. Hast uns sozusagen was voraus, auch wenn's ein komischer Beruf ist. Für mich wäre das nix, aber egal –«
»Ja, egal.«
Wir waren quer durch den Raum gegangen und am Schreibtisch angekommen. Susi schaute interessiert auf die Zeichnung, die dort lag.
»Oh, ein Selbstporträt. Ich wusste gar nicht, dass du so gut zeichnen kannst.«
»Das ist kein Selbstporträt, das ist das Bild einer Toten.«
»Oh, äh, willst du nicht mitkommen zum Bahnhof? Annie tschüß sagen und so?«
»Ich hab noch einen schwierigen Termin heute Abend. Das ist nicht so günstig.«
»Dachte ich mir schon. Egal …«
»Gib ihr einen Kuss von mir, okay?«
»Ja, gut.« Sie trat unschlüssig von einem Fuß auf den anderen. »Also dann zisch ich mal lieber ab. Hoffe nur, dass Jannik mir keine Szene macht. Er war ja sozusagen die vorletzte Station.«
»Mach's gut, Susi.«

»Ja, also, tschüß. Wenn du mal in Berlin bist, kommst du vorbei, ja?«
»Klar.«
»Wir sehen uns dann.«
Küsschen, Küsschen. Ich begleitete sie zur Tür. Sie winkte mir auf dem Treppenabsatz zu und verschwand. Es war klar, dass wir uns eine lange Zeit nicht mehr wiedersehen würden.

ACHTUNDZWANZIG

»God aften, hvordan har du det?«
»Jeg forstar ikke dansk!«
Man ist ja nicht blöd und kann sich verständlich machen, auch wenn man Dänisch nicht versteht. Diesen Satz kann jeder, der mal in Dänemark Urlaub gemacht hat, also jeder Hamburger.
Es war nicht der Fliegende Däne, der da aus dem Nichts auf mich zukam, sondern ein Elbewer mit zwei Masten und drei Segeln. Er näherte sich träge vor dem Hintergrund des Industriehafens, der sein fiebrig wirkendes Nachtlicht über die Elbe zum Anleger Neumühlen schickte. Die Schattenrisse der Containerbrücken, Containerschiffe und Transporter setzten sich von dem ungesund über allem liegenden dunkelgelben Lichtschein ab, und wie immer bei Südwind rummste es laut, und das konnte die ganze Nacht so gehen. Der Südwind brachte nicht nur die Schallwellen vom anderen Ufer mit, sondern auch den fauligen Geruch des Klärwerks, das ein Stück weiter östlich lag. Dieser süßlich-modrige Gestank war wahrscheinlich die schlimmste Plage Altonas. An manchen Tagen legte er sich wie ein ungewaschenes Leichentuch über den Stadtteil und verursachte Brechreiz.
»Altona skal være dansk!«, brüllte der Schatten am Ruder des Ewers mir zu, als das Boot längsseits ging. Der Rumpf rutschte knirschend und quietschend an den Holzbalken des Pontons entlang.
»Na los! Springen Sie rein!«, rief der Schatten.

Ich zögerte. An Land wusste ich mich meiner Haut zu wehren, aber auf den schwankenden Holzbohlen eines Segelschiffs? Er würde im Vorteil sein. Er war sowieso im Vorteil, er hatte sich auf die Situation vorbereiten können, ich nicht. Das war doch von Anfang an klar. Was ist nun, Lenina, bist du wasserscheu? Jens Jensen sah aus wie einer dieser blonden, gebräunten, Pullover tragenden Naturburschen aus der Zigarettenwerbung. Nicht ganz so jung, seine Haare waren grau. Also vielleicht eher Davidoff? Erfahren im Umgang mit Rheumasalbe? Nein, er rauchte Pfeife. Ein echter Seemann also, einer von denen, an dessen Brust sich seekranke Touristinnen auf dem Tagesausflug ins zollfreie Gebiet gern kuscheln würden, wenn sie nicht Angst hätten, dass der raue Pullover ihre zarte Haut röten könnte. Zumeist scheitern solche Romanzen aber an den Gummistiefeln. Man liebt keine Männer in Gummistiefeln, das sind Hemmschuhe der Erotik, vor allem die grünen. Der Vorteil dieser Fußbekleidung war für mich, dass er sich darin nicht besonders flink würde bewegen können.

»Was ist nun? Springen Sie rüber, sonst bin ich wieder weg!«

Der Ewer rammte gegen den Ponton, drüben auf der anderen Seite jaulte eine Sirene.

Ich kletterte über die Bordwand. Das Boot machte einen Ruck, die Segel füllten sich mit Wind und wir verließen den Anleger.

Jens Jensen hob die rechte Hand zum Gruß: »Hallo, Lenina Rabe! Willkommen auf der ›Prinz von Dänemark‹!«

»Sind Sie auch noch königstreu?«, rief ich ihm zu.

Er lachte. »Ich kann den Ewer in ›Hamlet‹ umtaufen, wenn es Ihnen lieber ist.«

»Ich hatte eigentlich ein Wikingerboot erwartet, Herr Jensen.«

»Dann wären wir nicht allein gewesen. Da muss ja gerudert werden. Aber ich besitze sowieso nur diesen Ewer hier. Hochseetauglich ist er allemal.«

»Falls es Zeit wird, ins Exil zu gehen.«

»Ganz recht.«

Wir erreichten die Mitte des Stroms und fuhren elbabwärts. Ich kletterte über einige zusammengelegte Taue und ein paar Kisten und stellte mich neben ihn. Sein Pfeifenrauch roch nach Va-

nille. Immerhin besser als der Modergeruch der Großstadt, der uns noch immer verfolgte.
Wir musterten uns kurz. Mehr als Bartstoppeln, grau glänzende Haare, eine Gummihose und die unvermeidlichen Stiefel fielen mir nicht an ihm auf. Der Mann sah aus wie ein Hobbysegler aus dem Museumshafen, wie ein leitender Angestellter auf dem Wochenendtrip in die kleine Freiheit. Und das sollte Jens Jensen sein, der Provokateur, der die halbe Stadt in Atem hielt mit seinen irrwitzigen Aktionen?
Seine Gesichtszüge, die im jetzt langsam verblassenden Schein der Hafenbeleuchtung zu erkennen waren, drückten eine ähnliche Skepsis aus: Diese junge Tussi da will eine Detektivin sein? Seine Mundwinkel zuckten amüsiert.
»Also, Lenina Rabe«, sagte Jensen, »was haben Sie mir anzubieten?«
»Wenig«, sagte ich.
Er lachte selbstgefällig und klopfte seinen Pfeifenkopf auf der Reling aus.
»Passen Sie auf, dass Sie sich kein Loch in die Gummistiefel brennen. Dann sind die nicht mehr safe.«
»Wir fahren nicht weit«, sagte er mit missgelauntem Unterton. »Sputen Sie sich. Ich hab noch anderes zu tun.«
»Ich wurde beauftragt, Sie zu finden«, sagte ich.
»Dann haben Sie Ihren Auftrag ja erfüllt. Soll ich gleich umkehren? Wollen Sie mich ausliefern?«
»Ich wurde beauftragt, Sie zu finden, aber ich habe den Auftrag zurückgegeben.«
»Was haben Sie dann hier auf meinem Schiff verloren?«
»Meine Auftraggeberin war eine verschwiegene Sekretärin namens Eirin Schleiz.«
»So, so«, sagte er desinteressiert.
»Ihr Chef wollte im Hintergrund bleiben, aber ich fand dann doch heraus, wer es eigentlich ist: Viktor Kalenko.«
»Und?«
»Sie kennen ihn?«
»Ja, ja. Und nun? Sollen Sie mir was ausrichten?«
»Nein, ich habe ja den Auftrag zurückgegeben. Außerdem wollte er wohl, dass ich ihm helfe, Sie verhaften zu lassen.«

»Und das wollen Sie jetzt nicht mehr?«
»Weiß ich noch nicht. Immerhin haben Sie mich wie eine Feindin behandelt und versucht, mir Angst einzujagen.«
»Was habe ich?«
»Mich angegriffen. Einmal mit einem Messer, dann mit Drohparolen, dann mit einer Bombe.«
»Was ist das denn für ein Unsinn?«
»Leugnen Sie ruhig, wenn es Ihnen peinlich ist. Es war ja auch eine kurzsichtige Strategie. Nicht jeder lässt sich durch so was ins Bockshorn jagen.«
»Was reden Sie denn da! Ich habe bislang überhaupt nichts mit Ihnen zu tun gehabt!«
»Ach ja? Und wer war der vermummte Attentäter, der sich mit einem Messer in der Hand und dem Ausruf ›Das ist mein Fall!‹ auf mich gestürzt hat? Wer hat meine Bürotür verschmiert und die Bombe mit der roten Farbe geschickt?«
»Ich nicht. Jetzt machen Sie aber mal einen Punkt. Ich bin doch kein Irrer! Was sind denn das für Unterstellungen?«
Ich blickte schweigend auf das schwarze, gelegentlich silbrig aufblitzende Elbwasser. Warum leugnete er? War er so feige?
»Ich verstehe nicht, warum Sie mir mit so einem Quatsch kommen. Mir wurde gesagt, Sie hätten Informationen für mich. Und jetzt so was. Das ist ja lächerlich!«
»Es geht ja nicht um mich. Sie haben sich eigentlich eine andere Zielscheibe ausgesucht. Warum setzen Sie alles daran, Viktor Kalenko und seine Firma zu ruinieren?«
Jensen lachte. »Ist es das, was er meint?«
»Er hält es geradezu für einen persönlichen Angriff.«
»Das soll er mal tun, der alte Opportunist!«
»Warum haben Sie ihn sich denn als Feind ausgesucht?«
»Ihn als Feind ausgesucht? Darum geht es uns doch gar nicht! Ich hab Sie für intelligenter gehalten.«
»Wer ist ›uns‹?«
»Die Befreiungsfront!«
»Ehrlich gesagt kapiere ich nicht, was so toll daran sein könnte, die Hälfte dieser Stadt wieder an Dänemark anzuschließen. Bloß weil Altona mal zu Dänemark gehörte? Das ist immerhin

noch eine Monarchie! Und die jetzige Regierung ist alles andere als ausländerfreundlich.«
»Es geht doch überhaupt nicht um Dänemark«, sagte er unwirsch.
»Ach nein? Um was denn?«
»Es geht darum, Situationen zu schaffen, die den Gang der Welt unterbrechen. Sand ins Getriebe zu streuen. Die Zahnräder zu stoppen. Wenigstens für eine kurze Zeit. Besser wäre noch, man könnte Entwicklungen aufhalten, das System sabotieren. Dafür ist jedes Mittel Recht.«
»Auch Bomben?«
»Bomben! Quatsch! Wir legen keine Bomben. Wir beherrschen die Kunst der subtilen Sabotage. Sie sehen doch, dass wir Erfolg haben. Wir haben die Scheinheiligen im Altonaer Rathaus zum Zittern gebracht und wir werden es schaffen, den Senatoren von Hamburg den Teppich unter den Füßen wegzuziehen. Vielleicht schaffen wir es sogar, die Staatsmaschine empfindlich zu beschädigen. Vielleicht ist es ja irgendwann aus mit der Freien und Hansestadt Hamburg!«
»Und das ist Ihr Ziel? So wenig Konstruktives und so viel Aufwand?«
»Unsere Subversion ist ein Kunstwerk! Der Prozess der Provokation ist die Verwirklichung der individuellen Freiheit. Mehr ist in diesen Zeiten nicht mehr möglich, wenigstens dieses Kampfmittel muss gepflegt werden!«
»Und der Zweck des Ganzen?«
»Das Mittel ist der Zweck. Das Ziel ist die Unterbrechung. Die Totalität der herrschaftlichen Zwänge muss jeden Tag aufs Neue in Zweifel gezogen und angegriffen werden! Wie sonst sollen wir noch atmen können in dieser Welt totaler kapitalistischer Hermetik?«
»Subversion als Kunstwerk? Ist das alles nur eine Spaßinszenierung?«
»Ha!« Jensen legte das Ruder um und der Ewer brach nach Backbord aus. Beinahe wäre ich umgefallen, konnte mich aber noch an der Takelage festhalten. Die Segel flatterten, das Boot erzitterte. »Das ist kein Spaß!«, rief Jensen aus. »Das ist bitterer Ernst! Die einzige Möglichkeit, eine richtige Existenz im

Falschen zu haben. Von echtem Leben kann man ja nicht mehr sprechen. Aber vom lebendigen Kampf für die Freiheit des Individuums im Kollektiv der Subversiven!«

»Aber was hat das alles mit Dänemark zu tun?«, fragte ich begriffsstutzig.

»Haben Sie das immer noch nicht kapiert?«

»Nein.«

Jensen lachte vor sich hin. Eine Weile hatte er damit zu tun, seine flatternden Segel zu zähmen. Er befahl mir, eine Leine zu lösen, um das Segel am Besanmast zu reffen. Es fiel in sich zusammen. Er fluchte und wies mich an, das Ruder zu halten. Nachdem er den widerspenstigen Stoff gebändigt hatte, übernahm er wieder das Steuer und begann gegen den Wind zu kreuzen.

Als das Boot wieder auf Kurs war, begann er seine Pfeife zu stopfen und zündete sie sich schließlich an.

»Die Hamburg-Altona Entwicklungsgesellschaft ist eine der vielen Speerspitzen des entfesselten Kapitalismus. Die Truppen dieses menschenverachtenden, dummen und kranken Mechanismus stehen überall und kämpfen mit allen Mitteln um die totale Weltherrschaft.«

Diese Parolen kannte ich. Nadine benutzte mitunter ähnliche Formeln, wenn sie mir zu erklären versuchte, was sie antrieb, und mir vorwarf, ich würde mich »hinter einem Nebel pseudophilosophischer Kontemplation vor der Wahrheit verstecken«. So hat sie es tatsächlich mal ausgedrückt. Auch wenn eine Menge Wahrheit darin steckt, kommen mir diese Slogans manchmal wie religiöse Beschwörungsformeln vor. Die richtigen Inhalte in die falschen Fässer zu füllen, war meiner Ansicht nach nicht wirklich der ideale Weg.

»Ist das nicht ein bisschen zu viel der Ehre für so ein kleines Licht wie Viktor Kalenko?«, fragte ich.

»Ein kleines Licht vereint sich mit anderen kleinen Lichtern und irgendwann brennt es an allen Ecken und Enden. Um was geht es denn? Darum, es ihnen schwer zu machen. Wenn solche Würstchen wie Viktor Kalenko glauben, sie könnten einen ganzen Stadtteil für die Freibeuter des globalen Einheitskapitalismus freischießen, dann muss dagegen was getan werden – und sei es mit dänischen Mitteln!« Er lachte. Auf die Sache mit der

Dänischen Befreiungsfront schien er ja mächtig stolz zu sein.
»Wo ist denn eigentlich das Problem?«, fragte ich.
»Die H.A.E.G. wurde von einer Investorengruppe beauftragt, das Viertel zu säubern, damit sich Markenartikel-Boutiquen, Supermarktketten und Franchising-Unternehmen dort breit machen können. Das heißt: Zurückdrängen unbequemer sozialer Initiativen, Säuberung der Straßen von sogenannten asozialen Elementen, Etablierung der Einheits-Eventkultur, Ausmerzung rebellischer oder eigenwilliger Kunstformen, Einrichtung uniformer Kaufrausch-Zonen für uniforme Schein-Individuen in uniformer Kleidung – nur ein weiterer Mosaikstein im Puzzle der totalen Kapitalisierung. Dagegen muss man sich stellen!«
Wir näherten uns wieder dem Anleger von Neumühlen. Die Silhouette des ehemaligen Kühlhauses, das nun sinnigerweise ein Altersheim beherbergte, hob sich vom dunkelgrauen, leicht rötlich schimmernden Himmel vor dem Elbhang ab. Der historische Eisbrecher am Anleger davor träumte vom Packeis jenseits des Polarkreises und die Segelschiffe des Museumshafens wiegten mit ihren Masten hin und her. Drüben unter den Containerbrücken jaulte und krachte es noch immer. Offenbar hatte sich der Wind gedreht und kam jetzt aus Südwest, jedenfalls war der Modergeruch verflogen.
»Und was tun Sie nun mit diesen Informationen?«, fragte Jensen.
»Keine Ahnung, ich arbeite ja eigentlich nicht mehr an diesem Fall.«
»Warum mache ich mir denn dann die Mühe, Sie hier über die Elbe zu schippern?«
»Vielleicht wissen Sie ja schon, dass es mir um etwas anderes geht, um etwas, das immerhin mit Viktor Kalenkos Vergangenheit zu tun hat und mit der von einigen anderen Leuten, die schon sehr lange hier im Viertel ansässig sind. Ist Ihnen die alte Sozialfabrik ein Begriff?«
»Ja, ja.«
»Dort wurden die Überreste einer Leiche unter dem Keller eines Abbruchhauses gefunden.«
»Ich hab davon gehört.«
»Kalenko hatte in dem Haus sein erstes Büro.«

»Und?«
»Kalenko hat Angst vor Ihnen.«
»Aus gutem Grund.«
»Nur wegen Ihres dänischen Mummenschanzes? Das glaube ich nicht.«
Der Ewer rammte ein wenig zu heftig den Anleger. Ich verlor das Gleichgewicht und fiel auf eine Taurolle. Wieder ertönte das knirschende Quietschen von Holz auf Metall. Das Boot erzitterte, als es von den Wellen hochgehoben und erneut gegen den Ponton gedrückt wurde. Als ich wieder Halt fand und mich nach oben stemmen wollte, hörte ich Jensen rufen: »He!« Und dann stürzte er auf mich zu. Im gleichen Moment bemerkte ich einen Schatten, der über den Anleger auf den Ewer zurannte, eine vermummte Figur in Schwarz. Sie kam mit großen Schritten näher und sprang mit einem mächtigen Satz an Bord, direkt gegen Jensen und stürzte mit ihm zu Boden. Ich hörte einen dumpfen Aufprall und das Ächzen und Stöhnen von zwei miteinander ringenden Menschen.
Ich rappelte mich hoch.
Die vermummte Figur hockte auf Jensen und schlug seinen Kopf gegen die Bordkante. Dann hob sie die Hand und etwas Helles blitzte im Schein der funzeligen Laterne auf dem Anleger auf.
Ich stürzte mich auf den Schatten. Ich wollte ihm das Messer entwinden, stellte aber erstaunt fest: Das ist eine Frau! Hatte Nadine Recht gehabt mit ihrer Vermutung? War dies die hinterhältige Angreiferin, die mich verletzt hatte? Unwillkürlich wollte ich ihr die Maske vom Kopf reißen. Das war ein Fehler, meine Bewegungen waren unkoordiniert, ich verfolgte keinen Plan.
Immerhin ließ sie von Jensen ab. Ich trat zwei Schritte zurück. Sie wandte sich mir zu und zischte: »Finger weg davon, das ist mein Fall, du kleines Biest!« Dann stürzte sie sich mit dem Messer auf mich.
Wenn dein Angreifer von vorn kommt und wenn er sich darauf beschränkt, eine einzige Waffe in der Hand zu führen, ist das für dich kein Problem, wenn du die entsprechende Übung kennst, um den Angriff ins Leere gehen zu lassen. Das Schwierige in dieser Situation waren das schwankende Boot und die Hindernisse auf dem Deck. Ich konnte keine Bewegung zu Ende

führen, weil ich darauf achten musste, nicht das Gleichgewicht zu verlieren.
Sie war flink genug, immer wieder rasch aufzustehen, um einen erneuten Angriff zu wagen. Wir standen am Bordrand des Ewers. Das Boot war noch nicht vertäut und drehte vom Anleger weg. Ich legte es darauf an, meine Gegnerin auf mich zukommen zu lassen, um sie dann über die Bordkante ins Wasser zu schicken. Verschiedene Bewegungen – das Boot schaukelte heftiger als erwartet, die Angreiferin stolperte, ich geriet für zwei Sekunden aus dem Gleichgewicht – bewirkten dann, dass ich sie mit knapper Not kopfüber auf die Planken werfen konnte, um mich dann, als ich merkte, dass das Boot den Anleger verließ, umzudrehen und mit einem riskanten Sprung ganz knapp den Ponton zu erreichen. Ich rutschte aus und ging zu Boden.
Als ich mich wieder aufrichtete, sah ich, wie Jens Jensen hinkend über die Anlegerbrücke dem Ufer zueilte. Ich stand auf, schaute mich um, sah den Ewer mit der Angreiferin wegdriften, wandte mich wieder um und da war Jensen schon aus meinem Sichtfeld verschwunden.
Ich rannte über die Brücke hinter ihm her, erreichte das Ufer und sah nichts außer einem leeren Parkplatz, einer verlassenen Busstation, die Schattenrisse der Häuser am Elbhang, Müllcontainer, Mauern, Wege. Er hätte nach links Richtung Strand gehen können oder nach rechts und unter die Brücke oder geradeaus die Treppen am Hang hinauf. Oder in einen Hauseingang, den Deich entlang, über eine Mauer in einen Vorgarten … Er hatte deutlich gehinkt. Mit einem steifen Bein kommt man nicht schnell voran. Aber es gab viele Versteckmöglichkeiten und wenn er sich hier auskannte, war es hoffnungslos. Ich schaute mich überall um, aber ich entdeckte ihn nirgends.
Den führerlosen Ewer auf der Elbe konnte ich noch sehen. Er trieb flussabwärts. Die Vermummte war nicht zu erkennen. Vielleicht war sie ja mit dem Kopf aufgeschlagen und bewusstlos. Der Ewer entfernte sich weiter vom Ufer.
Ich hockte mich hin, um zu verschnaufen.
Ich horchte und hörte nichts außer dem Wind, den Wellen und dem fernen Lärm des Containerhafens.

NEUNUNDZWANZIG

Auf dem oberen Treppenabsatz vor meinem Büro saß Nadine. Sie sah müde aus, anscheinend hatte sie sich gerade erst wieder aufgerappelt, als die Treppenhausbeleuchtung angegangen war. Die zusammengerollte Jacke, die neben ihr lag, hatte offensichtlich als Kopfkissen gedient.

»Was machst du denn hier, mitten in der Nacht?«, fragte ich.

Sie schaute mich an, runzelte die Stirn und brachte ein dünnes Lächeln zustande. »Wo kommst du denn her, mitten in der Nacht?«

»Arbeit«, sagte ich knapp, während ich den Schlüssel ins Türschloss steckte.

»Das sieht man.«

Die Tür ging auf, ich schaltete das Licht ein und schaute mich um. Niemand da. Es schien auch kein neues Sprengstoffpaket angekommen zu sein.

»Was ist?«, fragte Nadine hinter mir.

»Kann man nie wissen.«

»War alles ruhig hier die letzten zwei Stunden«, sagte sie.

»So lang sitzt du hier schon rum?«

»Ich wusste ja nicht, wo ich dich suchen sollte.«

Ich merkte, dass ich ein wenig zitterte.

»Guck dich mal im Spiegel an«, sagte Nadine.

»Make-up verschmiert?«, fragte ich scherzhaft, während ich zum Küchenspiegel über dem Ausguss ging.

»So könnte man es auch nennen.«

Es war Blut, aus der Nase gelaufen, wie es schien, jedenfalls war keine Verletzung zu sehen. Das ganze Gesicht war verschmiert und auch mein Sweatshirt und die Jacke waren voller Blutspuren.

Nadine nahm ein Handtuch, machte es nass und begann vorsichtig, mir das Gesicht sauber zu tupfen.

»Ist ja nur die Nase«, sagte ich.

»Blut ist Blut. Du schnaufst auch ganz schön.«
Es war mir gar nicht aufgefallen, aber ich atmete wirklich ziemlich schnell. »Kleiner Spurt, um fit zu bleiben.«
»Du hattest doch das Auto dabei.«
»Ist ja schon gut.«
»Zieh mal die Jacke aus. Das Sweatshirt auch. Ist ja total eingesaut.«
Als ich damit fertig war, deutete Nadine auf meine Arme. Da waren rote Stellen, zusätzlich zu dem Verband. So wie sie sich anfühlten, würden sie sich bald blau verfärben.
»Es wäre vielleicht doch besser gewesen, du hättest mich als Backup mitgenommen.«
Ich ließ mich auf den Küchenstuhl fallen. »Mach uns mal einen Tee, ja?«
»Yogi-Tee?«
»Ja, ja.«
»Die beruhigende Mischung.«
Ich sah ihr zu, wie sie den Tee aufbrühte. Ich zitterte noch leicht vor mich hin, dann fing meine Nase wieder an zu bluten, und Nadine gab mir ein Kleenex.
Als der dampfende Tee schließlich im Becher vor mir stand, ging es mir schon wieder besser.
»Gut, dass du da bist«, sagte ich.
»Hmhm.«
»Du hast Annie und Susi zum Zug gebracht.«
»Hmhm.«
»Und Annie hat dir erzählt, dass ich noch einen Termin habe.«
»Ja. Wenn du so was Termin nennst.«
»Wie denn sonst?«
»Schlägerei.«
»Gehört zum Job.«
»Etwas mehr Vorsicht würde auch zu diesem Job gehören.«
Ich nippte am Tee und dachte kurz nach. »Morgen nehm ich dich mit.«
»Okay. Und um was ging es bei dieser Auseinandersetzung?«
Ich beschrieb ihr die Ereignisse an der Elbe.
»Assassina«, sagte Nadine.
»Was?«

»Diese vermummte Attentäterin, die dich schon mal überfallen hat.«
»Aber dieser Angriff galt überhaupt nicht mir, die hat sich auf Jens Jensen gestürzt.«
»Das war vielleicht nur Zufall. Sie wollte dich und er stand im Weg.«
»Nein! Sie wollte ihn mit dem Messer umbringen. Ich konnte es verhindern. Wenn sie es auf mich abgesehen hätte, hätte sie doch warten können, bis ich allein bin.«
»Sie ist mit dem Messer auf Jensen los?«
»Ja.«
»Dann ging es vielleicht um was ganz anderes. Vielleicht war es eine andere.«
»Nein, sie hat wieder diesen Satz gesagt: ›Finger weg davon, das ist mein Fall!‹«
»Was ist denn an dieser idiotischen Sache mit der Dänischen Befreiungsfront dran, dass jemand mit Waffengewalt gegen dich und diesen Jensen vorgeht? Das ist doch total unlogisch – ich kapier's jedenfalls nicht.«
»Logisch wäre es, wenn die beiden Fälle irgendwie zusammengehören.«
»Wie das denn?«
»Kalenko, der Chef von Eirin Schleiz, die mich beauftragt hat, Jens Jensen zu finden, gehörte mal zu den Leuten aus der Sozialfabrik. Er hatte sogar mal ein Büro dort, und zwar in dem Hinterhaus, das abgerissen wurde und unter dem man die Leiche von Vera gefunden hat.«
»Viktor Kalenko, dieser eiskalte Schacherer von der H.A.E.G.? Der war mal im linken Milieu aktiv?«
»Das ist eine Tatsache. Er hat sich dann allerdings von seinen sozialistischen Idealen verabschiedet und ist Unternehmer geworden.«
»Da ist er nicht der Erste.«
»Aber wo kommt diese Attentäterin her? Das kann doch nicht Eirin Schleiz gewesen sein. Warum sollte sie mir einen Auftrag geben und mich dann von den Nachforschungen abhalten wollen? Das macht keinen Sinn. Aber sie ist die Einzige, die ein Motiv haben könnte, sich auf Jensen zu stürzen.«

»Was denn für ein Motiv?«
»Sie ist ihrem Chef hörig. Tut alles für ihn.«
»Sehr dünn, diese Begründung.«
»Aber wer sonst möchte den Mord an Vera auf eigene Rechnung sühnen und gleichzeitig Jens Jensen, den Führer dieser dänischen Clownstruppe, umbringen?«
»Jetzt hast du dir die Antwort selbst gegeben«, stellte Nadine fest.
»Du meinst, Jens Jensen hat was mit dem Tod von Vera zu tun?«
»Ich sage nur, dass du dir innerhalb deiner Argumentation eine Antwort gegeben hast.«
»Wenn er mit Kalenko bekannt ist, und Kalenko war mal bei der Sozialfabrik aktiv, dann hatte Jensen vielleicht auch was mit denen zu tun. Aber das alles kriegen wir morgen raus. Ich weiß jetzt, wie der Hase läuft.«
Nadine schaute mich ungläubig an.
»Morgen früh nageln wir ihn fest«, erklärte ich. »Aber vorher muss ich mich ausruhen, ich bin todmüde.«
»Ich lass dich das aber nicht allein machen«, sagte Nadine entschieden.
»Schon gut. Du kommst mit.«
Sie schaute sich um. »Dann muss ich hier irgendwo schlafen.«
»Mein Bett ist groß genug.«
»Okay, aber –« Sie hob den Zeigefinger. »Backup heißt nicht –«
»Ich leih dir eine Zahnbürste, mehr nicht.«
»Ein Pyjama wäre auch nicht schlecht«, sagte Nadine ein wenig verlegen.
»Im Badezimmerschrank. Dies ist die erste Detektivagentur, die ihre Mitarbeiter auch mit Pyjamas ausstattet.«
»Cool«, sagte Nadine.
»Das ist mehr als cool, Baby, das ist absolut de luxe!«

DREISSIG

»Bist du sicher, dass er mit uns reden wird?«, fragte Nadine, nachdem wir aus dem Peugeot gestiegen waren und durch die Toreinfahrt auf den Hinterhof der ehemaligen Sozialfabrik gingen.

»Na klar.«

»So wie du ihn beschrieben hast, ist er nicht gerade kooperativ.«

»Es gibt einen Trick. Wir setzen uns auf seinen Rasen.«

»Rasen? Das ist doch nur Moos hier.«

Ich hob die Hand und grüßte Ines Struwe, die wieder ganz professionell mit Strohhut, Gärtnerhandschuhen und Heckenschere an den Rosen vor der Hauswand herummachte. Sie neigte freundlich lächelnd den Kopf. Es gibt Leute, die schon am frühen Morgen so aussehen, als hätten sie den ewigen Urlaub gebucht.

Wir klingelten an der Tür unter dem langgestreckten Balkon des Hauses von Hans-Jochen Heissing.

Die Tür wurde heftig aufgerissen. Heissing trug Jeans zum japanischen Morgenmantel und Gummihandschuhe.

»Was wollen Sie hier?«, herrschte er uns an.

»Nur ein paar Fragen stellen«, sagte ich.

»Ich beantworte keine Fragen. Ich habe zu tun! Stehlen Sie mir nicht meine Zeit!«

Er wollte die Tür sofort wieder schließen, aber ich stellte meinen Fuß dazwischen.

»Das ist Hausfriedensbruch!«, herrschte er mich an.

»Es geht mir eigentlich mehr darum, Ihren Frieden zu erhalten, Herr Heissing.«

Er zog seine buschigen grauen Augenbrauen zusammen: »Wollen Sie mir drohen?«

»Helfen wollen wir.« Ich deutete auf die Abbruchhalde, wo gerade ein Bagger damit begann, den Schutt auf einen Lastwagen zu heben. »Sie sind doch gerade dabei zu investieren. Wahrscheinlich haben Sie einen tollen Deal mit der H.A.E.G. gemacht. Wer weiß, was da für ein schönes neues Gebäude hinkommt. Diese Investition soll doch nicht gefährdet werden.«

Er zögerte einen Moment, dann schüttelte er den Kopf. »Lassen Sie Ihre Drohungen! Meine Investition können Sie gar nicht gefährden. Nehmen Sie bitte Ihren Fuß dort weg, sonst muss ich die Polizei rufen!«

Meinen Schuhen zuliebe gab ich nach. Die Tür knallte zu und Nadine sah mich skeptisch an.

»Also setzen wir uns auf die Wiese, oder wie man das nennt.«

Wir suchten uns ein sonniges Plätzchen und sahen Frau Struwe beim Hobbygärtnern zu. Sie nahm sich viel Zeit, widmete sich hingebungsvoll jedem Ästchen und nahm genau Maß, ehe sie etwas zurückschnitt. Dabei summte sie ein bisschen vor sich hin.

Hans-Jochen Heissing erschien auf dem Balkon im ersten Stock, warf uns einen finsteren Blick zu und verschwand wieder im Haus. Beim zweiten Erscheinen fuchtelte er wild mit den Armen, um uns zu verjagen, beim dritten Mal rief er: »Verlassen Sie mein Grundstück!«

Wir legten uns lang und schauten in den blauen Himmel.

Kurz darauf stand er neben uns, trat nervös von einem Fuß auf den anderen. Den Hausmantel hatte er gegen ein graues Jackett eingetauscht. Die Gummihandschuhe trug er noch immer. Sie hatten Tintenflecken an den Fingern.

»Setzen Sie sich doch zu uns«, sagte ich, nachdem ich mich aufgerichtet hatte. Die warme Sonne ließ mich träge und zufrieden werden. Ich fühlte mich wie eine Katze, die sich nach einer aufregenden Mäusejagd die Sonne auf den Pelz brennen ließ. Fehlte nur noch der Strohhut. Katzen mit Strohhut sind die glücklichsten Katzen, sie schnurren vor sich hin, während sie den Rosenstöcken mit der Schere zu Leibe rücken.

»Nein!«, sagte Heissing sehr entschieden. »Sie kommen mit.« Er deutete auf seine offen stehende Haustür. »Und Sie –«, jetzt deutete er auf Nadine, »– stehen bitte auf und gehen auf den Weg zurück. Mit Ihrer Lümmelei ruinieren Sie mir den Rasen.«

»Puh«, sagte Nadine, »dabei ist Rasenlümmeln meine zweitliebste Beschäftigung.«

Aber wir taten, was er verlangte, schließlich war er der Landlord. Und ein wichtiger Zeuge. Nadine begann auf dem Plattenweg auf und ab zu gehen und ich folgte Heissing in den Hausflur. Dort blieb er stehen, drehte sich um und es war klar, dass er mich nicht einen Zentimeter weiter in sein privates Reich bitten würde. Immerhin konnte ich erkennen, dass er ein ähnliches Interesse an alten Möbeln hatte wie seine Stiefschwester. Allerdings schienen diese hier stilistisch haargenau zusammenzupassen. Dunkles Holz. Biedermeier. Dazu passte Moos sehr gut.

»Ich bitte Sie, machen Sie es kurz, ich stecke bis zum Hals in Arbeit.« Heissing rieb die Handschuhe an den Jeans ab. Die Tinte war aber längst getrocknet und ließ sich nicht abwischen.

»Es geht um den Volvo, den Sie mal besessen haben, den P 1800 ES, auch Schneewittchensarg genannt.«

»Was soll das? Wollen Sie mich verhohnepiepeln?«

Das war ein Wort, das ich schon lange nicht mehr gehört hatte. Ich musste mir ein Grinsen verkneifen.

»Es gibt Grund zu der Annahme, dass dieser Volvo eine Rolle im Zusammenhang mit dem Tod des Mädchens gespielt hat, dessen Leiche bei den Abbrucharbeiten gefunden wurde.«

»Was soll das heißen? Wollen Sie mich in diese Sache hineinziehen?«

»Sie stecken doch mitten drin, Herr Heissing. Bei der Leiche wurden Glassplitter gefunden, die zu dem Wagen gehörten, der interessanterweise den Spitznamen Schneewittchensarg bekommen hat.«

»Ich hatte mit diesem Flittchen nichts zu tun. Aber auch gar nichts!« Die Gummihandschuhe zischten energisch durch die Luft.

»Aber der Wagen hat mal Ihnen gehört. Sie waren damit im Urlaub an der Riviera.«

»Was geht Sie denn an, wie ich meine Urlaube verbringe?«

»Ja, genau, so was fragt man sich.«

Er schaute mich irritiert an.

»Was denn, also, ich bitte Sie! Ich fahre seit vierzig Jahren unfallfrei!«

»Das hier ist keine Umfrage des ADAC, Herr Heissing, sondern eine kriminalistische Untersuchung!«

Er schüttelte verärgert den Kopf. »Den Wagen hab ich in bestem Zustand verkauft. Da war keine Scheibe beschädigt.«
»Das glaube ich Ihnen. Aber ich wüsste gern, an wen Sie den Wagen verkauft haben.«
»Na, an Viktor.«
»Kalenko, den Chef der H.A.E.G.«
»Ja. Und?«
»Wann genau.«
»Wann genau, wie soll ich das noch wissen? Das ist zwanzig Jahre her.«
»Einundzwanzig«, korrigierte ich.
»Was soll das heißen?«
»Es war vor einundzwanzig Jahren, gleich nachdem sie aus dem Riviera-Urlaub zurückkamen. Sie wollten den Wagen loswerden, weil es Ihnen in dem Ding in der Sonne des Südens zu heiß geworden war.«
»Unterlassen Sie bitte diese Anspielungen. Ich verstehe nicht, was mein Urlaub damals mit Ihrem Kriminalfall zu tun hat.«
»Tatsächlich scheint es doch unser Fall zu sein, Herr Heissing. Ich finde es interessant, dass Sie gesagt haben, es sei zwanzig Jahre her. Tatsächlich sind es einundzwanzig Jahre. Professor Lermann hat sich ja ein wenig vertan, was das Todesjahr von Vera betrifft. Er wollte es gern nach seiner Zeit angesiedelt haben – na ja, es kann sich auch um einen Berechnungsfehler handeln.«
Heissing schnaufte jetzt heftig. »Wollen Sie Kristian des Mordes bezichtigen? Das ist doch lächerlich.«
»Will ich gar nicht. Ich will nur die Zeit eingrenzen. Es war 1985, und nicht 86, als Vera verschwand. Im Sommer. Nachdem Sie aus dem Riviera-Urlaub zurückgekommen waren. Sie haben den Volvo dann verkauft. Wann? Juli? August?«
»August, Ende August.«
»Und dann war der Wagen auf einmal weg.«
»Ja, das stimmt.«
»Und Sie haben sich nicht gewundert und nicht nachgefragt. Ist doch ein seltenes Sammlerstück gewesen.«
»Ich wollte damit nichts zu tun haben, es war eine idiotische Geschichte.«

»Wieso?«
»Viktor hat mir den Wagen abgekauft, aber das Geld dafür musste er sich von einem Bekannten leihen. Er war ja notorisch pleite damals.«
»Von Karl Blaustein, der sich Karl X nannte?«
Er schaute mich überrascht an. »Sie wissen von ihm?«
»Karl Ludwig von Blaustein. Das ›von‹ ließ er lieber weg, weil er kämpferischer Republikaner war.«
»Ja, aber das Geld hat er trotzdem bekommen. Und dann verjubelt für irgendwelche hoffnungslosen revolutionären Projekte in Südamerika.«
»Muss wohl damals schwer in Mode gewesen sein. Ein bisschen hat er aber offenbar zurückbehalten. Sonst hätte er ja Kalenko nichts leihen können.«
»Ja, ja. Und dann hat er entdeckt, dass Eigentum doch glücklich macht.«
»Wie das?«
»Er hat ja Viktor praktisch wieder enteignet. Na ja, er hat sich den Wagen ausgeliehen, so hieß es jedenfalls. Er war auf Viktor angemeldet und Karl hat ihn ständig benutzt. Da konnte Viktor ja schlecht dagegen sein. Es hat ihn wütend gemacht. Vor allem, weil Karl mit diesem Mädchen herumkutschiert ist. Und Viktor hatte, jedenfalls dachte ich das damals, den Wagen gekauft, weil er diese Vera rumkriegen wollte. Die mochte das Auto. Im Gegensatz zu meiner Frau.«
»Haben Sie Vera auch mal spazieren gefahren?«
»Ab und zu. Aber dann war sie ja nur noch mit Karl zusammen. Und da kann man mal sehen, wie es läuft: Auch selbsternannte Revolutionäre kann man mit schnellen Autos und jungem Blut bestechen. Der machte jetzt einen auf Playboy. Und vorher hatte er immer getönt: Man muss subversiv sein, Situationen schaffen, um den Lauf der Dinge zu unterbrechen! So in der Art. Und dann kam Vera und auf einmal war die Situation eine andere.« Er schnaubte verächtlich.
»Aber wie war das denn, als der Wagen plötzlich verschwunden war. Hat sich da niemand gewundert? Haben Sie nicht nachgefragt?«
»Doch, klar. Aber Viktor sagte nichts. Es war ja auch ziemlich

eindeutig: Karl und Vera waren plötzlich weg und der Volvo auch. Also dachte ich mir, dass sie einfach abgehauen sind. Sie kamen auch nicht mehr wieder.«
»Karl Ludwig Blaustein kam nicht mehr zurück?«
»Nein, das sagte ich doch. Und der Volvo und das Mädchen auch nicht.«
»Doch. Die beiden schon.«
Er schaute mich irritiert an, knetete die Gummihandschuhhände, blieb ratlos.
»Tja«, sagte ich. »Danke für die Auskünfte. Aber jetzt hab ich es eilig. Tschüß!«
Draußen stand Nadine auf dem Rasen und schaute amüsiert einem eigenartigen Schauspiel zu.
Ines Struwe und Ernestine Heissing balgten sich. Dabei stießen sie schrille Schreie aus. Frau Heissing versuchte ihrer Widersacherin die Heckenschere aus der Hand zu reißen. Ines Struwe hielt sie hoch über den Kopf und wehrte sich mit der anderen Hand gegen die Fäuste der Nachbarin.
Von weit oben hörte man eine herrische Stimme: »Ines, Tine! Könnt ihr mal bitte leise sein! Aufhören!« Das war Hanni Heissing auf ihrem Balkon.
Hinter mir hörte ich die erschrockene Stimme von Hans-Jochen: »Um Gottes Willen, was ist denn –« Er rannte an mir vorbei auf die beiden Streithennen zu, über den schönen Rasen hinweg. »Hallo, halt, aber ich bitte euch, hört doch auf!«
Ich trat zu Nadine. »Um was geht es denn?«
Sie lachte. »Die Damen streiten sich darüber, wer welche Rosen beschneiden darf. Die eine kam wie eine Furie aus ihrem Haus, als die andere anfing, an den Gelben da herumzuschnipseln. Echt witzig. Das ist besser als jedes Theaterstück.«
Ich zog sie mit mir fort. »Komm, wir haben noch einen anderen Termin, und der ist ziemlich dringend.«

EINUNDDREISSIG

Die Jugos hatten Posten bezogen. Jeweils einer stand rechts und links in der Einfahrt zum Garagenhof. Als wir mit unserem Peugeot reinfahren wollten, traten sie in den Weg und stoppten uns. Ein Blonder mit strubbeligen Haaren und ein Zweiter mit pechschwarzen Haaren und Viertagebart. Ich kurbelte das Fenster herunter.

»Dürfen wir da mal bitte durch?«

Der Dunkle mit den Bartstoppeln kam ein paar Schritte näher. Sein Kumpel stellte sich direkt vor die Motorhaube.

»Alles voll besetzt«, sagte er.

Ich schaute an ihm vorbei. Der Hof sah aus wie immer, es war jede Menge Platz. Ich deutete auf die freie Fläche vor dem Pavillon. »Wir können doch da parken.«

Der Dunkle schüttelte den Kopf. »Geht nicht. Wir warten auf Lieferung.«

»Dann halt da drüben.« Ich deutete in eine andere Ecke.

»Nix.«

»Oder dort.«

»Nix.«

»Was ist denn los?«, fragte Nadine.

»Jens Jensen hat sich auch ein Backup besorgt.«

»Die gehören zu ihm?«

»Scheint so. Ein dänisch-jugoslawischer Freundschaftspakt.«

»Sagtest du nicht, das wären gar keine Jugoslawen?«

»Virtuelle Pseudo-Jugos. Männer fürs Grobe. Ein bisschen tapsig. Ich hatte schon mal das Vergnügen.«

»Dann steigen wir doch einfach aus.«

»Müssen wir wohl.«

Ich stellte den Motor ab, zog vorsorglich den Zündschlüssel und öffnete die Tür. Nadine folgte meinem Beispiel. Wir schlossen die Türen des Peugeot und gingen jeweils drei Schritte vom Wagen weg und zwei nach vorn.

Der bärtige Jugo schüttelte den Kopf. »Heute keine Besichtigung.«
»Wir wollen zu dem Mann, der das Motorrad mit Beiwagen fährt. Jens Jensen oder wie er sich hier nennt.«
»Ist nicht da.«
»Dann halt zu Ferdinand Schlange. Soll sich den Peugeot noch mal ansehen«
»Ist nicht da.«
»Vielleicht gibt's ja eine freie Garage für meinen Peugeot.«
»Nix frei.«
Der Stoppelbart stand jetzt dicht vor mir. Er hatte die Statur eines Gewichthebers, schmale Schultern, aber Muskeln wie im Zirkus. Sein fleckiges T-Shirt saß knapp. Der Blonde baute sich vor Nadine auf und grinste zähnefletschend. Er war einer von den Typen, die gern Zahnstocher in den Mund nehmen und mit den Daumen an der Gürtelschnalle fummeln.
Der Stoppelbart warf ihm ein paar unverständliche Worte zu, die russisch oder sonstwie osteuropäisch klangen.
»Tak«, sagte der Blonde, und dann griffen sie an. Der Stoppelbart wie ein Kampfpanzer, der Blonde wie eine Rakete.
Fünf Sekunden später wälzte sich der Panzer im Staub zu meinen Füßen und die Rakete rieb sich schmerzverzerrt das Kinn.
Sie versuchten es wieder.
Diesmal nahm ich den Panzer hart genug ran, dass er merkte, dass sein Schultergelenk kurz vorm Auskugeln war. Und gab ihm ausreichend Schwung, dass er richtig hart aufprallte. Nadine verpasste dem Blonden noch zwei Kopfnüsse und erwischte ihn mit dem Fuß so heftig an der Brust, dass er sich beinahe überschlug.
»Beim dritten Mal sollten wir aber zum Abschluss kommen«, rief ich Nadine zu.
»Okay.«
Und so landete der Stoppelbart auf der Kühlerhaube des Peugeot und rutschte langsam zu Boden, während sein Kumpel sich wie ein Schweizer Messer zusammenfaltete und auf dem Pflaster liegen blieb.
»Du hältst die Augen auf, falls die Jugos wieder anrücken«, sagte ich, als wir auf die Garagentür von Jens Jensen zugingen, die direkt neben der von Ferdinand Schlange lag.

»Geht schon klar.« Nadine drehte sich flink um die eigene Achse.
Schlanges Tor war geschlossen, aber vor der anderen Garage stand das Motorrad mit dem Beiwagen abfahrbereit. Jensen kam in Motorradkluft und mit einem Helm unterm Arm hinkend aus der Garage und erstarrte, als er uns auf sich zukommen sah.
Er könnte jetzt den Helm fallen lassen und in Panik auf das Motorrad springen, versuchen, es blitzschnell zu starten, um zu flüchten. Aber bis er abfahrbereit wäre, würde eine von uns im Beiwagen und die andere auf dem Sozius sitzen.
Er blieb stehen, mit ironischem Gesichtsausdruck nach dem Motto: Hab ich mir doch gleich gedacht, dass dieses Problem heute noch auf mich zukommt.
»Guten Morgen, Herr Blaustein«, sagte ich. »Karl Ludwig von. Ist das ›von‹ wieder en vogue oder soll ich es weglassen?«
Er schüttelte den Kopf. »Das ist mir inzwischen egal.«
»Karl X klingt auch nicht gerade großartig.«
»Was Sie nicht sagen.« Sein Blick fiel auf Nadine. »Was will die denn hier?«
»Das ist meine Partnerin. Ich brauchte Verstärkung wegen Ihrer Bodyguards.« Ich deutete zum Tor. Dort stand der Peugeot jetzt mutterseelenallein. Die kämpfende Truppe hatte sich zurückgezogen.
»Heute nicht in schwarz?«, fragte Blaustein alias Jensen.
»Wieso schwarz?«, fragte Nadine.
»Er denkt, du seist die Frau mit dem Messer. – Da irren Sie aber Herr Jensen-Blaustein. Wir sind selber von ihr bedroht worden.«
»So?« Er zog die Augenbrauen hoch, dann die Schultern und wirkte sehr ratlos. »Und was soll dieser martialische Auftritt hier?«
»Wir wollen nur die Wahrheit herausfinden über das Schicksal von Vera, einem Mädchen, dass Sie mal gut gekannt haben und das zur gleichen Zeit wie Sie aus dieser Gegend verschwunden ist.«
»Vera …«
»… ist, genau wie Sie, wieder zurückgekommen. Von ihr sind allerdings nur noch ein paar Knochen übrig.«

Ein Schatten huschte über sein Gesicht. Ein Ausdruck zwischen Trotz und Wehmut blieb übrig.
»Woher wissen Sie meinen Namen?«
»Ich habe nicht viele hinkende Männer in der letzten Zeit getroffen. Wie ist das passiert?«
»Motorradunfall. Ist schon ein paar Jahre her.«
»Auf dem Elbewer haben Sie die ganze Zeit am Ruder gestanden. Da konnte ich nichts merken. Aber als sie nach dem Angriff durch die Unbekannte wegliefen, hab ich gesehen, dass Sie hinken und mich daran erinnert, dass ich Sie hier schon gesehen habe, als ich bei Schlange den Peugeot abholte. Also wusste ich, wo ich Jens Jensen suchen musste.«
Er verzog das Gesicht. »Verdammtes Handicap. Aber was soll dieser Quatsch mit Blaustein und Karl X?«
»Man muss Situationen schaffen, die den Gang der Welt unterbrechen. Das war früher Ihr Slogan, als Sie noch zur Sozialfabrik gehörten. Und ist es noch. Sie haben den Spruch auf dem Boot gebracht. Und Hans-Jochen Heissing hat ihn zitiert als Credo eines ehemaligen Mitstreiters namens Karl X alias Karl Ludwig von Blaustein.«
Jensen-Blaustein lachte abfällig. »Bravo. Der Idiot bin ich.«
»Und vielleicht ein Mörder.«
Er zuckte zusammen. »Was?«
»Oh«, unterbrach uns Nadine. »Da kommen sie wieder.« Sie deutete auf die Jugos, die wieder anrückten, jetzt waren sie zu viert. Mit Messern und Knüppeln bewaffnet.
»Was ist das nur für eine Welt, in der Männer sich nur noch bis an die Zähne bewaffnet und in Überzahl an Frauen herantrauen«, sagte ich.
»Was soll denn das heißen, ich bin ein Mörder?«, zischte Jensen-Blaustein.
»Darüber sollten wir mal reden.«
Er hob die Arme, fuchtelte in der Luft herum und schrie den Jugos irgendwas in ihrer Sprache zu. Sie traten den Rückzug an, bogen um die nächstliegende Ecke und verzogen sich Richtung Porsche-Werkstatt.
Jensen-Blaustein deutete auf einen Stapel alter Autoreifen. »Setzen wir uns doch da hin.«

»Okay.«
Ich setzte mich mit ihm auf die Reifen. Nadine blieb stehen und behielt die Umgebung im Auge.
»Also los, bringen wir es hinter uns«, sagte Blaustein ungeduldig.
»Immer mit der Ruhe. Sie können sich da nur schwer rausreden. So wie es aussieht, sind Sie ja gerade dabei abzuhauen.«
»Das hat nichts mit dem Tod von Vera zu tun. Nach dem Angriff gestern Abend ist es doch nur logisch, dass ich abtauche.«
»Mag sein, aber alles, was ich herausgefunden habe, weist darauf hin, dass Sie Vera auf dem Gewissen haben.«
Blaustein wischte mit der Hand über den Oberschenkel. »Ach kommen Sie, was haben Sie denn schon Großes herausgefunden?«
»Dass Sie zusammen mit Vera aus der Sozialfabrik verschwunden sind.«
»Das stimmt doch gar nicht!«
»Natürlich stimmt es! Sie sind zusammen in dem Volvo P 1800 ES weggefahren. In diesem Sportwagen, den Hans-Jochen Heissing Viktor Kalenko verkauft hat, den Sie aber bezahlt und ständig benutzt haben. Schneewittchensarg wird der Wagen auch genannt. Die bittere Ironie daran ist, dass bei den Überresten der Leiche Glassplitter gefunden wurden, die von dem Sicherheitsglas der gläsernen Heckklappe dieses Wagens stammen.«
»Dass ich mit Vera zusammen in diesem Wagen gefahren bin, macht mich doch noch lange nicht zu ihrem Mörder.«
»Vera und Sie sind gleichzeitig verschwunden, ebenso der Volvo.«
»Gleichzeitig, meinetwegen, okay. Aber nicht zusammen. Nein, gleichzeitig stimmt auch nicht. Zuerst war Vera weg und dann der Wagen. Jedenfalls war es so, dass ich sie gesucht habe und sie war verschwunden und blieb es auch. Ich dachte mir, dass sie abgehauen ist, zurück zu ihren Eltern oder so.«
»Wirklich?«
Wieder wischte er sich nervös über den Oberschenkel. Zögerte. »Okay, zugegeben, der Volvo und Vera sind zusammen verschwunden. Und am Steuer saß ein anderer. Ich war sauer und bin weg.«

»Eifersüchtig gewesen?«
»Ja, ja.«
»Auf Viktor Kalenko.«
»Wenn Sie alles schon wissen, warum fragen Sie dann überhaupt?«
»Ich will rekonstruieren, was passiert ist.«
»Was ist schon passiert!«, fuhr er mich an. »Die Schnepfe ist mit diesem Vollidioten abgehauen und ich saß da wie ein Depp.«
»Aber den Wagen hatten Sie doch bezahlt.«
»Ja, ja, wahrscheinlich war der Wagen ihr wichtiger als sonst was.«
»Und dann?«
»Was und dann?«
»Wieso haben Sie so schnell aufgegeben?«
»Ich hab Hanni angerufen ein paar Tage später und dann noch mal Hans-Jochen. Da hieß es dann, sie sei nicht zurückgekommen.«
»Und Kalenko?«
»Der schon.«
»Und? Haben Sie ihn nach ihr gefragt?«
»Er hat behauptet, sie sei einfach abgehauen. Hätte ihn sitzen lassen. Er wüsste nichts weiter.«
»Und der Volvo war auch weg.«
»Lassen Sie mich doch mit diesem Scheiß-Volvo zufrieden. Der interessiert mich gar nicht.«
»Warum haben Sie Vera nicht gesucht? Nach meinen Informationen waren Sie beide ein richtiges Paar.«
»Ja, ja, ein Paar. Es war doch alles total schräg. Sie war viel zu jung für mich. Und unentschlossen. Ich wollte weg. Und sie mitnehmen. Aber sie wollte nicht. Keine Reise ins Ungewisse. Konnte ich ja verstehen. Sie war schon im Ungewissen. Siebzehn Jahre und von Zuhause abgehauen, na ja. Aber sie wollte zurück. Hat sie ständig gesagt. Also dachte ich, sie hätte es wahr gemacht. Als es dann hieß, sie sei nicht wieder aufgetaucht, bin ich auf Wanderschaft gegangen. Hab den Planeten erkundet.«
Mit einem Mal wurde mir klar, warum Frau Schleiz von der H.A.E.G. in meinem Büro aufgetaucht war und mich beauftragt hatte, Jens Jensen von der Dänischen Befreiungsfront zu finden.

»Und eines Tages sind Sie zurückgekommen und haben von dem Leichenfund im Keller des Abbruchhauses gehört. Und waren alarmiert. Und haben Viktor Kalenko verdächtigt. Und sich vorgenommen, ihn fertig zu machen. Indem Sie Situationen schaffen, die den Gang seiner Welt unterbrechen.«
Er lächelte unfroh. »Jeder kämpft mit seinen Mitteln.«
»Diese ganze dänische Subversion ist nur ein Vorwand für einen persönlichen Rachefeldzug.«
»Unsinn! Wir haben damit doch schon viel früher angefangen.«
»Sie haben es dann später in diese Richtung gelenkt.«
»Die H.A.E.G. und dieser Trottel Viktor Kalenko sind die natürlichen Feinde aller Bürger von Altona.«
»Eine seltsame Art, Politik zu machen.«
»Politik ist die Inszenierung der Macht. Man muss eine Gegenmacht inszenieren. Alles ist nur ein Spektakel. Man muss den Mechanismus überdrehen, bis die Maschine zerbricht.«
»Irgendwo scheint ja ein Zahnrad zu überdrehen. Wie erklären Sie sich denn die Attentate auf Sie und mich?«
»Kalenko hat Lunte gerochen und will mich ausschalten.«
»Und mich auch, gleich nachdem er mich beauftragt hatte? Das ist doch absolut unlogisch.«
»Dann gibt's eben zwei Attentäter.«
»Bestimmt nicht.«
»Dann weiß ich es nicht. Aber ich weiß, wer mein Gegner ist und ich weiß auch, wie ich ihn ausschalten kann. Gehen Sie nach Hause. Ich mach das schon.«
»Was haben Sie denn vor?«
»Die große Unterbrechung. Eine Aktion, von der man in der Stadt noch in hundert Jahren sprechen wird.«
»Nämlich?«
»Das werde ich Ihnen gerade auf die Nase binden!« Er stemmte sich hoch. »So, das Interview ist beendet.«
»Sie bleiben also in der Stadt?«
»Bis zum bitteren Ende!«
Er nahm sich seinen Helm, setzte ihn auf, zurrte ihn fest, zog sich die Handschuhe an und setzte sich auf das Motorrad.
Ich schaute in den Beiwagen. Kartons, in denen Flugblätter liegen konnten, waren zu sehen, Plakatrollen und ein Plastikeimer

mit Deckel, vielleicht für Kleister, jedenfalls lag daneben ein Pinsel, wie man ihn zum Tapezieren braucht. Außerdem waren da noch Blechkisten und etwas, das wie eine Autobatterie aussah. Dazu ein paar Kabel. Ein Ein-Mann-Guerilla-Trupp der dänischen Befreiungsfront. Im Kampf für – ja, für was eigentlich? Der Motor röhrte auf und Jens Jensen alias Karl Ludwig von Blaustein rollte über den schlaglochübersäten Garagenhof zur Straße und verschwand.

ZWEIUNDDREISSIG

Wir stiegen in meinen Wagen. Im Rückspiegel entdeckte ich einen der Jugos. Er bog um eine Garagenecke und hielt eine Brechstange in der Hand. Dank Schlanges Ingenieurskunst war der Peugeot problemlos zu starten. Ein zweiter Jugo, ebenfalls mit einem Eisenteil in der Hand, tauchte im Rückspiegel auf. Aus Nervosität ließ ich den Motor aufheulen.

»Was ist denn los?«

»Die Jugos wollen ihre Männerehre mit der Brechstange verteidigen.«

»Solche Typen halten das immer für eisern, bis –«

»Ich meine was anderes, guck mal nach hinten.«

Nadine drehte sich um und lenkte ein: »Na gut, lass uns lieber abhauen.«

Ich gab Gas. Hinter uns wurden die Eisenstangen geschwenkt.

»Tja, was jetzt«, murmelte ich ratlos, als wir an diversen Hoch- und Tiefbaustellen vorbeifuhren.

Nadine schlug mit der flachen Hand aufs Armaturenbrett. »Scheiße!«

»Was ist denn los?«

»Mir fällt da gerade was Komisches ein.«

»Und das wäre?«

»Als du vorhin drinnen bei Heissing warst, stand ich doch draußen im Garten und hab zugeguckt, wie diese Zicken sich gezofft haben.«

»Kannst du dich auch gewählter ausdrücken?«
»Die Damen hatten Streit wegen der Rosen.«
»Ines Struwe und Ernestine Heissing. Und von oben meldete sich Hanni Heissing.«
»Ja, pass auf: Die eine von denen, die mit den Handschuhen und der Rosenschere …«
»… Ines Struwe …«
»… sagte: ›Finger weg davon! Das sind meine Rosen!‹«
»Genau.«
»Interessant, oder?«
Wir standen jetzt an einer Ampel. Sie sah mich forschend an. Schien sich nicht ganz sicher zu sein, ob die Idee, die sie hatte, wirklich so grandios war, wie sie eben noch dachte.
»Was ist daran interessant?«
»Wie sie das gesagt hat: ›Finger weg davon!‹ Das ›davon‹ würde man sich normalerweise sparen. Scheint aber so eine Angewohnheit von ihr zu sein. Oder könnte jedenfalls –«
Die Ampel sprang auf grün. Ich fuhr los. »Was willst du mir damit jetzt sagen?«
»Du erinnerst dich an den ersten Angriff von dieser Unbekannten. Als ich dich rausgehauen habe.«
»Ja ja, werde ich nie vergessen. Ich werd's dir auch nie vergessen.«
»Das meine ich nicht. Die Angreiferin – sie hat das auch so komisch formuliert.«
»Was?«
»Die Drohung. Sie rief: ›Finger weg davon! Das ist mein Fall!‹«
Ich sagte nichts. An das, was während dieses ersten Angriffs gerufen wurde, konnte ich mich nicht erinnern.
Nadine schaute aus dem Seitenfenster. »Na ja, ist vielleicht ein bisschen abwegig.«
Ich dachte an die Auseinandersetzung an der Elbe gestern Nacht. Die hatte ich noch genau vor Augen. Und in den Ohren das, was die Angreiferin mir entgegengezischt hatte, bevor sie sich mit dem Messer auf mich stürzte.
»Finger weg davon, das ist mein Fall, du kleines Biest!«, wiederholte ich.
»Nicht ›du kleines Biest‹«, korrigierte Nadine.

»Doch, so hat sie das gesagt, gestern Abend unten auf dem Anleger.«
»Also?«, fragte Nadine.
»Verdammt.« Ich bremste ab. Wir waren fast schon beim Büro.
»Also hab ich Recht.«
Ich fuhr in eine Einfahrt und begann zu wenden.
»Scheint so.«
»Und was machen wir jetzt?«
»Was können wir schon machen? Wir reden mal mit ihr.«
»Und wie genau tun wir das?«
»Keine Ahnung, irgendwie.«
Ich steuerte den Peugeot durch die Einfahrt, die zu Heissings Garten führte und parkte ihn fast auf dem Rasen. Es war eine Provokation, aber es wäre vielleicht nicht schlecht, wenn sie jetzt alle mal aus ihren Löchern gekrochen kämen. Fürs Finale oder was auch immer wir jetzt zustande kriegen würden.
Kurz hatte ich die Idee, es könnte funktionieren, wenn alle drei Heissings und Frau Struwe und vielleicht noch Professor Lermann und Paul Wenner sich im Innenhof zusammenfinden würden. Man könnte versuchen, jeden irgendwie zu provozieren, damit die Auseinandersetzung sich hochschaukelt und dann würde sich eins aus dem anderen ergeben und schließlich hätten wir den Täter überführt – klassisches Detektiv-Syndrom. Aber die Versammlung der Verdächtigen gelingt in den seltensten Fällen. Keiner kam aus dem Haus gerannt, um uns zur Rede zu stellen. Wir mussten klingeln. Niemand war zu Hause, jedenfalls blieben alle Sprechanlagen stumm und alle Balkone leer. Nicht mal Paul Wenner hockte in seinem Keller und erwartete uns.
Wir traten wieder aus dem Haus, um den Wagen zu holen, da sahen wir Ernestine Heissing mit dem Hollandrad anrauschen. Ihre Einkäufe hatte sie vorschriftswidrig mit Netzen beidseitig an die Lenkstange gehängt. Ihre rotgrauen Haare flatterten wild im Wind, ihr schwarzer Rock bauschte sich und leckte gefährlich an den sich drehenden Speichen. Sie war ganz auf ihr Fahrradfahren konzentriert, um das Gleichgewicht nicht zu verlieren, und bemerkte uns nicht. Leicht schlenkernd steuerte sie das Rad in die Durchfahrt.
Wir folgten ihr und trafen sie neben dem Peugeot. Ernestine

Heissing war abgestiegen und bemühte sich, die widerspenstigen Einkaufsnetze vom Lenker zu nehmen. Gleichzeitig äugte sie umher, auf der Suche nach uns.
Als wir neben ihr standen, fiel das Fahrrad beinahe um, weil sie vergessen hatte, den Ständer auszuklappen. Nadine hielt es fest.
»Können wir Ihnen beim Tragen helfen?«, fragte ich freundlich.
»Dieses Auto muss sofort wieder rausgefahren werden!«
»Machen wir gleich.«
»Sofort!«
»Wir helfen Ihnen nur noch, die Sachen reinzutragen.« Ich griff nach einem der Einkaufsnetze.
»Nein! Das kann ich selbst.«
Nadine ließ das Fahrrad los. Frau Heissing musste es festhalten und mir notgedrungen das Netz überlassen. Das Rad war trotzdem noch nicht im Gleichgewicht, was vielleicht daran lag, dass Nadine ihr Bein ein bisschen dagegen drückte.
»Warten Sie, ich nehm Ihnen das hier ab«, sagte sie und übernahm das zweite Netz.
Ernestine Heissing gelang es mit beiden Händen, das Fahrrad zu stabilisieren. Sie schaute sich hilfesuchend um, aber ihr Mann war nirgends zu sehen.
»Was wollen Sie denn von mir?«, fragte sie niedergeschlagen.
»Wir helfen Ihnen beim Reintragen und Sie helfen, uns ein paar Fragen zu beantworten.«
Sie schaute mich finster an. »Dann kommen Sie.«
Sie schob das Fahrrad unter den Balkon ihres Hauses, schloss es an einen extra für diesen Zweck in die Hausmauer betonierten Stahlhaken an und drehte sich um: »Also, was wollen Sie wissen?«
»Tja«, sagte ich, »eigentlich wollten wir ja zu Frau Struwe. Sie wissen nicht zufällig, ob sie gestern am späten Abend zu Hause war?«
»Gestern Nacht? Weiß ich nicht. Wie soll ich das wissen?«
»Haben Sie eine Ahnung, wo sie jetzt sein könnte?«
»Im Rathaus. Das hat sie gestern irgendwann erwähnt, dass sie heute wieder hin muss.«
»Warum muss sie denn ins Rathaus?«
»Sie arbeitet dort.«

»Als was?«
»Als Abgeordnete. Sie wurde in die Bezirksversammlung gewählt.«
»Ach Gott, wie bescheuert!«, rief Nadine neben mir aus. »Darauf hätte ich auch mal kommen können. Struwe, na klar, sie ist in der Fraktion der Ökos, richtig?«
»Passt ja zu ihr«, sagte ich, »grüner Daumen, grüne Politik.«
»Ich hab ihren Namen neulich unter diesem Friedensmanifest gelesen. Aber mit der Struwe hier hab ich das gar nicht in Zusammenhang gebracht.«
»Na ja«, sagte Ernestine Heissing und verzog das Gesicht. »Friedensmanifest. Wofür die jetzt so alles einsteht.«
»Ihnen scheint sie jedenfalls nicht besonders grün zu sein. Wenn ich da an den Streit von vorhin denke, wegen der Rosen«, sagte Nadine.
»Das war ja lächerlich!«, schnaubte Ernestine Heissing. »Wegen ein paar Rosen. Aber die war kurz davor, mit der Heckenschere auf mich loszugehen.«
»Ist sie so impulsiv?«, fragte ich.
»Impulsiv? Sie tut immer ganz friedlich. Aber wie man jemandem an die Gurgel geht, das hat sie ja mal gelernt.«
»Wie meinen Sie das?«
»Ich sag ja, sie tut jetzt immer so friedlich und plädiert für Gewaltfreiheit. Aber in ihrer Jugend, da war sie ein Heißsporn. Später dann schwer maoistisch. Hat sogar mal eine Ausbildung in einem Guerillacamp mitgemacht.« Sie lachte. »Wenn das rauskommt, hat sie schlechte Karten. Auch wenn das schon fünfundzwanzig Jahre her ist. Inzwischen ist sie ja seit Jahren auf dem Marsch durch die Institutionen.«
»Ines Struwe war mal militant?«
»Erstaunt Sie das? Wir alle hier haben unsere kämpferische Vergangenheit. Aber wir haben auch gelernt, uns von manchen falschen Vorstellungen loszusagen. Ines ist ja auch nicht mehr so hitzköpfig wie damals. Jetzt redet Sie sogar mit Unternehmern. Das ist eben immer so, mit dem Alter fügt man sich in den Gang der Welt.«
Nadine wandte sich an mich. »Heute ist im Rathaus eine Konferenz mit den Investoren, die sich in der H.A.E.G. zusammen-

geschlossen haben, und den Politikern. Die Bezirksregierung klüngelt seit Wochen mit denen herum, jetzt wird das den Abgeordneten verklickert, und morgen gibt's dann die große Präsentation des Altona-Entwicklungskonzepts für die Öffentlichkeit mit Festakt und anschließender Volksbelustigung. Jedenfalls ist es so geplant. Diverse Initiativen haben schon Demos dagegen angemeldet.«

»Morgen?«, fragte ich. »Alle fügen sich in den Gang der Welt? Nur einer will ihn unterbrechen? Mit einer Aktion, an die man noch in hundert Jahren denken wird?«

Nadine schaute mich an. »Jensen?«

»Die große Unterbrechung – so hat er es genannt. Und Ines Struwe und Viktor Kalenko werden anwesend sein.«

»Die große Unterbrechung als Alibi für einen persönlichen Racheakt?«

»Danach sieht es doch aus, oder?«

Ernestine Heissing streckte die Arme aus und trat auf uns zu. »Darf ich jetzt bitte meine Einkäufe haben?«

Wir überließen ihr die Netze, verabschiedeten uns und gingen zum Wagen zurück.

»Also?«, fragte Nadine, nachdem wir wieder eingestiegen waren.

»Eine sehr gute Frage«, sagte ich und startete den Motor.

DREIUNDDREISSIG

Die Tür war zu und keiner machte auf. Wir flüsterten, obwohl es nicht unbedingt nötig gewesen wäre. Es war dunkel geworden in Ottensen. Neumond. Und seltsamerweise wirkte es so, als würden die Straßenlaternen schlechter leuchten. Vielleicht hatten sie auch aus Einsparungsgründen jede zweite Lampe abmontiert. Oder lag es einfach daran, dass die Bäume in diesem Sommer besonders viel Laub trugen und das Licht abdämpften?

Nadine haderte mit den Ergebnissen unserer Ermittlungen: »Aber man kann das doch nicht ernsthaft Beweis nennen.«

»Immerhin ein Satz und die Art und Weise, wie er formuliert wurde«, sagte ich.
»Es ist nur das eine Wort, ›davon‹.«
»›Finger weg davon‹ – wer redet denn sonst noch so? Außerdem hast du mich doch darauf gebracht.«
Ich ging ein paar Schritte von der Haustür weg, kniete mich hin und klopfte an das Kellerfenster. Ich musste es mehrmals versuchen, bis ein Licht anging. Das Fenster wurde gekippt.
»Was ist denn da los?«, fragte Paul Wenner empört.
»Guten Abend, Karl Marx, mach uns mal die Tür auf, bitte.«
»Lenina?«
»Ja, wir wollen rein.«
»Ich bin schon im Bett.«
»Steh wieder auf. Es ist dringend. Gefahr im Verzug.«
Einige Minuten später öffnete er die Tür und starrte Nadine an: »Wer ist das denn?« Ich stellte sie als meine Assistentin vor, und er begann hastig, das Pyjama-Oberteil in die Röhrenjeans zu stecken, was kein leichtes Unterfangen war, denn die Hose war sehr eng.
»Sag mal, Paul, du bist doch hier so was wie der Hausmeister. Da müsstest du doch Schlüssel zu den Wohnungen haben.«
»Nicht zu allen.«
»Aber zu der von Ines Struwe.«
»Ja, aber …«
»Da müssen wir rein.«
»Das müsst ihr mir aber erklären«, stieß er empört hervor. »Was soll überhaupt dieser Kommandoton?«
»Wo ist der Schlüssel?«
»Unten bei mir.«
»Gehen wir runter.«
»He, ich bin darauf nicht vorbereitet.«
»Du bist mein Auftraggeber und du wirst jetzt mithelfen, diesen verdammten Fall zu klären. Wenn du schon nicht zahlst, leg wenigstens Hand an!«
Paul zögerte, drehte sich dann kommentarlos um, und wir folgten ihm in den Keller.
Dort erklärte ich ihm kurz unseren Verdacht. Er hörte unkon-

zentriert zu, fragte mehrmals: »Aber warum? Wieso? Was hat das denn mit Vera zu tun?«

»Hast du mit Ines darüber gesprochen, dass du mich mit der Aufklärung von Veras Tod beauftragen willst?«

»Ich hab's sozusagen mal kurz erwähnt, als wir im Garten standen und über das abgerissenene Haus gesprochen haben und über früher.«

»Na bitte. Das hat sie darauf gebracht.«

»Aber warum sollte sie was dagegen haben? Ich versteh überhaupt nicht, wie ihr darauf kommt, dass sie –«

»Du hast andere im Verdacht, Männer, richtig?«

»Ja klar, das Auto ... die Glasscherben ... Ines ist doch nie mit dem Volvo gefahren ...«

»Na okay, also was ist dein Verdacht?«

»Wenn ich das wüsste ... Hans-Jochen, Kristian, Karl, Viktor ... die sind doch alle mit dem Wagen gefahren. Eine Frau war's bestimmt nicht.«

»Du denkst, es war eine Vergewaltigung mit Todesfolge. Und das macht dich so unruhig.«

»Seit die Leiche gefunden wurde, kann ich kaum noch schlafen, ich male mir das ständig aus, wie es gewesen sein könnte.«

Nadine meldete sich zu Wort: »Kommt mir auch naheliegender vor. Dass Ines Struwe was damit zu tun hat, ist eine Vermutung.«

»Trotzdem«, entschied ich. »Wir nehmen jetzt den Schlüssel und gehen nach oben. Kommst du mit, Paul?«

Er schüttelte den Kopf. Aber er gab mir den Schlüssel.

Wir gingen nach oben, klingelten erneut und dann schloss ich auf.

Ich ging voran durch alle Zimmer und schaltete überall möglichst viele Lampen ein.

»Wahnsinn«, sagte Nadine. »Das sind ja Empire-Möbel.« Sie deutete auf einen Sekretär im Wohnzimmer. »Wenn der da echt ist, ist er ein Vermögen wert.«

»Wir sind nicht zum Sightseeing hier«, sagte ich.

»Na ja«, meinte Nadine kurz darauf, »die Küche ist eher von Habitat und das Badezimmer von Ikea.«

»Und wo kauft man runde Betten und solche Plüschkissen?«, fragte ich, nachdem ich das Schlafzimmer betreten hatte.

»Jedenfalls nicht im Baumarkt. Aber von da kommen diese Sachen hier.« Sie deutete auf die kleine Werkbank vor dem Fenster. Darauf lagen Schraubenzieher und Zangen und Drähte und allerlei Schrauben und Metallteile.
Nadine klappte ein Zigarrenkästchen auf. »Knete?«
»Sprengstoff, Genossin. Solltest du eigentlich kennen, du warst doch mal mit einem Berufsrevolutionär zusammen.«
»Ich möchte nicht, dass du über meine Vergangenheit mit Philip Witze machst.«
»Entschuldigung. Aber ist das hier nun eine Bastelwerkstatt für Bombenleger oder nicht?«
»Ja, aber ich dachte, Jensen wäre –«
»Sieh mal hier.« Ich hob einen Blechtopf vom Boden und zog den Deckel ab. »Diese rote Farbe kenne ich.«
»Vielleicht steckt die Struwe mit Jensen unter einer Decke.«
Ich deutete auf das runde Plüschbett. »Da drin?«
»Wieso nicht?«
»Sie hat gesagt, dass Vera ihr den Mann ihres Lebens weggeschnappt hat. Nach all dem, was wir jetzt wissen, kann das doch nur Jens Jensen alias Karl X alias Blaustein gewesen sein.«
»Und jetzt? Bleiben wir hier und warten darauf, dass die Struwe und der Blaustein nach Hause kommen?«
»Ich glaube nicht, dass die zusammen kommen. Aber wir sollten auf sie warten.«
»Aber bitte nicht hier.«
»Okay. Wir setzen uns unten in den Wagen.«
Wir verließen die Wohnung, schlossen sorgfältig ab, überlegten kurz, ob wir Paul den Schlüssel zurückbringen sollten, entschieden uns dann dagegen und parkten den Wagen im Schatten eines Baumes, aber nahe genug, dass wir den Hauseingang gut im Blick hatten.
Nadine war nervös und schaltete das Radio ein. Das Nachtkonzert säuselte vor sich hin. Wir machten abwechselnd ein Nickerchen. Gegen fünf Uhr übertönten die Vögel in den Bäumen am Straßenrand die leise gestellten Nachrichten. Ich hätte es beinahe nicht mitbekommen, schreckte aber noch rechtzeitig hoch und stellte lauter: Der Sprecher erklärte gerade, dass das Altonaer Rathaus nach einer Bombendrohung von einer Spezialein-

heit von oben bis unten durchsucht worden sei. Man habe keine Hinweise auf deponierte Sprengkörper gefunden, offenbar handelte es sich um den Scherz einer nicht ernst zu nehmenden pseudopolitischen Gruppierung namens Dänische Befreiungsfront für Altona. Der Festakt nach der Präsentation der neuen Investitionspläne würde wie geplant stattfinden.
Ich rüttelte Nadine wach.
»Ist sie gekommen?«, fragte sie schlaftrunken.
»Nein. Sie ist ganz woanders. Wir brauchen nicht mehr länger zu warten.«
»Und warum weckst du mich dann?«
»Weil die Bombe bald hochgehen soll.«

VIERUNDDREISSIG

Es ist nicht ganz einfach, den Staat zu retten. Als wir zum Altonaer Rathaus kamen, das in der strahlenden Morgensonne aussah wie eine Hochzeitstorte aus viel zu viel gestärkter Sahne, war der Sitz der Bezirksregierung schon abgeriegelt. Rundherum wurden die Gehsteige von Polizeigittern blockiert, aber die Straßen und die Wiese auf der westlichen Seite waren frei befahr- oder begehbar. Wenn man sich umschaute, sah man hier und da Einsatzfahrzeuge der Bereitschaftspolizei, dezent auf mehrere Straßenecken verteilt. Hinter den Gittern stand eine kleine Auswahl von Beamten, die es nicht für nötig befunden hatten, ihre Helme aufzusetzen. Kaiser Wilhelm, hoch zu Ross auf dem Sockel vor dem Hauptportal, schaute dem Treiben zu. Als wir den Peugeot in der Nähe parken wollten, standen sofort zwei Figuren in grün neben uns und winkten uns weiter. Wir stellten den Wagen in einiger Entfernung ab und gingen zu Fuß zurück.
»Ich kapier's immer noch nicht«, sagte Nadine. »Das mit dem Bombenanschlag macht doch gar keinen Sinn. Und die Dänische Befreiungsfront ist doch eine Spaßguerilla und keine wirkliche.«

»Aus Spaß kann manchmal schnell Ernst werden.«
Nadine stieß mir den Ellbogen in die Seite. »Das war jetzt der spießigste Spruch, den ich seit langem aus deinem Mund gehört habe.«
Ich seufzte. »In unserem Job wird man schnell zum Spießer, weil man im Auftrag von Spießern arbeitet. Und da hätten wir auch schon einen möglichen Grund für Jensens Aggressivität: Sein Erzfeind Kalenko macht heute das Geschäft seines Lebens.«
»Aber wie passt das mit der Bombenwerkstatt von Ines Struwe zusammen? Ich kann nicht sehen, dass Frau Struwe etwas gegen Kalenko haben muss.«
»Weil sie mit Jensen verbandelt ist. Mir fällt auch nicht mehr dazu ein.«
»Aber du glaubst, dass die Struwe da drin eine Bombe zünden will. Das ist doch nur noch irre.«
»Dieser ganze Fall ist irrsinnig.«
»Solche tollen Einsichten bringen uns jetzt auch nicht weiter, Leni.«
»Nee, aber vielleicht unsere guten Beziehungen zur Polizei.« Ich deutete auf die Absperrung. Dahinter standen zwei Beamte, die ich schon kannte. Sie schienen gut drauf zu sein und winkten mir zu. Sie waren die einzigen, die keine grünen, sondern die neuen dunkelblauen Uniformen trugen.
»Sieh mal an, die Detektivin als doppeltes Lottchen«, sagte der Jüngere grinsend.
»Na, wollen Sie mal wieder ein bisschen Polizeiarbeit vor Ort studieren?«, sagte der Ältere. »Falls Sie mal in Objektschutz machen wollen, können Sie hier was lernen.«
»Und wenn Sie mal ein Objekt zum schützen brauchen, nehmen Sie einfach mich«, sagte der Jüngere.
»Fangt doch gleich an«, sagte der Ältere, »ist sowieso nichts los hier. Ich guck zu.« Er schaute Nadine an. »Ist nicht persönlich gemeint, aber ich bin verheiratet.«
»Gruppensex mit Knüppel-aus-dem-Sack-Typen ist eigentlich nicht mein Ding. Uniformen auch nicht«, sagte Nadine.
»Wenn ich die erst mal ausgezogen habe«, sagte der Jüngere.
»Okay, also los«, forderte ich ihn auf. »Wer fängt an? Wollen wir knobeln? Kopf oder Zahl?«

Das Funkgerät knisterte. Der Jüngere hielt es sich ans Ohr, nickte brav und sagte »Ja, gut, in Ordnung, jawohl«, nahm das Ding wieder herunter und sagte: »Der Einsatzleiter will, dass ihr hier verschwindet. Sperrzone. Los, weg jetzt!«
»Wir wollten eigentlich einen drohenden Bombenanschlag melden«, sagte ich.
»Bombe wurde nicht gefunden. Hat sich erledigt.«
»Nicht wegen der Drohung, sondern weil da jemand mit einer Bombe drin ist.« Ich deutete auf das Rathaus.
»Na, meine Damen, nun macht mal den Weg hier frei«, sagte der Ältere.
»Die Drohung war nur blinder Alarm, ein Scherz. Aber es gibt tatsächlich jemanden, der einen Anschlag plant.«
»Darüber unterhalten wir uns ein andermal.«
»Wo ist denn der Einsatzleiter?«, fragte Nadine.
»Dort drüben.« Der Jüngere deutete auf ein Einsatzfahrzeug mit geöffneter Seitentür.
»Gehen wir da hin. Die hier sind ja nicht ernst zu nehmen«, sagte Nadine.
Wir wandten uns ab.
»He, he!«, rief der Jüngere hinter uns her. »Ich meins aber ganz ernst.«
Vor dem Wagen des Einsatzleiters wurden wir von zwei hübschen Blondinen mit Helm unterm Arm abgeblockt. Offenbar hatten unsere Kollegen per Funk durchgegeben, dass wir Spinner seien.
Also machten wir kehrt und gingen zurück zum Platz der Republik, der auf der anderen Straßenseite gegenüber des Rathauses liegt. Wir liefen an dem öden Springbrunnen vorbei, den sie dort hingebaut hatten, und ich versuchte im Rathaus anzurufen. Der Telefonist in der Zentrale war keine große Hilfe.
»Es wurde keine Bombe gefunden«, erklärte er.
»Es gibt eine Neue.«
»Niemand konnte ohne Kontrolle rein. Machen Sie sich keine Sorgen, gute Frau.«
»Trotzdem ist jemand da drin und plant –«
»Verstehen Sie nur dänisch?«, brüllte er. »Es war alles nur blinder Alarm.«

»Nein, Sie kapieren nicht, was ich meine.«
»Doch. Sie wollen mir mitteilen, dass jemand hier eine Bombe reingetragen hat.«
»Genau.«
»Na bitte. Aber wer soll denn das gewesen sein?«
»Eine Abgeordnete der Bezirksversammlung.«
»Ha, das ist gut! Einen Namen haben Sie bestimmt auch?«
»Ines Struwe.«
»So? Na, da kann ich Sie beruhigen. Die bringt ihre Bombe gerade wieder raus.«
Nadine zupfte mich am Ärmel.
»Was macht die?«, rief ich ins Handy.
»Sie geht in diesem Moment zum Haupteingang hinaus.«
»Dann hat sie die Bombe deponiert.«
»Es reicht jetzt. Ich hab hier noch andere Anrufe zu beantworten. Tschüß.« Er legte auf.
»Leni!« Nadine packte mich an der Schulter.
»So ein Arsch«, sagte ich.
»Sieh mal da drüben«, sagte Nadine und deutete zwischen den Büschen hindurch zur Straße.
»Wir müssen zurück. Die Struwe kommt raus!« Ich nahm ihren Arm und wollte sie fortziehen. Sie blieb störrisch stehen.
»Guck doch mal!« Sie hielt mich an den Schultern fest und drehte mich in die andere Richtung. »Da.«
»Lass mich los!«, zischte ich sie an und hielt dann inne: »Nanu, was macht der denn da?«
Jens Jensen alias Karl Ludwig von Blaustein stieg von seinem Motorrad, das er gerade unter einem Baum am Straßenrand geparkt hatte und setzte den Helm ab, den er in den Beiwagen legte. Dann setzte er sich auf den Rand des Beiwagens und begann, sich eine Zigarette zu drehen.
»Sieht nicht so aus, als würde er was im Schilde führen«, stellte Nadine fest. »Der hat die Ruhe weg.«
Auf dem vorderen Schutzblech des Motorrads und an der Seite des Beiwagens flatterten zwei kleine dänische Fahnen. Tarnung konnte man das nicht gerade nennen.
»Vielleicht will die Struwe sich mit ihm treffen«, sagte ich.

»Und dann geht die Bombe hoch?«, fragte Nadine skeptisch.
»Wir gehen da hinten rum«, sagte ich und deutete auf einen Durchgang zwischen den Büschen, der ein Stück weit hinter Jensen zur Straße führte.
Als wir einige Meter hinter ihm auf den Bürgersteig traten, sahen wir Ines Struwe in einem roten Blazer zur blauen Jeans mit großen Schritten auf Jensen zugehen.
Er zündete sich die Zigarette an und schien ihr keine Beachtung zu schenken.
»Wir dürfen sie nicht gehen lassen«, zischte Nadine mir ins Ohr.
Ich schob sie ein paar Schritte zurück hinters Gebüsch.
»Wenn sie hier ankommt, schnappen wir sie uns!«
»Nein! Die wird mit ihm zusammen abhauen!«
Wir schoben ein paar Zweige zur Seite und sahen, wie Ines Struwe dicht an Jensen vorbeiging, ihn kurz ansah, aber nicht anhielt. Sie hatte eine schwarze Handtasche mit einem langen Riemen über die Schulter gehängt. Als sie uns fast erreicht hatte, blieb sie unvermittelt stehen und drehte sich um. Musterte Jensen, der ihr noch immer keine Beachtung schenkte. Sie ging zurück und blieb vor ihm stehen.
»Los jetzt!«, sagte ich zu Nadine.
Als wir näherkamen, hörten wir Ines Struwes ungläubige Stimme: »Entschuldigen Sie, sind Sie vielleicht Karl von Blaustein? Bist du das, Karl?«
Jensen alias Blaustein schaute auf. Er schien sich nicht gleich zu erinnern. Dann verzog sich sein Gesicht zu einem zweifelnden Lächeln.
»Ines?«
»Ja.«
»Hallo, wie geht's dir denn so?«
Sie blieb stocksteif stehen und starrte ihn an.
»Bist du nachher beim Festakt dabei?«, fragte Jensen.
Ines Struwe schwieg.
»Karriere gemacht in der Politik, hm?« Jensen zog an seiner Zigarette.
Ines Struwe klappte ihre Handtasche auf und suchte darin nach etwas.
Wir traten neben sie. Nadine links, ich rechts.

»Frau Struwe, wir müssen Sie leider der Polizei übergeben«, sagte ich.
»Das sollten Sie tunlichst bleiben lassen«, sagte sie, sprang zwei Schritte zurück, wirbelte herum und zog eine kleine Pistole aus der Tasche. »Keine Bewegung!« Das Ding hatte einen Schalldämpfer. Ines Struwe war für alle Eventualitäten gerüstet, wie es schien.
»Wo haben Sie den Sprengsatz deponiert, Frau Struwe?«
Jensen lachte vor sich hin. »Sie? Was hat sie denn damit zu tun? Wenn es euch beruhigt: Ich hab drauf verzichtet. Zu viel Polizei. Die Jahrhundertaktion ist abgeblasen. Ich werd's ein anderes Mal versuchen. Irgendein Witzbold hat eine Bombendrohung losgelassen. Jetzt noch was zu tun wäre Schwachsinn. Und Menschenleben will ich nicht gefährden, auch nicht das von diesen dämlichen Polizisten. Mir blutet das Herz, ich hätte zu gern gesehen, wie dieser bescheuerte Kaiser vom Sockel fällt.«
»Sie wollten das Standbild sprengen?«, fragte Nadine.
»Na klar, was dachtet ihr denn?«
»Egal«, sagte ich. »Es geht jetzt um eine andere Bombe. Sie hat sie ins Rathaus gebracht, das wissen wir! Die Bombendrohung war ihre Idee.«
Er runzelte die Stirn. »Im Ernst? Aber warum?«
»Weil sie –«
»Halten Sie den Mund!«, rief Ines Struwe.
Jensen richtete sich auf. »Na komm, Ines, lass gut sein.« Er wollte auf sie zugehen. Aber es war ein Fehler, sie nicht ernst zu nehmen.
Sie richtete die Pistole auf ihn und schoss.
Er prallte zurück, stolperte über das Rad des Beiwagens, taumelte rückwärts gegen das Motorrad und rutschte zu Boden, wo er regungslos liegen blieb.
Ines Struwe zielte auf uns. »Und ihr beiden dummen Hühner kommt mit mir!«

FÜNFUNDDREISSIG

Unter den nicht sehr wachsamen Augen der herumlungernden Bereitschaftspolizei gingen wir, gefolgt von Ines Struwe, zu unserem Wagen. Wir taten genau das, was sie sagte. Dass sie zu allem entschlossen war, hatte sie ja gerade bewiesen.

Wir mussten vorne sitzen, Ines Struwe stieg hinten ein. Sie dirigierte uns an den Polizeisperren vorbei hinunter zur Elbe und verlangte, dass ich den Wagen so weit wie möglich auf den Strand und nahe ans Wasser fuhr.

Vormittags ist es hier unten am Fluss besonders idyllisch. Die Fähren fahren hin und her, die Container leuchten in allen Farben in der Sonne und die Containerbrücken schieben sich würdig die Kaimauern entlang. Ab und zu kommt ein neues Schiff träge herein und lässt sich von den wartenden Schleppern in ein Hafenbecken ziehen. Vereinzelte Segelschiffe und hin und wieder ein lärmendes Motorboot können aus dem Nichts auftauchen und die Illusion einer Ferienidylle erzeugen.

Der Strand war noch recht leer. Ziemlich weit hinten nahe der Hochwassermauer lief eine Frau mit einem Hund entlang. Menschenmengen, in die wir uns flüchten konnten, oder engagierte Bürger, die uns helfen würden, waren nicht vorhanden.

»Sitzen bleiben!«, kommandierte Ines Struwe. »Nicht umdrehen!«

Ich schaute in den Rückspiegel. Sie saß da mit verzerrtem Gesicht, in der einen Hand die Pistole, in der anderen ein Handy. Sie sah so aus, als hätte sie sich einen üblen Plan zurechtgelegt. Übel für uns und wahrscheinlich auch für andere.

»Wie viele Morde wollen Sie noch begehen, Frau Struwe?«, fragte ich.

»Morde?« Sie lachte abfällig. »Das ist nichts weiter als Selbstverteidigung.«

»Dass Sie Jensen so kaltblütig über den Haufen geschossen haben?«

»Welchen Jensen?«
»Früher nannte er sich Karl X.«
»Karl … Für mich war Karl schon seit zwanzig Jahren tot.«
»Sie wussten nicht, dass er zurückgekommen ist?«
»Er ist nicht zurückgekommen«, sagte sie düster.
»Der Mann Ihres Lebens, haben Sie gesagt, Frau Struwe. Und dass Vera Ihnen den weggenommen hat. Sie haben Vera also auf dem Gewissen.«
»Sie reden unsinniges Zeug. Wie alt sind Sie überhaupt? Sie waren doch damals überhaupt nicht dabei, was können Sie schon wissen!« Ines Struwe schaute immer wieder auf ihr Handy. Mit der linken Hand die Tastatur zu bedienen, während man in der rechten eine Waffe hält, ist nicht ganz einfach.
»Wen wollen Sie denn anrufen?«, fragte ich weiter, weil ich mir einbildete, dass auf Zeit spielen die beste Strategie wäre.
Dabei sah ich Nadine an. Wir dachten beide das gleiche: Konnten wir es wagen, gleichzeitig rechts und links aus dem Peugeot zu springen? Aber was dann? Wie schnell war die Struwe draußen, mit ihrer Pistole? Nadine schüttelte andeutungsweise den Kopf. Ich nickte. Es war keine gute Strategie.
Aber wir mussten aus dem Auto raus, das war klar. Draußen würden wir es vielleicht irgendwie schaffen, diese Verrückte außer Gefecht zu setzen.
»Ich ruf euern Mörder an«, sagte Ines Struwe jetzt mit beängstigender Ruhe in der Stimme. »Viktor Kalenko. Den wollt ihr doch, hm? Den Mörder von Vera. Ich ruf ihn an, ihr braucht euch nicht mehr um ihn zu kümmern.« Sie lachte leise vor sich hin.
»Kalenko hat Vera umgebracht? Wie ist es passiert?«
»Er ist mit ihr losgefahren in diesem dämlichen kleinen Auto von Karl, diesem Volvo, auch Schneewittchensarg genannt. Ha! Wie das passt! Hat einen Unfall gebaut. Und Glück gehabt. Nur die Beifahrerin hat es erwischt. Schädelverletzung. Die war gleich tot. Wahrscheinlich hat er an ihr rumgefummelt und nicht mehr auf die Straße geachtet. Oder das Flittchen hat an ihm rumgemacht.«
»Woher wissen Sie das mit dem Unfall?«
»Ich hab ihm geholfen, die Leiche verschwinden zu lassen. Im Hinterhaus im Keller von seinem Büro.«

»Sie haben ihm geholfen?«
»Er kam zurück. Mit demoliertem Auto. Jämmerlich. Fertig. Wie ein begossener Pudel. Begossen mit Blut.« Sie lachte.
»Für solche Situationen waren Sie ja ausgebildet.«
Sie schaute überrascht in den Rückspiegel. »Sie haben in meiner Vergangenheit rumgeschnüffelt?«
»Ich hab mich sehr gewundert, dass sie mal auf Guerilla gemacht haben.«
»Dann wisst ihr beiden Schnepfen ja, dass ihr mich ernst nehmen müsst.« Sie hielt die Pistole hoch.
»Sowieso«, sagte Nadine.
»Und Ihnen war das ganz recht, dass Vera tot war«, stellte ich fest. »Weil Sie dachten, jetzt hätten Sie Karl endlich für sich. Aber dann ist er verschwunden –«
»Der Idiot!«
»Damit waren Sie aber sozusagen selbst schuld an Ihrem Unglück. Warum haben Sie ihm nicht erzählt, was vorgefallen war?«
»Weil er schon weg war, als ich es tun wollte! Ich hatte mir alles gut überlegt. Und da war er auf einmal weg. Verschwunden. Und kam nicht wieder.«
»Und jetzt haben Sie ihren Liebsten einfach umgenietet«, warf Nadine ein.
»Was hab ich?«
»Karl getötet.«
»Welchen Karl?«
»Eben gerade, mitten auf der Straße, kaltblütig!«, rief ich aus.
Ihre Stimme blieb ruhig, ihr Gesicht ausdruckslos. »Ich habe Karl seit zwanzig Jahren nicht mehr gesehen. Schluss jetzt mit dem Gerede!«
»Was sollte das eben heißen, wir müssen uns nicht mehr um Kalenko kümmern?«, fragte ich.
»Weil ich mich um ihn kümmere.«
»Die Bombe? Aber warum?«, fragte Nadine.
»Sie haben ihn erpresst!«, rief ich aus.
»Erpresst?«, stieß Ines Struwe abfällig hervor. »Was ist das denn für ein Quatsch!« Sie hatte die ganze Zeit versucht, eine Nummer auf ihrem Handy zu wählen. Jetzt rief sie laut: »Scheiße!«

Und dann: »Ihr Schnepfen bleibt hier drin! Wer aussteigt, ist fertig!«
Fluchend schob sie die Tür auf und stieg auf der Beifahrerseite aus. Dann baute sie sich draußen auf, die rechte Hand mit der Pistole auf den Wagen gerichtet, also auf uns, und mit der Linken machte sie am Handy herum, wobei sie uns immer wieder misstrauische Blicke zuwarf.
Nadine kurbelte das Beifahrerfenster herunter. »Schlechter Empfang hier unten am Hafen.«
»Halt den Mund, du kleine Schlampe, und stör mich nicht!«
»Wir müssen raus und sie ausschalten, sonst geht die Bombe hoch«, drängte ich.
»Die Bombe?«, fragte Nadine begriffsstutzig.
»Mensch, im Handy-Zeitalter rufst du deine Bombe an. Und dann wumm!«
Frauen sollen ja eine besondere Begabung für Multitasking haben, liest man immer wieder, auf Ines Struwe schien das nicht zuzutreffen. Uns in Schach zu halten, die Umgebung im Blick zu behalten und gleichzeitig das Handy zu bedienen war ein bisschen viel für sie. Sie schimpfte vor sich hin.
»Lassen Sie das doch bleiben, Frau Struwe«, rief Nadine ihr zu. »Was bringt denn das jetzt noch. Und vor Zeugen!«
Die Struwe blickte triumphierend grinsend auf. »Vor Zeugen? Vor Täterinnen!« Sie hielt das Handy hoch. »Das teure Gerät hier schenke ich euch, wenn ihr gemeinsamen Selbstmord verübt habt. Schade, dass ihr nicht so einen hübschen Sarg wie Vera bekommen könnt.«
»Die ist doch irre«, sagte Nadine.
»Irre oder nicht. Was machen wir jetzt?«
»Raus. Du zuerst, dann ich!«
»Okay, zähl bis drei.«
Nadine zählte bis drei, ich schob die Tür auf und sprang raus. Nadine duckte sich. Gerade noch rechtzeitig, um aus der Schusslinie zu kommen. Ein dumpfes Plopp, die Kugel sauste durch das geöffnete Beifahrerfenster und durchschlug das hintere Fenster auf der Fahrerseite. Ich lag auf dem Sand und robbte zum Wagenheck. Nadine öffnete ihre Tür und sprang nach draußen. Die Struwe zielte auf mich und drückte ab. Die Kugel

jaulte über das Blech des Kofferraums. Farbe platzte ab und rieselte mir ins Gesicht. Ich ließ mich zu Boden fallen. Nadine stürzte sich auf Ines Struwe, vergaß aber einzuberechnen, dass sie eine Nahkampfausbildung genossen hatte. Als ich mich wieder aufrichtete, hatte die gestern noch so sanft dreinblickende Rosenzüchterin meine Freundin im Schwitzkasten und zielte mit der Pistole auf mich.

»Jetzt ist Schluss!«, rief sie. Und dann setzte sie die Waffe auf Nadines Kopf. Ich schrie entsetzt auf, brüllte »Halt! Nein!«, aber da war es auch schon passiert. Ines Struwe klappte lautlos zusammen. Nadine wirbelte herum und verpasste ihr zwei Handkantenschläge in den Nacken. Pistole und Handy fielen in den Sand.

Mit drei Schritten war ich bei Nadine und hob beides auf, zog das Magazin aus der Waffe und schaltete das Handy ab. Frau Struwe lag bewusstlos mit dem Gesicht im Sand.

»Was war das denn?«, fragte ich verwundert.

Nadine grinste. »Ein kleiner Trick mit dem Ellbogen. Gelingt allerdings nur selten.«

Wir atmeten beide so heftig, als hätten wir einen Hundertmeter-Sprint hinter uns.

»Wir müssen zurück. Diese Scheißbombe muss entschärft werden.«

Wir fesselten unsere Gefangene mit einem Stück Batteriekabel und legten sie auf den Rücksitz.

Dann mühte sich der Peugeot ab, durch den Sand hindurch wieder auf festen Grund zu kommen.

Vor dem Rathaus angekommen, wollte ich den Wagen schon direkt vor meinen beiden Kumpel von der Bullerei fahren, um ihnen die Täterin zu übergeben, sah aber ein Stück weiter vorn Kriminalkommissarin Brand aus ihrem Dienstwagen steigen. Also fuhr ich weiter.

Es ging mir absolut gegen den Strich, mit ihr zusammenzuarbeiten, aber es ließ sich nicht vermeiden. Ich stieg aus, ignorierte ihre spitzen Bemerkungen, die sie zur Begrüßung abließ, und erklärte ihr, was Sache war.

Gerade als sie neugierig zum Peugeot getreten war und Nadine ihr die Tür öffnete, sah ich Jens Jensen alias Karl X von Blaustein oder Sonstwas auf uns zuhinken. Unterm Arm trug er eine Blechbox.

»Ist ja allerliebst«, kommentierte Frau Brand, als sie die verschnürte Ines Struwe sah. »Aber jetzt erklären Sie mir mal bitte, was das alles soll.«

»Wir können Ihnen zusätzlich zur Attentäterin auch die entschärfte Bombe liefern«, sagte ich und deutete auf Jensen.

Kommissarin Brand zog blitzschnell ihre Dienstwaffe aus dem Halfter, das diese unattraktive Ausbeulung in ihrem Strickkostüm verursacht hatte und zielte auf Jensen.

Wie man deutlich sah, hatte der aber schon eine Schusswunde an der Schulter. Der Blutfleck war ziemlich groß.

Jensen blieb stehen und hob die Box an. »Wenn Sie da reinschießen, geht das Ding doch noch hoch, obwohl ich es entschärft habe.«

»Stellen Sie die Kiste auf den Boden!«, kommandierte Brand.

Jensen ging in die Knie, um das Blechding vorsichtig abzustellen. Kaum hatte er es getan, kippte er nach hinten um und blieb mit ausgebreiteten Armen liegen. Ich rannte zu ihm.

Die Bullen fielen wie ein Schwarm Heuschrecken über uns. Von irgendwoher kamen schließlich auch Sanitäter.

Bevor sie ihn wegschafften, konnte Jensen mir noch ein paar Fragen beantworten:

»Was ist mit Kalenko?«

»Der sitzt da drin. Völlig fertig.«

»Hat er den Mord an Vera gestanden?«

»Mord? Er behauptet, es war ein Unfall. Die Lenkung des Volvos sei defekt gewesen. Ist gegen einen Baum an der Elbchaussee geknallt. Das ganz normale Ende einer Fahrt ins Blaue. Es war mitten in der Nacht. Er stand unter Schock. Hat Vera über die Schulter genommen und nach Hause getragen. Dort hat Ines gewartet. Sie hat ihm dann geholfen, Veras Leiche zu verscharren.«

»Und der Wagen, was hat er mit dem gemacht?«

»Der war gar nicht so arg. Er hat ihn an irgendeinen Hinterhof-Bastler verscherbelt, zum Ausschlachten.«

»Aber warum hat die Struwe ihm geholfen?«

»Raten Sie mal. Der Wagen war kurz vorher in der Inspektion gewesen. Alles war in bester Ordnung.«

Es dauerte eine halbe Sekunde, dann fiel bei mir der Groschen. »Sie hat die Lenkung manipuliert! Und Kalenko in dem Glauben gelassen, er sei an dem Unfall schuld.«
»Ja. Ich frag mich nur, warum.«
»Sie wollte Vera loswerden. Sie war krankhaft eifersüchtig, weil sie glaubte, Sie seien der Mann Ihres Lebens.«
Jensen riss erstaunt die Augen auf: »Hä?«
»Und jetzt, nachdem die Überreste von Veras Leiche gefunden wurden, wollte sie Kalenko als Mitwisser ausschalten. Die Spaßguerilla-Aktionen der Dänischen Befreiungsfront lieferten ihr ein gutes Alibi. Wenn alles so geklappt hätte, wie sie wollte, wären zwei Bomben hochgegangen und beide wären Ihnen angerechnet worden.«
Jensen starrte in den Himmel. Die Sanitäter stellten die Trage ab und hoben ihn vorsichtig darauf.
»Wie sind Sie überhaupt ins abgesperrte Rathaus gekommen?«, fragte ich, nachdem sie ihn hochgehoben hatten.
Er grinste gequält. »Ich bin doch Abgeordneter des Süddänischen Wählerverbandes.«
Der Notarzt kam herbeigeeilt und herrschte mich an: »Lassen Sie den Mann in Ruhe!«
»Na dann, farvel, Herr Jensen.«
»Farveller.« Er hob die Hand zum Gruß und wurde weggetragen.
Ich drehte mich suchend um, aber Nadine stand schon hinter mir.
»Ist das jetzt die letzte Wahrheit?«
»Letzte Wahrheit? Gibt es das denn?«
»In Kriminalfällen normalerweise schon.«
»Da bin ich mir nicht so sicher.«
Kommissarin Brand baute sich vor uns auf. »Frau Rabe, ich muss Sie bitten, mit uns zu kommen und Ihre Zeugenaussage zu machen.«
»Brauchst du wieder ein Backup, Leni?«, fragte Nadine.
»Sieht so aus.«